斯文各主張

小品論述在民國

The Various Positions on the *Wen*
Xiaopin Discourse in Republican China

劉佳蓉
Chia-jung Liu ／ 著

民國論叢 ｜ 總序

呂芳上
民國歷史文化學社社長

1902 年，梁啟超「新史學」的提出，揭開了中國現代史學發展的序幕。

以近現代史研究而言，迄今百多年來學界關注幾個問題：首先，近代史能否列入史學主流研究的範疇？後朝人修前朝史固無疑義，但當代人修當代史，便成爭議。不過，近半世紀以來，「近代史」已被學界公認是史學研究的一個分支，民國史研究自然包含其中。與此相關的是官修史學的適當性，排除意識形態之爭，《清史稿》出版爭議、「新清史工程」的進行，不免引發諸多討論，但無論官修、私修均有助於歷史的呈現，只要不偏不倚。史家陳寅恪在《金明館叢書二編》的〈順宗實錄與續玄怪錄〉中說，私家撰者易誣妄，官修之書多諱飾，「考史事之本末者，苟能於官書及私著等量齊觀，詳辨而慎取之，則庶幾得其真相，而無誣諱之失矣」。可見官、私修史均有互稽作用。

　　其次，西方史學理論的引入，大大影響近代歷史的書寫與詮釋。德國蘭克史學較早影響中國學者，後來政治學、社會學、經濟學等社會科學應用於歷史學，於1950年後，海峽兩岸尤為顯著。臺灣受美國影響，現代化理論大行其道；中國大陸則奉馬列主義唯物史觀為圭臬。直到1980年代意識形態退燒之後，接著而來的西方思潮——新文化史、全球史研究，風靡兩岸，近代史也不能例外。這些流行研究當然有助於新議題的開發，如何以中國或以臺灣為主體的近代史研究，則成為學者當今苦心思考的議題。

　　1912年，民國建立之後，走過1920年代中西、新舊、革命與反革命之爭，1930年代經濟大蕭條、1940年代戰爭歲月，1950年代大變局之後冷戰，繼之以白色恐怖、黨國體制、爭民權運動諸歷程，到了1980年代之後，走到物資豐饒、科技進步而心靈空虛的時代。百多年來的民國歷史發展，實接續十九世紀末葉以來求變、求新、挫折、突破與創新的過程，涉及傳統與現代、境內與域外方方面面的交涉、混融，有斷裂、有移植，也有更多的延續，在「變局」中，你中有我，我中有你，為史家提供極多可資商榷的議題。1949年，獲得諾貝爾文學獎美國作家福克納（William Faulkner）說：「過去並未死亡，甚至沒有過去。」（The past is never dead. It's not even past.）更具體的說，今天海峽兩岸的現況、流行文化，甚至政治核心議題，仍有諸多「民國元素」，歷史學家對民國歷史的回眸、凝視、觀察、細究、具機鋒的看法，均會增加人們對現狀的理

解、認識和判斷力。這正是民國史家重大任務、大有可為之處。

　　民國史與我們最是親近，有人仍生活在民國中，也有人追逐著「民國熱」。無庸諱言，民國歷史有資料閎富、角度多元、思潮新穎之利，但也有官方資料不願公開、人物忌諱多、品評史事不易之弊。但，訓練有素的史家，一定懂得歷史的詮釋、剪裁與呈現，要力求公允；一定知道歷史的傳承有如父母子女，父母給子女生命，子女要回饋的是生命的意義。

　　1950 年代後帶著法統來到臺灣的民國，的確有過一段受戰爭威脅、政治「失去左眼的歲月」，也有一段絕地求生、奮力圖強，使經濟成為亞洲四小龍之一的醒目時日。如今雙目俱全、體質還算健康、前行道路不無崎嶇的環境下，史學界對超越地域、黨派成見又客觀的民國史研究，實寄予樂觀和厚望。

　　基於此，「民國歷史文化學社」將積極支持、鼓勵民國史有創意的研究和論作。對於研究成果，我們開闢論著系列叢書，我們秉持這樣的出版原則：對民國史不是多餘的書、不是可有可無的書，而是擲地有聲的新書、好書。

目次

推薦序　小品與共和

　　古代文類的生成與變化，經常關乎體制、身分與場合。近百年來，隨著帝制時代的終結，社會型態與文章體式都有了新風貌；先不必說詔令奏議已失去用武之地，就連贈序、題跋、雜記等最具文學性的體式亦不得不讓出主位，淪為古物了。

　　舊文章照例先要有個外殼，記有記的目的，傳有傳的傳統；先確定其體類，再依照該體類的寫作程式來推展或變化，這樣乃稱得上是會寫文章。篇章裡自然是有個人的見解，但也不乏程式化的共通的認知與感受。

　　在白話散文裡，這種「類」的外殼基本上是被剝除了。散文一旦失去既有的美感框架與交際作用，便騰出了重建的空間，同時也面臨更大的挑戰。白話文做為小說戲曲的載體由來已久，但要如何取得足與文章黼黻相抗衡的詩意美感，卻是新課題。

　　五四新文學家，或借鑑於歐洲「艾寫」（essay）之體，或取資於原有的「小品」、「隨筆」、「雜文」概念，或在兩者之外另尋更深遠的泉源，都基於這種破裂重組的需求。其中，小品一語尤其富於意蘊，引發了最多的話題與故事。

　　佳蓉以「民國時期的小品論述」為題，展開她學術探索的第一段路程，勤功與慧解，屢見於章節。實在說來，這個論題不能算是十分新穎，蓋民國文士好談晚明、標舉小品，已為大家所熟悉。至若「民國小品文」

並不等於晚明小品，那也幾近於贅語了。

然而「民國時期」所論說、所創作的「小品文」，究竟是什麼？其美學特質與歷史成因何在？恐怕沒有那麼容易回答。在歷史現場中，原始文獻所呈現出來相關話語，其實比一般想像還要紛雜。聚焦於周作人、林語堂等大師，梳理言志、性靈、閑適等概念，或許就能夠把這個議題釐清到六、七成；剩下的罩著迷霧的區域雖不佔多數，卻是最關鍵且富於意味的。

散文的創作門檻較低，技術面不如詩或小說多樣，惟一旦寫到精微高深博厚的境地，常能透顯作者的性情、學問與社會文化底蘊。因此，進行現代散文的研究，亦須超出文本之外，做更多綜貫的理解。佳蓉此書的優點，即在於能夠把小品論述當成故事來說。她考索了大量的一手材料，解析其層次，進而追蹤民國文人審美追求的社會基礎與意識型態。在她的精心結構之下，小品文體與民國社會的連動關係，頗為生動地展現在眼前。

文學的現代消息並不全然起於民國肇建，然而共和體制及其所意味的價值，確實能將舊文章裡的君君臣臣父父子子掃除大半。然而民國的作用遠非如此而已，分裂而多層次的政體，恰如小品之為文體。由於 1930 年代初期，經歷過一場小品文與雜文的論戰，使這兩個文體概念彷彿勢不兩立，有時甚至被輕易地對應於右翼與左翼的意識型態。這樣的理解不能算錯，卻抹除了民國小品的豐富性。

佳蓉在書裡，除了必定要說的林語堂之外，更著力

於施蟄存、錢杏邨、郁達夫、沈啓无等人的研究；藉由現代派、左翼、親近敵偽者的論說，還原了各自表述的小品概念。她的個案考索總是不疾不徐，非但不輕易跟隨眾說，還經常把別人已歸檔的文件拉出來重看，提出不少較具闡釋性的說法。其中對「左翼小品」的梳理，就頗能跳脫論戰的格局，細看個別文人的思維與體驗。

小品之為「文體」，其實與《文選》乃至《古文辭類纂》之分門別類，不在同一個層次上。唐宋古文多「傳」、「記」、「序」、「說」等等，所謂晚明小品亦多這些類型，所差別者只在性情與筆調。然而這種差別在神不在形，有時微乎甚微，不好分說。統觀唐宋古文、晚明小品、現代小品文這三者，周作人屢次申說後兩者相近而欲孤立最前者；但依我看來，前兩者才是相近，周的說法是一種美學建構，而非精準的描述。

我們把現代小品文，視為民國時期的產物，那也是合宜的。如前所述，以白話為「文章」正宗，在百年前還是新鮮事。為了使「白話－散文」具備文學性，民國新文人乃多方比附以便建設新文體。因而從事現代小品論述的研究，挑戰是多重的：既要有耐心地梳理客觀材料，宏觀理解民國時期在漢語文學轉換歷程中關鍵作用；同時還要掌握散文美學的原理，細緻地分解各種話語形構的動力與構造。

我相信佳蓉此書已經正面迎向這些挑戰，面對散文史的舊課題，提出新穎而有意思的回答。當代臺灣文壇對「小品」一語的理解與用法，已非昔年舊貌。若說民國小品已死，可能並不過份。此意知者無多，我以為對

文體的歷史性認識，乃是美學批評的基礎。因而佳蓉雖耕耘於舊園地，仍有啟發當代的作用。

我從清華轉到臺大來，即與佳蓉結緣，談文論藝者七年。據說我經常突發奇想，或變更目的地，或畫出接近髮夾彎的路徑。誰知佳蓉不僅接得住，還時常有令人醒目提神的發揮。我大約是出之以小品風格，而佳蓉則持之以著作精神，而這兩者是可以相互滲透的。

小品是王綱解紐的產物，周作人蓋言之矣。惟民國的共和體制在現實上尚難臻於成熟美好，橫暴有之，委蛇有之，但至少展現了理想性。恰如小品立基於自由與民主，但它有時不免保守退縮偽善，具有階級性。因而當我們斷定小品即共和時，說的正是民國時期那種介乎真假之間、內外交迫、各說各話的共和。

我在這本書裡看到想到的，正是憂患危疑的民國，以及在亂局中爭取性靈自由的志意。那樣的年代、那樣的文體似乎已消逝如谷中之風，但又感覺遠僻處有燈閃爍，有旗款款在擺。那麼，這書也算是有為小品文招魂的意義吧。

劉正忠

民國 110 年 11 月於龍淵刀割泥齋

第一章　緒論

第一節　「文」的革命與復興

　　十九世紀末二十世紀初，梁啟超（1873-1929）做為革命先驅，以「新民」思潮為引導，透過新小說、新文體等改良運動，發起「文」界革命。無論是文學活動，或是以歐西文思入文、古語變俗語的創作實踐，梁啟超無疑都為五四的立人精神，及白話散文的相應發展，提供良好基礎。隨著新文學運動的展開，五四新文人以西方文明觀念為外援，深鑿人性、個體自由、人道主義等議題面向，期能透過「人」的發現照見舊傳統的蒙昧，落實啟蒙與現代化的工程。劉正忠即指出，五四新文人普遍具有某種失聲焦慮，他們認為最迫切的書寫要求，在於解放被舊文辭消解的人聲與血氣，因而只有透過「說話」行動──說現代的、活人的、真實的白話，才能使新散文迅速反映當下世界。[1] 換句話說，「文」的現代性初始方案，是與當時的白話文運動密切配合，在五四新文人以白話為現代、反傳統的二元論式思維中，帶有鮮明的政治性意義。以政治社會批評為主的隨感錄式文章，便於焉而生，成為最受五四新文人歡迎的文章體式。

---

[1]　劉正忠，〈「散」與「文」的辯證：「說話」與現代中國的散文美學〉，《清華學報》，新45:1（2015.3），頁115。

從梁啟超到五四新文人，我們不難發現，在啟蒙與救亡交纏的情境中，「文」的革命始終難與政治情境脫離關係。進一步說來，新文人即使以「文」做為啟蒙工具，主觀上有意與舊傳統劃清界線，卻仍不免陷入傳統文章宣揚政治觀念、攏絡人心的倫理侷限。錢鍾書（1910-1998）對於周作人（1885-1967）以「言志」對抗「載道」的新散文方案，曾有如是反省：

> 周先生根據「文以載道」「詩以言志」來分派，不無可以斟酌的地方，並且包含著傳統文學批評上一個很大的問題，「詩以言志」和「文以載道」在傳統的文學批評上，似乎不是兩個格格不入的命題，有如周先生和其他批評家所想者。[2]

周作人語脈下相絀的「志」與「道」，在錢鍾書看來，其實不相違背。錢鍾書從傳統文學批評的角度反思，揭示了新散文與舊文章夾纏的關係。從他的評價，可以初步看出一些問題：其一，周作人以傳統文論建設新散文，縱然已加入現代的思維視野，卻可能不免夾帶舊傳統餘骸，而周作人對此也有自覺。其二，從文體層面來說，相對於詩、小說和戲曲，五四新文人似乎對散文先天夾帶龐大的傳統底蘊頗有體認。一方面受到反傳統的新思潮所驅動，一方面卻體驗到「志」難以全面代替「道」的兩難處境。

2　中書君，〈中國新文學的源流〉，《新月》，4:4（1932），頁162。

　　晚近學界對於五四做為現代性開端的座標意義，漸有諸多反思。王德威在《被壓抑的現代性》中提出「沒有晚清，何來五四？」的命題，試圖透過晚清小說想像「現代」的諸般嘗試，照見傳統與現代相互糾葛的鏡像。[3] 王德威上溯晚清的新說法，其意義不在詢問何時才是現代性的起源，而是打破五四新文學斷裂、單一、進化的文學史觀，企圖重回歷史現場，考掘現代性的根源論述，究竟如何被建構起來。五四距今百年，革命雖然遠去，學界反省與重構五四的討論依然熱切。[4]

　　做為「文」的中心文類，散文的歷史負擔龐大，向現代轉型的過程比其他文類更為艱鉅。但也正因如此，新文人對待傳統散文可用的資源，始終保有相對寬容開放的態度。是故，特別在新散文的創建歷程中，五四反傳統的現代精神顯得隱晦，卻深具張力。陳平原曾指出，二、三十年代的中國現代散文，展示了一幅「文藝復興」的圖像。他從周作人《歐洲文學史》（1918）對文藝復興的強烈興趣談起，尤其強調周作人提取遙遠的文藝復興概念，雖然並非獨創，但緊扣散文卻是極具個人性的策略。[5] 也就是說，周作人二十年代後期，獨鍾散文與傳統的鍵結，甚至早於五四前後，可能都並未放棄對「傳統」是否須「反」的思考：傳統在應受打壓、

3　王德威，《被壓抑的現代性：晚清小說新論》（臺北：麥田出版，2003）。

4　代表性論著如：王德威、宋明煒編，《五四@100：文化，思想，歷史》（臺北：聯經出版事業股份有限公司，2019）。

5　陳平原，〈現代中國的「魏晉風度」與「六朝散文」〉，《千年文脈的接續與轉化》（香港：三聯書店，2008），頁63。

排除、反撥與棄絕之外，是否有其他的路可走？傳統是
否可以透過個人的選擇，達到轉化、新生與「現代」的
可能？革命與復興是否能夠共時並進？

　　更值得注意的是，陳平原進一步指出，周作人最初
雖連結晚明小品與新散文，三十年代卻發生了由「晚
明」向「六朝」轉移的趨勢：

> 作為一種文學史詮釋框架，借助於晚明小品來解讀
> 五四文章，自有其合理性。但有趣的是，真正談得
> 上承繼三元衣缽的，不是周作人，而是林語堂。周
> 氏文章不以清新空靈為主要特徵，其「寄沉痛於幽
> 閒」，以及追求平淡、厚實與苦澀，均與明末小品
> 無緣。[6]

　　陳平原對周作人典範轉移現象的指陳，不只提示晚
明小品並非與周作人總是相關，五四文章的源流也未
必定於「晚明」。進一步說來，林語堂（1895-1976）
及三十年代文人，大舉論述周作人的觀點，刻意標榜清
新空靈做為現代小品文的精神旨趣，才是真正使晚明小
品擴散、引發爭議論戰，乃至成為新文學重要聲音的關
鍵。他們看似以更冷靜客觀的態度，重新發掘傳統資
源，卻屢屢呈現主觀選擇與刻意引導的偏頗。這就說
明，散文到了三十年代，更迫切的問題在於，「傳統」
應當如何被借鑑、選擇乃至詮釋，才能更有效成為現代

6　陳平原，〈現代中國的「魏晉風度」與「六朝散文」〉，頁72。

散文的書寫資源？越過五四啟蒙、除魅的情境，文人將有展現更多思索美學風格的餘裕。

　　但另一方面，折衝在左、右翼政治對立的三十年代，「小品文」成為新的意識型態籌碼，更要求聲援新興的革命意識。文人紛紛重提晚明小品，就勢必在集體與個體、國族與自我交纏的新時代課題當中，牽拉出傳統與現代更多重的交涉關係。越過五四階段的二元思考，三十年代文人更勇於透過游移於傳統和現代的依違姿態，展示多方調動資源的可能性。他們大規模而有意識的探源行動，便提供我們從本源探索現代散文構成的豐富線索。

　　因而，本書旨在探討民國以來重提小品的諸般論述，尤其深入三十年代「晚明小品論戰」場域，分析民國文人對古典小品觀念的現代演繹與轉化。拈出小品與現代散文，本書試圖提問：民國以來對小品的重提，如何介入現代散文的文體建構歷程？散文在新文學情境中，衍生出「現代小品文」的新文體指稱，在有意識衍用小品名義的前提下，他們如何理解、詮釋「小品」所夾帶的種種新變意義，多面向建構出飽含現代意識的美學觀念，進而叩觸小品文體變革的課題？傳統經過新詮、轉化與再造之後，是否可能成為文體現代性的另類契機？

第二節　晚明小品的現代表述

　　探討民國以來的小品論述，最具代表性且有先導意義者，首推周作人。1926 年他發表〈陶庵夢憶序〉，將「現代的散文」視為「文藝復興的產物」，便試圖焊接晚明與現代文章。他這樣體認兩者的精神聯繫：

> 我們讀明清有些名士派的文章，覺得與現代文的情趣幾乎一致，思想上固然難免有若干距離，但如明人所表示的對於禮法的反動則又很有現代的氣息了。[7]

　　雖從「革命」轉而以「復興」的角度立論，但以對於禮法的反動，嫁接明代與現代，仍透露推翻封建禮教的革命氣息。周作人在「名士派」文章當中，體會以悖俗為美的文章模式變遷，特意標榜明人的人格精神，準確回應五四標榜個體自由的啟蒙語境。他將散文體式與個體性相互連結，在新文學發展歷程中，有重要的濫觴意義。事實上，從散文發展的角度回顧，周作人 1921 年的代表性論述〈美文〉，已有散文「須用自己的文句與思想」、反對模仿的思維。[8] 既孕育自五四啟蒙風潮，更成為日後建設散文文體重要的理論基礎。
　　稍後，魯迅譯介廚川白村《苦悶的象徵》、《出了

7　豈明，〈陶庵夢憶序〉，《語絲》，第 110 期（1926.12.18），
　　頁212。

8　子嚴，〈美文〉，《晨報副刊》（1921.6.8）。

象牙塔之後》（1924-1925），強調「個性的表現」，及《語絲》創刊標榜「不說別人的話」，[9] 明確指出現代散文對個性表述的重視，皆可由〈美文〉尋根。周作人二十年代後期的論述策略，亦可說是沿稍早論調持續發展。不過，與當時文人普遍借鑑域外資源，充實個人主義論述不同，取徑傳統資源的作法，無疑是一種新的嘗試。

　　周作人發表〈陶庵夢憶序〉前後，已初具現代散文的源流藍圖。從文學史的角度來說，胡適（1891-1962）、周作人都有意將晚明文學納入最初的「國語文學」教案。惟不同於胡適在言文一致、進化史觀等新文學觀念支配下，看重晚明小說、戲曲，[10] 傾向從語言進化面向肯定通俗文類。周作人雖也不排除尋求俗語、方言資源，[11] 但特取晚明詩文小品，就有捨大就小、刻意取偏鋒的意味。他以「明朝文人」為支點，上連「東坡山谷題跋」，又下接「板橋冬心題畫」。[12] 與稍後〈雜拌兒跋〉（1928）的觀點相互參看，能映照周作人源流論的潛在邏輯：「明代的文藝美術比較地稍有活氣，文學上頗有革新的氣象，公安派的人能夠無視古文的正

9　語堂，〈插論語絲的文體——穩健、罵人及費厄潑賴〉，《語絲》，第 57 期（1925.12.14），頁3-4。

10　胡適，〈五十年來中國之文學〉，歐陽哲生編，《胡適文集3：胡適文存二集》（北京：北京大學出版社，1998），頁251。

11　豈明，〈燕知草跋〉，《新中華報副刊》（1928.12.3），頁40-41。

12　周作人，〈與俞平伯君書三十五通〉（1926.5.5），《周作人書信》（臺北：里仁書局，1982），頁161-162。

統，以抒情的態度做一切的文章」。[13] 無論是公安派或東坡山谷，關鍵都在他們能夠表達真實的個性，以非正統的文類、文章模式，創造了非正統的價值體系。

不過，論者雖經常將〈雜拌兒跋〉（1928）、〈燕知草跋〉（1928）與〈陶庵夢憶序〉，視為一體性的論述，卻往往容易忽略其中隱含的斷裂性。二十年代末期，隨著政治混亂、時局陰影逐漸籠罩，「救亡」重新取得上位。面對「大家都在檢舉反革命」的時代，[14] 周作人悄然樹立起閉戶讀書的旗幟。[15]〈雜拌兒跋〉及〈燕知草跋〉與其說是延續前行論調，未若更像是進入過渡階段，預備稍後《中國新文學源流》的提出與整全。語境既已遷移，正統和非正統的尺度便須重新考量。如果說表現個性、主張自我等思潮，可視為五四個體啟蒙時代的新正統，那麼此時被迫納入集體救亡的語境，成為意識型態的話語資源，就勢必面臨再度被視為非正統的危機。這就是說，周作人這個階段連結晚明與現代文章，就不僅是私人趣味介入史學領域的問題，也不單純牽涉啟悟、除魅等實用性目的。關鍵在於，以「個性」標榜晚明小品的現代價值，如何在新的國族語境、政治脈絡當中，仍舊能夠產生效用與意義，甚至成為一種權力話語，兌現連串新的價值體系。

因而，對三十年代文人而言，如何尋索出嫁接晚明

---

13 周作人，〈《雜拌兒》跋〉（1928.5），《永日集》（上海：北新書局，1929），頁172。

14 周作人，〈《雜拌兒》跋〉（1928.5），頁171。

15 豈明，〈閉戶讀書論〉，《新中華報副刊》（1928.11），頁5。

小品與現代散文的具體途徑，而不只是泛泛談論兩者的
聯繫，成為全新課題，其中體現文人在噤聲情境下，對
集體與個體、國族政治與偏安救贖、心事與國事的糾
結、思考。這樣的語境轉換，透露五四情結下的論述侷
限，文人對晚明小品的理解、詮釋，顯然不再能夠為進
步、理性、人性、個性等單調樂觀的啟蒙模式所覆蓋與
框範。誠然，從〈陶庵夢憶序〉到《中國新文學的源
流》的散文源流提案，雖有未竟之處，整體而言仍是相
當完整的階段性成果。或許也正因過於完整，往往不易
覺察其中蘊含的轉折環節，[16] 從而難以開展晚明小品與
現代散文的研究向度。

　　事實上，民國文人重提晚明小品，做為現代中國文
壇頗具爭議性的事件，並非是罕為人知的秘事。論者或
多或少都已留意到晚明小品與現代散文的諸般聯繫，但
論述仍然相當有待開掘。一方面因為白話散文研究不
若詩、小說，向來有西方理論的支援，現代散文批評理
論的缺乏，往往使研究難以推展。這樣的現象，映顯現
代散文此一文類，在美學規範上的先天限制。雅克布遜
（Roman Jakobson，1896-1982）曾歸納六種語言交流
的基本功能，並將「詩歌功能」定義為：「純以話語為
目的（Einstellung），為話語本身而集中注意力」，將
詩學納入語言學研究的領域。他進一步界定詩歌的文類
本質：

16　這樣的轉折，顯然並非只是周作人創作歷程的特有經驗，更是
　　二十年代末期，整體文壇風格的轉變與更新。

> 運用連續結構的對應原則造成反覆是詩歌的顯著特
> 點，不僅詩歌話語的某些成分可以反覆，整個話語
> 都可以反覆。這種即時反覆或隔時反覆的可能性，
> 詩歌話語及其各個成分的這種回旋，話語結構的這
> 種此起彼伏、曲折循環——是詩歌缺之不可的本質
> 特性。[17]

　　不同於「元語言」（matalanguage）的解釋、交流
功能，傾向以邏輯組織訊息，主導日常語言的運用。詩
歌透過語音、詞形、句法和詞彙的刻意安排，創造出若
干「對應原則」，從而能夠區隔於日常語言，亦因定型
化的美學模式而具分析基礎。以中國古典詩而言，五
言、七言的格律規範及文言詩語，即體現對詩歌精緻結
構的要求。

　　傳統以文言為一般詩學的創作模式，在五四新文學
運動中受到全面挑戰。1917 年胡適發表〈文學改良芻
議〉，揭開文學革命的序幕，白話與文言的權威地位發
生逆轉。小說則因生產於白話系統，得以取代原先詩歌
的文類優位性，成為新興的主導。新文學浪潮推使文學
語言向日常語言靠攏，詩、散文的文類界線日趨模糊。
因為卸除形式化的文類保障，兩者面臨比小說更加嚴峻
的轉型挑戰。從創作的角度來看，如果說自由詩仍能夠
透過意象或比喻，保有起碼的美學韻律，白話散文則幾

17　羅曼・雅克布遜，〈語言學與詩學〉，收入波利亞科夫編、佟
　　景韓譯，《結構——符號學文藝學》（北京：文化藝術出版社，
　　1994），頁199。

乎近於說話，無法與日常語言有所區隔。對當代研究者
而言，指認現代散文此一文類困境並不困難，如何跳脫
僵化的美學風格或主題歸納，貼近它的本質，從而有效
建立起現代散文批評的美學尺度，卻是巨大的考驗。

　　另一方面，這項議題難以推進，可能也受到八十年
代中期以降，五四與晚明研究熱潮的影響。事實上，陳
萬益在《晚明小品與明季文人生活》很早便已提點：
晚明小品與民國以來小品文，在多方面都可能存有不
小距離。[18] 陳平原稍後也指出，周作人、胡適等人的新
文學溯源工程，其實不能完全成功，關鍵就在他們繞過
了「創造性轉化」的程序。[19] 這都說明，從晚明小品到
現代散文，因應時代語境、政治環境，乃至文人心理等
變遷，曾發生複雜的轉型過程，不能簡單化約為古今文
體的再現或移用。吳承學、李光摩在〈20 世紀晚明文
學思潮研究〉中曾指出，自從李澤厚提出李贄（1527-
1602）具有近代民主思想後，便開啟晚明思潮與五四新
文學聯繫的當代詮釋視野；後續經過王瑤、黃子平、陳
平原、錢理群、陳思和等人的討論，在強調打通古今界
線的研究思路中，使現代文學研究能夠逐步納入晚清、
近代文學的視野，終至使晚明與五四的傳承關係普遍
成為學界共識。[20] 吳承學提示我們，當代學界傾向從相

18　陳萬益，《晚明小品與明季文人生活》（臺北：大安出版社，
　　1988），頁32、34。

19　陳平原，〈新文學：傳統文學的創造性轉化〉，《二十一世紀》，
　　1992 年 4 月號（1992）。

20　吳承學、李光摩編，〈20 世紀晚明文學思潮研究〉，《晚明文學
　　思潮研究》（武漢：湖北教育出版社，2001），頁5-9。

似、傳承的角度，理解晚明與五四的縱向繼承關係。但
這樣的趨勢，也反照出洞見中的「不見」：五四新思潮
觀念開啟古典與現代文學研究的溝通視野，卻也掩蔽了
最初的張力。

　　從文體研究的角度來說，吳、李將民國以來「對晚
明小品臧否軒輊之論」，納入文學思潮的脈絡，固然言
之成理，但也說明晚明小品與現代散文的文體演變課
題，經常遮蓋於文學思潮的研究脈絡。隨著晚明與五四
相互傳承、近似、接受的論述主潮，簡化為兩者「有血
緣關係」的單一論式。[21] 文體現代性歷程中，複雜的對
話、歧義與激盪，顯然被消音而未有效鋪展開來。

　　在這個層面上，晚近學界逐漸反思晚明與五四的歧
異性。龔鵬程《晚明思潮》就以「動輒類比五四與晚
明」的研究主潮為出發點，指出晚明小品不僅具有濃厚
的禮教思維，也肯定儒家道德教化，躬行克己復禮的傳
統價值。[22] 龔鵬程對反傳統、反禮教觀點的重探，引發
我們思考，卸除反抗性色彩後的小品，是否還可以是小
品？結合本書探討的主題，值得進一步追問，民國文人
借鑑晚明小品的過程中，是否也自覺或不自覺取用了重
傳統、重禮教的層面？

　　周荷初《晚明小品與現代散文》，著眼歷史變革的
視野，有系統探討現代散文與晚明小品的差異，是本
書的思考起點。他強調「五四新文學並非晚明文學的

21　吳承學、李光摩編，〈20世紀晚明文學思潮研究〉，頁5-9。
22　龔鵬程，《晚明思潮》（臺北：里仁書局，1994）。

簡單重複或再現」，[23] 顯然有意修正吳承學、李光摩的
論述侷限。在他看來，五四豐富的域外資源，是兩者最
大的歧異點。他指出現代散文文體的生成與演變，主要
建立在明清小品、歷代筆記與西方隨筆概念、日本寫生
文的多方融會。[24] 也就是說，現代散文是在吸納域外文
體特點的層面，突破晚明小品的寫作侷限。可惜的是，
周荷初雖有意迴避從相似性的角度談論二者，在論述上
仍難免重陷傳承式的單點論述。他專注比較異同，往往
透過程度的較量（如：更重視個體自由），凸顯兩者差
異。惟程度縱使有別，未從概念本質的轉換與演變加以
考察，仍未能從傳統和現代的斷層當中，突出散文之為
「現代」的關鍵。

　　毛夫國《現代文學史上的「晚明文學思潮」論爭》
是繼周荷初之後，較具代表性的著作。他從文學史的角
度出發，考察晚明文學思潮在現代文學史上的發展脈
絡。較具啟發性的是，他以「論爭」為觀察對象，不執
意區判晚明與現代小品的類同與分歧，更準確掌握此項
議題的複雜性，整全周荷初的論述框架。該著偏重外部
影響研究，針對興起原因、論爭的整體面貌與論爭的現
代意義三大面向進行分梳，頗能照見晚明文學思潮在現
代文學史的意義與定位。[25] 惟在影響意義之外，也開啟

23　周荷初，《晚明小品與現代散文》（南京：江蘇教育出版社，
　　2004），頁8。

24　周荷初，《晚明小品與現代散文》，頁34-40。

25　毛夫國，《現代文學史上的「晚明文學思潮」論爭》（北京：文
　　化藝術出版社，2011），頁12。

更多議題發展的空間，引發我們思索深入內部視角的可能性，從而觀察晚明的舊資源，如何具體翻出現代的可能。

陳劍暉稍後在〈散文文體的傳承與創新——比較晚明小品與現代小品之異同〉中的研究論述，雖仍未跳脫比較異同的框架，卻較能留意比較不是目的，思考如何選擇傳統資源，為小品文注入「新質」才是關鍵。[26] 他提舉自娛性、現代意識、自由性、趣等面向做為觀察視點，已經初步留意到概念變遷與文體演變的互動關係，雖然點到為止，卻頗為推進論述，為此議題再擴展新的視角。

尚值得留意的是，論者針對民國以來的晚明小品論述，習慣進行譜系性的規劃與安排，呈現了學界對誰能進入民國以來小品論述場域的思索。尤具啟發意義的是，劉正忠將施蟄存（1905-2003）納入晚明小品的現代詮釋視野，[27] 擴大了論述發展的可能性。做為現代派文人，施蟄存豐沛的現代性經驗，無疑開拓了民國文人談論晚明小品的向度，深具活躍的論述潛能。

在譜系安置的層面上，論者往往有意識劃分出不同的文人陣營。其間的劃分依據各有不同，不妨視作是各自表述。不過，我們仍可大致掌握，頗受三十年代文人政治態度牽引的痕跡。以范培松的分類格局來看，他

---

26 陳劍暉，〈散文文體的傳承與創新——比較晚明小品與現代小品之異同〉，《學術研究》，第 6 期（2014），頁151。

27 劉正忠，〈詩化散文新論：漢語性與現代性〉，《時代與世代：台灣現代散文學術研討會論文集》（臺北：東吳大學中國文學系，2003），頁61。

將三十年代文論區分為言志說、社會學與文本說三大區塊，仔細歸納出三種文論特色與指標，最後總結出：周作人、林語堂、郁達夫（1896-1945）、梁遇春（1906-1932）等歸入言志說的範疇，魯迅（1881-1936）、錢杏邨（阿英，1900-1977）、茅盾（1896-1981）等則劃入社會學領域，[28] 就幾乎展示了左、右翼文人派系的圖像，言志與社會的劃分，更容易連結周作人刻意區別「言志」和「載道」的理論意圖。周荷初區分為論語派、論爭派與浙江飄逸派，看似規劃出新格局，卻仍透露以積極性與否為基線的潛在考量。

　　這樣的譜系分類與規劃，有助我們系統性地掌握現代散文的發展脈絡，緩解史料勾稽的繁瑣工程。不過，實際參照文學活動、觀念、文人心態與美學創作表現，我們仍不免發現豐繁的歧義性。誠如張堂錡指出，現代文人面臨高速變動的時代，經常展露多方矛盾與掙扎，救亡與純美不必然是二元對立的價值選擇，抒情審美意識的表現，應當同步考量內蘊深層的兩難結構。[29] 三十年代文人在美學風格的探索與實驗層次，經常展現多方交涉的複雜性，更遑論實際政治立場的游移曖昧。小品文體的現代性歷程，因而不只受到自身發展的牽制，也不僅牽繫於社會文化環境的演變，[30] 更包含文人心態、

28　范培松，《中國散文批評史》（南京：江蘇教育出版社，2000），頁1-6。

29　張堂錡，《個人的聲音——抒情審美意識與中國現代作家》（臺北：文史哲出版社，2011），頁31。

30　周荷初，《晚明小品與現代散文》，頁42。

創作歷程等多層次的轉折。

　　本書的討論，建立在上述研究基礎之上，嘗試跳開特定譜系歸類的拘限，試圖呈現民國文人小品觀的複雜性，將晚明小品與現代散文的演變關係，嵌入時代語境脈絡，細緻分析民國文人如何建設傳統轉化的具體途徑，在現代演繹的過程當中，開發文體現代性的腹地，並回應當下各種倫理境遇。

第三節　小品如何現代？

　　自從周作人提出晚明小品與現代散文的源流關係，散文的新文學建設途徑，始有較清晰的方向。經過二十年代的迂迴歷程，周作人在《中國新文學的源流》（1932）正式提出言志對抗載道的理論框架。他一方面將新文學視為「言志的」，一方面具體將「詩言志派」概括為公安派「獨抒性靈，不拘格套」、「信腕信口，皆成律度」的小品主張，[31] 將反復古、反模擬的精神，視為個人（相對於集團）的表現。周作人捨棄過往宏大的文章旨趣，在「文學無目的論」的前提下，[32] 將「小品」重新推上新文學的舞台：「小品文則在個人的文學之尖端，是言志的散文，它集合敘事說理抒情的分子，都浸在自己的性情裡，用了適宜的手法調理起來，所以

31　周作人講，《中國新文學的源流》（上海：上海書店，1988），　　頁43-46。

32　周作人講，《中國新文學的源流》，頁27。

是近代文學的一個潮頭」，[33] 將個人、言志、自己性情
等系列概念，視為「現代」小品文的精神特質。

　　這樣的說法，與周作人的一貫主張並無太大差異，
但我們仍可看出一些進階的問題與線索。其一，周作人
雖然移用晚明「小品」的名義，卻並非複製照搬，而是
以「小品文」做為現代散文的指稱，從小品到小品文，
存在某些觀念認知的斷層。其二，提取個人、性情、言
志和反叛性為小品精神內涵，說明周作人以「個人」為
「小」的思維，與晚明的小品觀頗有歧異。其三，重視
個體性的觀念來源西方，未必與晚明性靈思想契合無
間，周作人並未解釋如何克服差異性，進而嫁接兩者。

　　陳萬益曾指出，「小品」在晚明原指一種評選傾向
的新典範：相比過往只選入高文大冊，也開始對「小
言小說」的搜集產生興趣，其中蘊含補偏救弊的潛在
用意。[34] 這就是說，晚明小品之「小」，乃指涉詩文之
偏、弊，凡與高、大文類不同的書寫風格、目的、題材
皆可囊括。然而，晚明文人既無論在輯選或創作層面，
都是小大、內外兼顧，並未激化兩造之別，那麼小品在
晚明，似乎只能說是一種趣味轉變的趨勢，真正將小品
操作為新典範，還須待及民國諸人的開拓。

　　拈出個人、性情做為小品的文體精神，無疑是周作
人的「現代」創舉，也可以說是有意識的簡化與圈定。
我們並非以今人觀點進行責難，而是強調晚明的小品觀

33　周作人，〈周序〉，《近代散文抄》，上卷（北平：人文書店，
　　1934），頁6。

34　陳萬益，《晚明小品與明季文人生活》，頁23-29。

念意涵，在現代思維引導下如何被選擇與重建。但誠如
〈燕知草跋〉（1928）中的提法，周作人的創意，只能
是文體現代性的起點：

> 中國新散文的源流，我看是公安派與英國的小品文
> 兩者所合成，而現在中國情形又似乎正是明季的
> 樣子，手摯不動竹竿的文人只好避難到藝術世界裡
> 去，這原是無足怪的。[35]

新散文以避難為反抗，正與公安派相合。周作人不
斷強調「源流」，開發古典與現代文章近似的精神氣
質，卻未必沒有注意到兩者的分歧。從這段文字看來，
英國的小品文正是新散文是以為「新」的關鍵。朱自清
（1898-1948）〈論現代中國的小品散文〉（1929）即
在周作人的觀點基礎上，進一步提出：「明朝那些名士
派的文章，在舊來的散文學裡，確是最與現代散文相近
的。但我們得知道現代散文所受的直接影響還是外國的
影響；這一層周先生不曾明說。」[36]相當明確指出西方
元素，是促使散文往現代過渡的主要動力。朱自清的評
述，似有意避免過度強調現代散文與晚明小品的連結，
使復興落入復古的舊路，反而失去「現代」的意義。

不過，關鍵的問題在於，新散文應當分別抽取西方
小品文與晚明小品何種成分？兩者在哪個層面上，才能

35　豈明，〈燕知草跋〉，頁41。

36　朱自清，〈論現代中國的小品散文〉，《文學週報》，第 326-350 期
　　（1929），頁623-624。

夠相互合成與轉化？周作人、朱自清顯然都僅叩觸散文
為何現代，以及為何「現在中國」需要復興「明季的
樣子」。至於實質上要如何復興、如何現代，都未及深
入，因而留下諸多有待開展的遺緒。

周作人提出言志對抗載道的想法後，文人紛紛重提
晚明、力倡小品。三十年代初期，繼《中國新文學的源
流》之後，1932 年李素伯（1908-1937）出版《小品文
研究》，即針對小品文進行大規模探勘。該書從小品文
的歷史、創作方法與小品文範例為對象，圍繞什麼是小
品文的命題，整合周作人以降的小品論述，成果已頗為
卓著。在觀點上，李素伯大抵延續周作人論調，著力強
調小品文與個人、性情與人格等概念的連結，從而收錄
朱自清、徐志摩、冰心、俞平伯等人的創作，勾勒出現
代小品文的譜系。[37] 李素伯具代表性的論著，標誌周
作人的言志觀點，已強勢主導三十年代初期的小品文
發展動向。

稍後，文壇更迅速掀起選本風潮。自沈啓无（1902-
1969）編選《近代散文抄》以降，各式晚明小品選本，
逐漸跳脫學院體制與教材模板，大舉流通、擴散至商業
市場，成為海派文人創造商品經濟的新資源。周作人論
述框架的影響力，也因選本流佈而日漸擴大，終至遭受
左翼文人詬病。例如劉大杰（1904-1977）透過編選《明
人小品選》（1934），標榜讀書趣味，其間強調「不

---

37 李素伯，《小品文研究》（上海：新中國書局，1932），頁1-204。

歡喜裝腔作調」、反感「文以載道的文章」，[38] 即明顯
衍用周作人的二元論調。施蟄存編選《晚明二十家小
品》，將其視為「稻糧謀」的事業，[39] 則表明出版選本
的商業動機。此後數年內，更有阿英、王英、朱劍心的
晚明小品選本接續其後。搭上上海其時盛行的珍本、古
書風潮，曾為清朝禁書的晚明小品，一時成為文人爭相
搶購、出版的熱點，揭示讀書趣味轉變的新消息。

　　不過，因應政局高度不穩的時代，小品論述也逐漸
發生變化，文人透過詮釋小品，不斷叩問現代自我的維
度。林語堂即是受到《中國新文學的源流》的啟發，在
周作人基礎上，深鑿「性靈」傳統，[40] 成為周作人之後
貢獻最卓著的小品文理論建構者。他以表現理論為接
點，連結公安派性靈主張，打出「性靈即自我」的旗
幟。[41] 在左翼救國論述風起雲湧的年代，果敢以自我、
閒適替換國族、救亡的正統文心。即使成為晚明小品論
戰的眾矢之的，也始終從容不迫穿梭非正統的價值體
系，捍衛個體自由的精神。

　　事實上，無論是自我或閒適，看似立於救亡的反
面，其實都有強烈的介入意義。林語堂深入日常生活情
境，進一步闡發周作人的言志觀，將言志範疇由說自己

38　劉大杰，〈序〉，《明人小品選》（上海：上海古籍出版社，
　　1995），頁4。

39　施蟄存，〈序〉，《晚明二十家小品》（上海：光明書局，1935），
　　頁1。

40　林語堂，〈新舊文學〉，《論語》，第 7 期（1932.12.16），頁212。

41　錢鎖橋，〈林語堂論「現代」〉，《二十一世紀》，第 1 期（1996.
　　6），頁138-139。

的話、個性表現，擴充至主體對生活經驗的觀照。他以山達雅拿（George Santayana, 1863-1952）的「動物信念」為接合點，強調身體、感官與生物性的本能，同時連結小品以玩物自娛的傳統，透過身體與物件配合的舒服感受，新詮傳統小品的娛樂意識。置身物質充裕的現代都市情境，林語堂找到舒服感做為價值翻轉的契機，「身體姿勢」成為新興的意識型態話語，深藏道德結構變遷的軌跡。身體一方面擴充自我表述的形式與範疇，一方面也更新過往小品以悅情適性為主的內在脈絡。透過物件誘發感官歡樂，則衝破周作人沖淡平和的傳統「感物」模式，激生出上海都市新感覺的初步格局。

　　然而，周作人、林語堂雖從個性、自我翻出小品的新精神，但在動輒二元對立的思維牽制下，仍得面臨過度依賴小品道德價值而一昧抬舉，反而難以顧及深層美學開拓的問題。對於新散文藝術質地的要求，周作人當年發表〈美文〉（1921）時，就已自覺提出。[42] 惟伴隨二、三十年代的政局動盪，文人相對無瑕深鑿美學現代性的開拓，而更專注小品的救亡意義。實際上，當年晚明小品與現代小品文之所以產生爭議，未必全然因為不救國。魯迅做為論戰導火人，就曾評價小品遭受詬病的原因，乃是「過事張揚」、「裝腔作勢」與「必欲作飄逸閑放語」。[43] 換句話說，魯迅在意的癥結點，並非是小品文的消極面向，而是將個性的表現定於「閒適」，

42　子嚴，〈美文〉，《晨報副刊》（1921.6.8）。

43　魯迅，〈致鄭振鐸〉（1934.6.2），《魯迅書信集》，上卷（北京：人民文學出版社，1976），頁566。

造成美學風格的單調僵化。魯迅的批評不無道理，也指出小品文美學現代性難以真正開展的侷限。

做為現代派文人，施蟄存豐厚的現代文學經驗，為這項困境帶來解套與翻新的可能。論戰做為一種共時性的對話，而非歷時性的承衍，施蟄存當時的晚明小品詮釋，在眾多雜音當中，成為一支獨到而有力的論述。不同於當時普遍文人壁壘分明的政治立場，施蟄存「第三種人」的游移姿態與思維，反而帶來跳脫二元框架拘限的可能。然而，無論是魯迅或當代研究，施蟄存的小品觀似乎向來被放在周作人、林語堂的言志體系。我們不禁疑惑，施蟄存對晚明小品產生熱烈興趣以前，就已累積相當完熟的現代實驗，他如何能夠滿足周、林單調蒼白的情感模式？再者，做為一個對「現代情緒」敏銳的文人，他如何能夠抗拒掣肘左、右之間的情感複雜性召喚？從這個層面說來，施蟄存的小品觀，似乎留下極大的商榷空間，有待仔細分辨。

不過，施蟄存也並未完全偏離周、林的論述觀點。他索性建立折衷的抒情論述。在理論內涵上，施蟄存將晚明小品的「性情」概念，對譯為西方的「感觸」，引渡「現代情緒」做為實質的情感成分。他轉化晚明小品以外在行徑書寫個人雅趣的模式，將視野徹底轉向內心活動。藉由自我妄想、官能感觸與冥念探索，不斷挖掘異化的情感經驗。晚明小品以「病」標榜主體趣味的抒情路線，內化為抒發幽晦主體的病態情感，同時也更新五四以來散文強調的個性精神。在現代與抒情的辯證上，施蟄存再度叩觸小品文體變革的課題，迎來現代小

品文另一重「現代」轉折。

　　施蟄存的雙重性，提示我們如要整合民國文人小品觀的現代演繹，就不能忽略始終與言志、閒適潮流抗衡的左翼論述聲音。自魯迅提出〈小品文的危機〉（1933），從而引爆晚明小品論戰後，現代小品文缺乏社會關懷的疑慮就不斷被拋上檯面。相較於周作人、林語堂，左翼文人視野下的晚明與小品，往往充滿殺氣、暴虐、苦悶、牢騷與不得已。他們以新興文學關注社會、集體的論調為黏合接點，連結晚明小品對於社會暗處、流離喪亂的書寫，不斷反思、重整「以自我為中心」的既有論調，試圖尋索另類的小品文心。

　　不過，細究魯迅、阿英、郁達夫的小品論述，其實並不總是與右翼論述呈現對峙局面。他們固然帶有清醒的社會、階級意識，但另一方面也往往流露難以抗拒個體抒情的幽微心緒，從而與右翼論述維持既相抗而又相交疊的複雜關係，展現出左翼文人矛盾多義的內在情感結構。他們頗為借鑑遺民小品的情感模式，更加深鑿因現代國族憂患而生的身世之感，在憤怒狂亂、嚮往進步卻又懷舊感傷的憂鬱情態當中，擴充現代小品文的抒情範疇。

　　事實上，三十年代曾在晚明小品論戰中發聲的文人數不勝數。他們各據聲援與批判的一方，不斷擴張「小品」在現代文壇的爭議性。較具代表性的文人，如劉大杰在《人間世》發表諸篇「讀書隨筆」，頗為響應周作人、林語堂的小品觀。他欣賞袁中郎「追求自由精

神」，[44] 也對李卓吾善聽「天地之輕籟，詩腸之鼓吹」
的適情心境有所嚮往。[45] 朱光潛（1897-1986）、沈從
文（1902-1988）則從批判性的角度，評價當時興盛的
晚明小品熱潮。惟朱、沈雖反對周作人、林語堂過度提
倡晚明小品，卻不因此認同左翼文人的主張。在文藝自
由主義的立場上，他們更著力談論小品如何脫離各種依
附勢力，從而發展出真正的個人趣味。例如沈從文批
評林語堂「要人迷信『性靈』，尊重『袁中郎』，且
承認小品文比任何東西還要重」，便是「興味窄」的
表現。[46] 朱光潛則批判「大吹大擂地捧晚明小品文」，
與古文家「同是鬧製造假古董的把戲」，反對「把個
人的特殊趣味加以鼓吹宣傳，使它成為浪漫一世的風
氣」。[47] 朱、沈的評價與說法，皆呈現出迥異於左、右
翼文人的小品觀。他們不拘執個人與社會的二元選擇，
更著重小品趣味、情韻範疇的拓寬。

在民國時期的小品論述場域中，尚有一支相當殊異
的論述，值得我們仔細探究。做為周門四大弟子，沈啓
无極具爭議性的文學史位置與師生關係，是我們觀察周
作人小品觀念演變、分化的重要視點。做為《近代散
文抄》的編選者，沈啓无對於晚明小品熱潮的興起與對

---

44 劉大杰，〈袁中郎的詩文觀——中郎全集序〉，《人間世》，第
   13 期（1934），頁20。

45 劉大杰，〈折花錄〉，《人間世》，第 7 期（1934.7.5），頁33-34。

46 沈從文，〈談談上海的刊物〉，《大公報》（1935.8.18）。

47 朱光潛，〈論小品文——給《天地人》編輯徐訏先生〉，《朱光
   潛全集‧第三卷》（合肥：安徽教育出版社，1987），頁429。

話，更有不容忽視的意義。[48] 沈啓无三十年代深受周作人學術思想的浸潤，亦步亦趨擬仿乃師文學觀點與創作風格。尤為我們關注的是，沈啓无在戰時淪陷區，一方面持續論述周作人的散文源流論，一方面卻以附逆姿態與乃師決裂，終至發展出變異的小品論調。

誠如前述，周作人的散文溯源論，整體有從晚明向六朝位移的趨勢。沈啓无接過周作人的小品觀，大致也演繹了這樣的移動路徑。惟不同於周作人，試圖聯繫兩者共貫的精神脈絡。「六朝」與「晚明」小品在沈啓无淪陷時期的詮釋脈絡中，經歷牽合、割裂乃至徹底裂變的複雜關係，展示「自我」認知歷程的多重劇變。他重組了五四以來顛撲不破的「源流」構造，抽換小品最核心的「真我」精神，以附逆卻強調愛國的悖論式話語，蕩滌晚明小品以病、癖、疵為真趣的內涵，為現代文章注入健康、負責、正向、積極的假道學成分。沈啓无以近乎反小品、反個性的變異姿態，挑戰民國以來的主流觀點，極端反向地建構出主體邊界甚為不穩定、隨時瀕臨破解的現代精神形式，不得不成為民國小品論述的殊異存在。

如果說周作人最初的小品源流方案，指出了「現代」的大方向，提供新散文從傳統資源翻新的可能。那麼，三十年代晚明小品論戰，可以說是在多方對話、批判與溝通的過程中，嘗試解決諸多周作人遺留下來的問

48　相關討論詳黃開發，〈一個晚明小品選本與一次文學思潮〉，《文學評論》，第 2 期（2006），頁125-130。

題。傳統小品的各方資源，經由論戰諸人的開發，不斷
被衍用、分化與鍛接，成為小品文體向現代轉化的充沛
養分。

因而，本書以周作人對晚明小品與現代散文的創意
連結為發端，下探三、四十年代文人如何提煉、轉化傳
統小品質素，建設符合「現代表述」的具體途徑，探索
古典小品的美感，如何成為支持現代散文文體更新、生
成的潛在資源。

第四節　概念的考察：
　　　　「小品」做為關鍵詞

歷史真實並不全然來源於事實、行動與物質本身，
更來自今日思想結構中的「過去思想重演」，柯林武德
（R. G. Collingwood, 1889-1943）將歷史學家重述過去
思想、動機與觀念的心靈歷史重演性，視為「活著的過
去」（the living past）。[49] 在此基礎上，金觀濤、劉青
峰曾進一步將柯林武德的「觀念」意涵定義為：「社會
行動的思想元素，它構成了社會行動的目的、價值和
自我意識」，[50] 也就是說，歷史中所有的社會行動，都
由「觀念」所支配。從歷史積澱下來的意識型態「碎

49　科林武德著，何兆武、張文杰譯，《歷史的觀念》（北京：商務
　　印書館，2009），頁174。
50　金觀濤、劉青峰，〈隱藏在關鍵詞中的歷史世界〉，《東亞觀念
　　史集刊》，第 1 期（2011.12），頁63。

片」，[51] 在經驗相似的新場域，不斷與新思想體系碰撞、對接、重構，持續發揮潛在作用，參與新價值體系的建構歷程。借用金、劉的定義，將「觀念」演變的程序視為一種循環的過程，則可圖示其基本流程如下：

圖 1-1　觀念演變模型圖

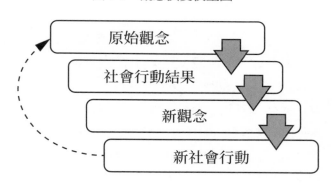

社會行動雖由觀念所支配，但是社會行動的結果，未必會和原始觀念相應。為了因應意料之外的結果，就會產生新觀念，新觀念又會再度支配新的行動。也就是說，觀念變遷往往發生在事情結果與原先設想不一的情況。原始觀念雖然打破，某些意識「碎片」卻依然提供經驗基礎，積累下來協助新觀念的建立。我們可以說，這是一種刻意揀選、淘汰的過程，每一個新觀念的

---

51 金觀濤、劉青峰曾以「打爛的萬花筒」為喻，將「有色」「碎片」的轉動、重組與千變萬化，視為意識型態變遷、解構與再建構的歷程。詳金觀濤、劉青峰，〈導論：為甚麼從思想史轉向觀念史？〉，《觀念史研究：中國現代重要政治術語的形成》（香港：香港中文大學出版社，2008），頁2。

生成，都帶有原始觀念的殘骸，卻非原始觀念本身。圖
1-1 方形之間次第向下，呈現出交錯積累的型態，原始
觀念不是再現，而是斷層式的顯影。在這個層面上，觀
念史特別強調回到語境，去尋找脈絡性的演變。新社會
行動的形成，也並不揭示流程的終點，重組後的觀念，
仍將因應歷史變遷再度遭到裂解，反覆重演上述流程而
與時俱進。

　　觀念甚為抽象，須藉特定媒介方能有所表述。「語
言」做為觀念的載體，科塞雷克（Reinhart Koselleck,
1923-2006）進一步將在特定「語境」下，用特定「語
彙」所表達的觀念，稱做「概念」。進一步來說，科塞
雷克提示兩個重點：其一，概念是一種時代性意識，[52]
「語境」提供概念得以確立的能量與基礎。其二，概念
依附於「關鍵詞」，卻又和語義明確的「詞彙」本身不
同，需要被闡釋、描述而具有多義、不穩定的流動性本
質。根據語境變遷，關鍵詞隨時需要被重新闡釋、描
述，從而具有多義、不穩定的流動性本質。

　　因而，科塞雷克基於概念、語義的運動性，及其隱
含意識型態的政治性，提出「概念史」的分析方法：

　　鑒於歷史永遠是呈現於語言、沉澱於概念的歷
　　史，概念史試圖通過對語言表述之意義變化的分
　　析，讓人領悟過去時代的實際經驗與社會形態及

52　方維規，〈「鞍型期」與概念史──兼論東亞轉型期概念研究〉，
　　《東亞觀念史集刊》，第 1 期（2011.12），頁95-98。

其變化的關係。[53]

　　也就是說，因應時代語境改變而造成的語義變遷、演化和新生，提供我們掌握歷史經驗與社會結構演變的線索。「通過對某一時代通行語彙的意義分析」，[54] 我們得以分析現代概念如何形成，從而揭示概念的變化軌跡。我們可以發現，「概念史」方案預設了兩個前提：其一，概念的溝通，必須建立在過去與現在的互聯；其二，概念的流變，是基於對兩者的斷裂性有清醒認知。由此而言，民國政治日趨弩張的特殊時代語境，與傳統資源重新被汲取、詮釋、鍛接與重構的現象，尤令概念史的分析產生意義。

　　從文體發展的角度來看，二十年代末期，散文派生出「小品文」的新名目，三十年代大舉成為文人稱呼新散文的流行語彙。「小品文」在名稱上，既與傳統「小品」有所策應，實質內涵上又顯然不同於傳統小品。面對現代生活與政局不穩的新情境，文人勢必提出調和傳統與現代之間的新文體方案。試以另一觀念模型，呈現文體演變的基本結構如下：

53　方維規，〈「鞍型期」與概念史──兼論東亞轉型期概念研究〉，頁95。

54　金觀濤、劉青峰，〈隱藏在關鍵詞中的歷史世界〉，頁69。

圖 1-2　文體演變模型圖

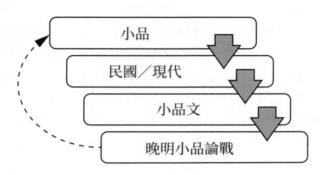

　　在關鍵詞與概念共貫的前提下，「小品」既是一種文體指稱，也承載相應的體類概念，因而我們可以將圖1-1的觀念演變模型圖，嘗試重繪為圖1-2的文體演變模型圖。實際作法上，則可以「小品」為關鍵詞核心，考察與小品相應的文體概念，如何在「民國／現代」的語境變遷中，產生變化，乃至形成「小品文」的新文體指稱。小品文做為新文體觀的載體，又將如何支配「晚明小品論戰」的發展。從小品到小品文，我們得以追索出文體變遷的軌跡。最後，晚明小品論戰中所形成的新小品文觀，又如何加入下一階段的文體發展進程，重新受到詮釋。

　　惟不同於傳統關鍵詞研究，傾向從語言學角度，對詞彙起源、涵義與時代意義變遷，進行確定式的考析、編纂甚至輯錄。本書更關注「詞彙」乃至其所勾連的系列「詞叢」，如何被想像、闡釋與陳述，從而產生相應的「概念」。諾夫喬伊（Arthur O. Lovejoy, 1873-1962）

曾以「存在巨鏈」（The Great Chain of Being），說明觀念與觀念之間的關係。在他看來，觀念並非獨立存在，而是相互關聯，且往往圍繞某個核心觀念運轉，形成一個相應概念群。[55] 以此脈絡來看，民國文人重提小品，就並非僅是專談小品本身。除了性靈、自娛、病癖、趣味等傳統概念，不斷進入當時的小品文論。西方閒談體、日本寫生文等新觀念，也加入進來，與舊有觀念進行對話、重組與辯詰。我們可以約略呈現民國小品概念系統的圖示如下：

圖 1-3　民國時期「小品」概念系統

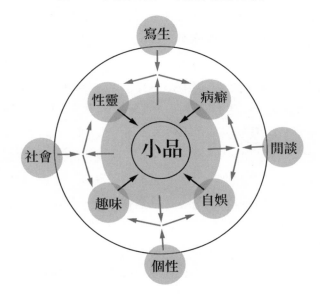

55　諾夫喬伊著，張傳有、高秉江譯，《存在巨鏈——對一個觀念的歷史的研究》（南昌：江西教育出版社，2002）。

　　圖 1-3 以「小品」為關鍵詞核心，按觀念相對的遠近距離，我們首先可區分出內、中、外環。居於中環的性靈、病癖等語彙，因為根植於傳統而與內環靠近，具有主導力量。外環閒談、寫生、個性等概念，則借鑑外來文類，作用力相對微弱，卻維持了轉型的張力。使內、中、外三環構成「系統」的關鍵，即是觀念碰撞的過程。我們得以在語境多重變遷的歷程中，發現這些概念、詞彙如何透過各式鍵結、涵融與關聯而被沿用，但又在質變、排斥與爭議的辨析過程中，裂變出新意，體現為特定語境中的特有概念，最終揭示文體的新變意義。圖 1-3 的箭頭，揭示三環概念相互作用的方向，同時因為觀念碰撞、演變反覆進行，因而在張力與平衡之間，恆常構成一個動態的、類似力場的空間。

　　因而，本書以「小品」一詞做為關鍵詞核心，既非採取強調經典宰制的詮釋學路徑，也並非對相關詞義進行源流考證，更有意跳脫歷來對晚明小品的接受史研究。本書試圖更著眼民國以來高速變動的時代語境，試圖探討小品如何被民國文人重提、闡述與再構，而現代小品文的文體規範又如何透過論戰與爭議，展示文體概念的可溝通性，從而產生建構意義。進一步而言，本書希望藉由小品概念在民國語境中的歧義性現象，凸顯「文」的傳統如何在新散文建設歷程中，展現豐沛的轉化潛能，而不僅是單向的接受、傳承或美感因襲。

　　既拈出「小品」一詞，並著眼「民國」語境，便須對兩者涵義進行界定。按「小品」一詞最初被運用，乃指涉佛經節本，取其形式篇幅短小和內容精約。時至晚

明，小品的意涵有所轉變，文人將原先在佛經上的用法，轉用於文學作品。誠如陳萬益指出，小品在晚明所含攝的文體範疇甚廣，所有詩、詞、隻字片語等不成文的「文」，皆能為其囊括。[56] 也就是說，晚明的小品概念，並非是一種文類形式的規範，而是某種相對於高文大冊的選文態度和趣味。曹淑娟也指出，文類區辨，對晚明小品作家而言意義不大。他們無意塑造某種特定的文類典型，而是在舊有名目下，盡可能嘗試納入新的元素。處於「流動狀態」的文類觀，使後代的晚明小品研究，都有不能周全窮盡的現象，在民國晚明小品選本熱潮中，尤為顯著。[57] 換言之，相較於辨體，晚明文人對「小品」的破體潛力更感興趣。

　　考察「小品」一詞在民國語境的使用情況，我們發現，「小品」所能包舉的文類形式不但多元，在舊有名目之外，更進一步裂變出許多新名目，較晚明的情況，更具混雜性與爭議性。舉凡散文小品、小品散文、Essay、小品文、現代小品文、散文、現代的散文等，都曾是「小品」的相應語彙。名稱的龐雜與不穩定，說明當時文人尚未找到能夠確切指稱新文學以降的白話散文的用語。另一方面也透露，自周作人提出「美文」的概念後，文人便不斷試圖尋找得以取代過去以「散文」為主的新指稱。[58]

56　陳萬益，《晚明小品與明季文人生活》，頁32。

57　曹淑娟，《晚明性靈小品研究》（臺北：文津出版社，1988），頁42-43。

58　關於小品名義混雜現象的討論，承蒙張堂錡教授多所提點、增

　　歸納而言，民國文人對小品意涵的理解，大致有幾種說法：其一，針對形式、篇幅而言，將小品理解為短小精悍的文章。例如夏丏尊（1886-1946）認為小品文「非用扼要的手腕不可」，是做長篇前的短文練習。[59] 其二，就性質而言，是指較不嚴重的文章，語言風格言近旨遠、辭味雋永，具有如詩的美質。周作人以「美文」稱呼新散文，提出美文是「詩與散文中間的橋」，[60] 初步勾勒出現代散文的詩性特質。1926 年胡夢華（1903-1983）以「絮語散文」一詞，翻譯西方familiar essay 此一文學體類，將其與「抒情詩」（lyric poetry）並論，視為近世自我解放的兩大文類。他以反語（irony）、逆論（paradox）談論絮語散文的文章特性，透過不規則的（irregular）、非正式的（informal）的語言形式，刻意違反語言邏輯，試圖模擬出與家人、友朋談話時無拘無束的親切感，指示出以西洋「詩語」更新散文寫法的徑路。[61] 其餘如馮三昧（1899-1969）則進一步指出，「小品文形式雖是散文，性質實近於詩歌」，[62] 亦是強調小品文的藝術性質地。其三，就內容而論，又可分梳為兩大脈絡：一方面是以林語堂強調抒寫個人性靈的小品文為代表，另一方面則以魯迅匕首投

益，特此致謝。

59　丏尊，〈教學小品文的一個嘗試〉，《學生雜誌》，10:11（1923），頁111。

60　子嚴，〈美文〉。

61　胡夢華，〈絮語散文〉，《小說月報》，17:3（1926），頁53-54。

62　馮三昧，〈小品文講話：第一講〉，《新學生》，創刊號（1931），頁207。

槍式的雜文為典型。此類詮釋，經常基於深刻的小、大之別，帶有濃厚的政治意義，是三十年代最廣泛流行的說法。誠然，這些說法並非獨立存在，而是相互流動、滲透，共同構成一代人對小品文體的認知。

但無論以何種名義賦形，民國文人對晚明小品的文類多樣性，都做出普遍的新界定：現代的「小品」往往只能是「文」。這樣的規範，顯然取義更狹，限縮了晚明小品無所不包的特質。傳統之「文」不只有小品，民國文人專取文學性較為顯著的小品定義現代的「文」，刻意排除書奏、子史類或史傳等偏向實用性質的文類，實際上也是對傳統文章範疇的簡化。以「小品文」指稱新散文，其實也未必準確，文人雖然提出諸般說法與界定，卻往往未能盡符創作事實。例如民國時期的小品文與小說就經常混淆，長篇大論亦可稱做「小品文」，文藝刊物上的短篇小說創作，也往往列於「小品」欄目之下。

三十年代民國文人選擇傳統小品定義現代之「文」，大抵受到周作人的啟發，有張揚現代個體精神的意味。但是，小品在民國語境中的流行，亦受到域外文類觀念及現代出版體制的影響。換句話說，現代小品文的產生，並非全然不具實用性考量。考索域外「小品」觀念在民國的衍生途徑，主要有二：其一來自日本，其二則由英法 Essay 譯介而來。前者吸納日本隨筆、寫生文、私小說等文類，著重不拘形式、隨意流轉的心境和筆調，與獨抒性靈的傳統小品有精神概念上的匯通，周作人、郁達夫吸收的路線主要為此。

　　但以文體發展初期而言，現代小品文借鑑的域外觀念，恐怕更多來自英、法 Essay 的影響。在這條路線上，民國文人除了從蒙田（Michel de Montaigne, 1533-1592）、培根（Francis Bacon, 1561-1626）、蘭姆（Charles Lamb, 1775-1834）等人文章入手，抓取「性格」、「主觀」、「個人」等概念語彙，試圖對小品文下定義，也更敏銳注意到現代媒體對文學、文類形式的構成作用。1929 年梁遇春選譯《英國小品文選》，就認為「小品文同定期出版物幾乎可說是相依為命的」，「定期」顯出小品文的時效性。他進一步從篇幅有限、讀者趣味的角度，指出文體與媒介的共構關係。[63] 因而有別於多數民國文人，從蒙田、培根下溯西洋譜系，《英國小品文選》從斯蒂爾（Richard Steele, 1672-1729）入手，連結其所創辦之雜誌 *Talter*（1709），進而將其類比周作人小品、魯迅雜感與《晨報》、《語絲》等中國近代文壇出版物，[64] 就顯出梁遇春對新興媒體如何造成文體轉型的個人思索，乃至以「媒介」為方法，嘗試建立文體譜系的實驗。

　　儘管新散文名義紛繁，但在文體建設過程中可以發現，民國文人並不執著名目恰當與否的問題。當然，他們從未放棄以何種名目指稱新散文更為適切的相關討論，但比起名義分辨，他們更專注摸索新散文如何書寫，才能克服自身龐大的傳統，由古典過渡至現代。因

63　梁遇春譯註，〈序〉（1929），《英國小品文選》（上海：北新出版社，1930），頁2。
64　梁遇春譯註，〈序〉（1929），頁2。。

而，本書在民國文人不特意拘執名義的前提上，對「小品」採取較為彈性的界定，嘗試還原當時的論述語境。從小品到小品文，揭示趣味的相似性延續，也透露小品自身概念的質變。本書既以此變動性為論述內容和目的，將不刻意對小品意涵做出預設與範限，更傾向將小品放回民國紛呈相應的詞彙與概念結構，較整體性地考量意義變化的可能軌跡，而不只是拘執「小品」一詞的再利用，期能以此照見文體觀念演變的複雜性。

　　此外，民國文人重提小品，以晚明為指標性源流。我們提及小品，也往往自然上溯晚明。然而，陳萬益提醒：「晚明『小品』是特定時空的產物，『小品』有其時代義在裡頭」。[65] 也就是說，一般意義上的晚明小品，既非某種文類的泛泛指涉，也不是合詞，而是因為有「晚明」特殊的時空性，才有「小品」概念的產生。換句話說，「小品」一詞本具時代性，有因應時代需要而生的意味。因而當時代轉變，小品的意涵即可能隨之變動，相較其他文類，更具文體概念上的不穩定性。在這個層面而言，與西方小品文因應報刊等新興媒體而生的即時性，頗有異代（域）同聲的趣味。

　　惟實際檢視文獻，我們卻發現，比起將「晚明小品」做為一個專有名詞來使用，民國文人更樂於進行拆解。民國文人雖然偏重關注晚明小品，但在不同論述語脈中，小品經常可以上連六朝、下探清初，各人側重也有明顯不同。例如周作人三十年代轉向欣賞晉朝小品，

65　陳萬益，《晚明小品與明季文人生活》，頁34。

對晚明小品反而多有微辭；林語堂與左翼文人雖然偏好
不同，卻都在晚明之外，頗為看重清初小品。施蟄存專
注晚明小品，但比起時人喜愛的公安三袁，更偏愛稍後
的嘉定四先生，遑論沈啓无複雜的「晚明－六朝」詮釋
歷程。我們無法簡化、割裂看待這些差異性的連結現
象，不僅因為說明這些時期本身具有相似性，更重要的
是，各自表述的差異，體現民國文人對小品概念的多義
性認識。因而，本書在討論範疇上，以晚明為標誌性的
源流座標，但不拘泥晚明，而以「小品」為主，試圖避
免過度冠以「晚明」所產生的既有限定，反而限縮概念
的歧義性呈示。

　　另一方面，本書側重傳統概念演變的軌跡，更傾向
以強調特定的國家歷史情境的「民國」，而非以西方為
參照體系、重視歷史進程的「現代」來加以限定。誠如
李怡指出，強調文學的民國性，實是為了揭開被現代敘
述所遮蔽的文學史演變細節，從而難以兼顧對「中國社
會具體歷史情境」的察照。[66] 惟以民國進行界定，並非
意圖取替、掩蓋現代觀念對於文體新變的作用，現代性
的詮釋維度反而是文體演化難以迴避的過程與目的。張
堂錡就曾提及，「民國性」與「現代性」是一種「在相
互參照中豐富彼此的平等關係」，[67] 兩者並非壓制與取
替，而可相互增益。

66　李怡，〈「民國文學」與「民國機制」三個追問〉，《理論學刊》，
　　第 5 期（2013），頁115。

67　張堂錡，〈從「民國文學的現代性」到「現代文學的民國性」〉，
　　《文藝爭鳴》，第 9 期（2012），頁51。

只是借助概念史的方法引導，我們更著眼回到與政治、國家、審查制度、集體社會息息相關的民國文化語境，嘗試析解出更多歷史、概念、文體演變的肌理細節，而不僅是線性的發展和取代。因此，本書所討論的「民國」，以 1949 年以前的中國為考察對象，以民國語境的特殊性為基礎，考索五四乃至三、四十年代因應政治社會而產生的小品概念，及其所體現的文體遷變軌跡。

既然強調重返「語境」，本書在材料選擇上，尤其著重大量史料文獻的考掘，並仰賴相對周密的解讀。對於現代散文理論的闡釋固然重要，但唯有考察文獻在特定歷史現場的脈絡與意義，實際分析基於歷史的美學意涵，才能更準確重估民國諸人的文學史位置。本書以小品論述為主軸，嘗試針對小品觀念的演變軌跡，進行理論闡釋。然而，舉凡語言、創作文本、文學技巧、美學經營乃至文學媒介，都是「觀念」的載體，也是我們檢驗觀念是否有效實踐，以及如何具體被建構為「論述」的途徑。因此本書在理論闡釋的基礎上，亦兼及創作文本的討論，希望藉由文章美感特質的分析，回頭檢視理念主張的效度，及其與創作實踐間的多元互動關係。一方面避免泛泛的理論詮釋，流於隔靴搔癢。另一方面，也唯有透過實際文本的策應，我們才能在現代散文寫什麼、如何寫的分析中，更準確叩觸散文如何現代的核心命題。

再者，雖然史料數位化工程與文獻檢索系統的建置頗有推進，但全集、選集與各式二手出版書籍，仍是當

前論者普遍的材料依據，歷史現場的面貌與傳衍過程中產生的訛誤，往往難以被發現與問題化。[68] 跳過文學與史學材料的互證、文獻的勘定、版本鑒定等程序，便容易受到先驗認知的引導，落入單向闡釋而無法顧及文本多層次的特殊性。因而，本書以原始文獻為主要材料，廣泛從文人對時代的回應、事件評論，乃至舊文新刊的版本鑒察中發現問題細節。在時代意識與心態思維、傳統與現代、集體與個體，相互交纏、對話與辯證的過程中，「小品」成為一種公共性概念與話語，共同形塑現代散文的文體範式。

---

68 阿英的〈景船齋雜記〉很好地展示使用原始文獻與二手材料的差異。筆者檢索阿英史料文獻時，曾對比參照二手材料，發現〈景船齋雜記〉普遍的收錄訛誤現象。按〈景船齋雜記〉最初是以「阿英」為名義，載於《人間世》，第6期（1934.6.20），「讀書隨筆」專欄，頁31-33。《人間世》「讀書隨筆」專欄的排版，以中線區隔出上、下兩區塊，採取的是「由上而下」的閱讀方式。阿英〈景船齋雜記〉起始於31頁的「下方區塊」，結尾段落在33頁的「上方區塊」。〈景船齋雜記〉的前一篇文章，是沈啓无〈帝京景物略〉，該文結尾段落在31頁的「上方區塊」。考察目前幾本較具代表性的二手材料：《阿英文集》（香港：三聯書店，1979）、《阿英書話》（北京：北京出版社，1996）、《阿英全集》（合肥：安徽教育出版社，2003），都可以發現〈景船齋雜記〉一文皆有誤植。誤接之處都發生在〈景船齋雜記〉的原文結尾段落，被沈啓无〈帝京景物略〉的原文結尾段落所取代。兩原文的結尾段落，雖在不同頁，但同處排版的「上方區塊」，因此造成訛誤。這些二手材料收錄的〈景船齋雜記〉，在「其最趣者為趙文敏家書，謂『父家書，付』之後，全部接上沈啓无〈帝京景物略〉的原文結尾段落：「全集俱佳，在此恕不多引⋯⋯未知能得見此書否耳」，阿英的原文結尾（由雍收⋯⋯不知尚有木刻本否也）則消失殆盡。此例足見重返民國史料文獻的必要性。

第二章　小品的理論化：林語堂對舒適情境的營造

　　周作人二十年代末期，提出言志與載道對峙的論調，初步指示散文的現代方向，卻也留下諸多有待開展的遺緒。在周作人的基礎上，林語堂以接近革命的姿態，捍衛現代小品文的文體腹地。不同於周作人以舊勢力為大敵，林語堂在三十年代大舉發揚晚明小品，推進周作人的論述，已發生基本語境的遷移。面對左、右翼對立日趨尖銳，林語堂打出「以自我為中心，以閒適為格調」的主張，直探現代小品文文心，具有強烈理論建構的企圖。在林語堂看來，新興的載道勢力，顯然來自念念不忘救國興亡的左翼論敵。在此前提下，林語堂力倡小品，為現代小品文的理論建設，做足了努力與推進。

　　做為林語堂小品論述的三大支點，幽默、性靈與閒適是歷來論者的關注焦點。過去研究已對其鮮明的「自我」論調多所探勘，討論焦點集中於對晚明「性靈」概念的現代演繹，以此肯定林語堂對現代小品文「主我」精神的定調作用。[1] 林語堂對晚明小品人格精神的

1　學界對林語堂散文與晚明小品的關係研究頗為豐富，其中又以「性靈」說的互文闡釋最具代表性。一般認為，該理論是林語堂對晚明公安派、克羅齊表現主義與浪漫主義的融合。如周荷初將

把握，自不待言。惟論者對「閒適」格調的研究，向來
潛伏於自我的課題，相對較少受到探析。[2] 一般認為，
「閒適」乃指涉一種親切自然的態度與心境。事實上，
閒適在林語堂的語脈中，含義甚廣且界線模糊，經常與
性靈、幽默等論述相互纏繞。不過，閒適做為林語堂小
品文理論最終的風格導向，對於性靈與幽默的前行主
張，實具涵括作用，三者皆指向主體某種「舒適」經
驗。林語堂閒適小品文的理念，以創作心境為建構核
心，卻亦涉及主體在現代世界所遭遇的特殊「身體」
感受。[3]

性靈視為理論的契合點，貫注傳統文論精神與林語堂現代思維。
詳周荷初，〈林語堂與晚明小品〉，《晚明小品與現代散文》
（長沙：湖南人民出版社，2004），頁146-154。劉正忠則針對
林語堂「性靈即自我」的主張進行闡釋，認為林語堂結合古代性
靈與現代心理學之個性，從而導出「自我」做為性靈論的核心。
詳劉正忠，〈林語堂的「我」：主題聚焦與風格定調〉，《中國
現代文學》，第 14 期（2008.12），頁135-137。周星林則細密考
辨林語堂的「性靈」論述，對其進行較大規模的研究。周星林，
〈論林語堂對性靈文學傳統的弘揚〉（上海：復旦大學碩士學位
論文，2008），頁22-40。

2　相較於性靈，林語堂「閒適」的美學話語，較少被有效議題化。
如王強將「閒適」導向林語堂小品文的美學標記。王強，〈林
語堂生活美學思想研究〉（瀋陽：遼寧大學碩士學位論文，
2015），頁1-73。李琳雖對閒適論調的思想資源進行多方考索，
也注意到林語堂閒適論述與晚明小品的精神聯繫，卻點到即止。
李琳，〈論林語堂的「閒適」話語──林語堂小品文理論透視〉
（石家莊：河北師範大學碩士學位論文，2002），頁1-40。兩種
研究路徑皆未有效說明「閒適」做為一種現代話語，經過林語堂
的演繹，如何在小品文體產生變革意義。

3　余舜德曾提出以身體經驗史的角度，研究物質文化的方法。他即
以「舒適感」為例，考察身體對舒適感的不同認知，如何成為物
件設計、演變的歷史動能。本書由此框架出發，著重身體感的日
常性，但不以物質文化研究為依歸，而是探討林語堂如何透過
「身體」與日常「物件」的交涉，探索現代情境下的舒適經驗，
從而展示出小品文閒適風格的現代性意義。詳余舜德，〈物與身
體感的歷史：一個研究取向之探索〉，《思與言：人文與社會科

　　因而，本章由此出發，探討林語堂如何以現代情境下的「舒適體驗」，新詮晚明小品的自娛意識，建構出「閒適」的美學向度，同時更新傳統小品的「閒趣」內涵。在具體操作上，聚焦林語堂三十年代的小品文創作，分析他在消費生活快速更新的上海，如何透過系統性的「物品」新編，書寫現代情境下的「身體」感受。透過林語堂小品文舒適情境的分析，本章欲探討「閒適」做為現代小品文重要的文體精神，如何導出實質的現代性意義，[4] 既推進周作人的言志論述，也逐步實踐小品理論化的工程。

第一節　《語絲》到《論語》：舒適的語境遷移

一、啟蒙與土匪精神

　　林語堂的創作活動隨著 1924 年《語絲》創刊，才大幅開展。以時間點來說，林語堂創作生涯起始不算早，但對西方文化帶來的現代性體驗，卻很早就有所感知。他最初的文章，發表於留學歸國後（1923），創作

　　學雜誌》，44:1（2006），頁5-47。

4　Charles Laughlin 曾以專著談論中國現代文學中的「悠閒」文化，著重從生活方式、日常實踐的角度，談論「閒」的現代性意義，為本書開啟廣大的論述空間。Laughlin, Charles A. *The Literature of Leisure and Chinese Modernity* (Honolulu: University of Hawaii Press, 2008). 張頤武、呂若涵則由啟蒙、反抗的角度，論及林語堂閒適的現代性意義。詳張頤武〈閒適文潮批判：從周作人到賈平凹〉，《文藝爭鳴》，第 5 期（1993），頁14-15。呂若涵，《另一種現代性——「論語派」論》（臺北：萬卷樓圖書股份有限公司，2018），頁54。

類型頗為多元，舉凡詩、翻譯、隨感、語言學研究、時事批評，皆有涉及，語體形式已備議論的規模。受到教會體制啟蒙、浸淫與留洋經歷的影響，林語堂初登文壇即展現強烈自覺的西化意識。針對五四運動遺留的新舊問題，他認為東西文化的溝通，是阻礙進步的弊端，[5] 以全盤西化的立場，堅決與國粹派劃清界線。這個階段的文章，透過對海涅（Christian Johann Heinrich Heine, 1797-1856）、哈代（Thomas Hardy, 1840-1928）、克羅齊（Benedetto Croce, 1866-1952）等文藝批評的系統性翻譯，已展現出對「表達主觀情感」的藝術形式的偏好。

1924 年林語堂譯介西洋「幽默」（Humour）概念進入中國文壇，可視為前期散文活動的重要標記。本著《語絲》「要說什麼都是隨意」的刊物旨趣，[6] 林語堂將「幽默」視為揭穿虛假的利器。他這樣建立起真實、寬容、同情的人生觀：

> 幽默看見人家假冒就笑。所以不管你三千條的曲禮，十三部的經書，及全營的板面孔皇帝忠臣，板面孔嚴父孝子，板面孔賢師弟子一大堆人的袒護，掩護，掩護，維護禮教，也敵不過幽默之哈哈一笑。只要他看穿了你的人生觀是假冒的，哈哈一笑，你便無法可想。所以幽默的人生觀謂之真實

5　林語堂，〈什麼叫做東西文化的溝通〉，《幽默》，第6期（1929.10.21），頁2。

6　編者，〈發刊辭〉，《語絲》，第1期（1924.11.17），第1版。

的，以與假冒的相對。[7]

這段話以老舊的封建勢力為批判對象。幽默做為一種人生態度，看似屬於精神享樂，實具啟蒙性。假冒與真實的對立，演繹周作人載道與言志對抗的思維模式。同以人本出發，較之周作人引介西方文明觀念，宣揚新知識與新思想，林語堂並未細談理論，以更平易的方式，擴大「趣味」的顛覆性，初步形成講究「本色」的人生理想。

他進一步將幽默視為對治生活乾燥無聊的「消遣」之道。林語堂這樣說明幽默產生的動因：

> 因為仁義道德講的太莊嚴，太寒氣迫人，理性哲學的交椅坐的太不舒服，有時候就不免要脫下假面具來使受抑制的「自然人」出來消遣消遣，以免神經登時枯餒，或是變態。這實是「自然」替道學先生預防瘋狂的法子，……。我們只須笑，何必焦急？[8]

幽默具有解放抑制的作用。這段話建立多組對立概念，透過幽默，抵抗舊社會的仁義道德及假道學在現代社會的延續，頗有去假還真的意味。做為一種消磨的技藝，林語堂將幽默賦予「悠閒」的意涵，以此應付「焦

7　林玉堂，〈幽默雜話〉，《晨報副刊》（1924.6.9），第 2 版。

8　林玉堂，〈徵譯散文並提倡「幽默」〉，《晨報副刊》（1924.5.23），第 3 版。

急」單調的現代生活。「笑」做為幽默感的具體表現，
在他看來，是一種特定的身體運作機制，具有緩解、活
絡緊繃神經的作用。這裡展現對「身體感」的關注，透
過反面立論，連結幽默、笑與自然，強調其對身體的放
鬆作用，涉及林語堂對「舒服」感的初步想像。

　　然而，林語堂譯介幽默之初，並未將其與小品文連
結。二十年代中後期，當周作人有意識將晚明小品導入
言志體系，以此開發現代小品文的腹地，林語堂仍處於
文體摸索的階段。例如〈幽默雜話〉（1924），以雜談
方式零碎介紹概念，對於幽默如何「成文」的問題，僅
輕巧帶過：「（或問『板其面乎』之筆法何自而來？
曰，脫胎於西洋文之 Out-Herod Herod, out-Zola Zola 及
中國古文之『人其人』，『室其室』）」，[9] 括號的運
用說明其補敘性質。與其說是兼論板滯的古文筆法，未
若說更像是闡明古人的為文心態。在他看來，對立於
「古文」者，顯然並非「小品」或相應的文類概念，而
是以「真實」為核心的幽默態度。

　　林語堂對於「小」文章的概念探索，須待 1925 年
加入《語絲》的文體爭論，才有初步開展。針對《語
絲》「大膽與誠意」的精神，林語堂表明：「『不說別
人的話』即有『誠意』」，[10] 看似張揚主體個性，其實
更強調說話自由的解放。以此為前提，不免趨於極端。
他反對持平的公論，以「偏見」做為言論自由的徹底實

9　林玉堂，〈幽默雜話〉。
10　語堂，〈插論語絲的文體——穩健、罵人及費厄潑賴〉，頁4。

踐。[11] 由是他對魯迅的選文觀念，做出高度評價：

> 魯先生（姑作魯先生）說：這兩三年來，無名作家
> 何嘗沒有勝於較有名的作者的作品，……他曾經有
> 一個提議，謂應有人搜集了這些小作品出一集本介
> 紹於世。這是一個好不過的意思，……我想選文這
> 一點尤可證明人之不可無偏見，偏見乃是人真正自
> 己的思想，偏見（即魯先生之所謂『偏心』）乃可
> 以代表自己，所謂公允之評實不過足以代表他人及
> 他人的時髦。[12]

以無名為小，涉及一種以私愛性為主導的評選觀
點。在林語堂看來，選本以他人與時尚為收容體例，
是主體對於公共價值的妥協。這就是說，他所理解之
「小」，實指向自我。這種評選觀念，其實頗類晚明文
人以小品為尺度的選文心態，惟在民國情境而言，除具
補偏的用意，更是一種有意的價值選擇。林語堂一反選
本常例，在選文場域以私見開拓言論空間，帶有實踐個
體自由的啟蒙意味。捨大就小的反傳統意向，更顯示林
語堂對「小」所蘊含的顛覆思維已漸成形。

從美感變更的角度來說，林語堂嘗試將罵的身體行
動，引入文的領域，試圖為《語絲》的文體精神定調。
透過血氣的徹底解放，與秉持絕不生氣的中庸主義劃

---

11 語堂，〈插論語絲的文體——穩健、罵人及費厄潑賴〉，頁6。
12 語堂，〈插論語絲的文體——穩健、罵人及費厄潑賴〉，頁6。

清界線，重視文章的揭破作用。他賦予「罵」新的倫理
意涵：

> 愈有銳敏思想的人，他以為該罵的對象愈多，有感
> 到罵人神感的人，自然也同時感到罵人的神聖。自
> 有史以來，有重要影響於思想界的人都有罵人的本
> 能及感覺其神聖，……所以尼采不得不罵德人，蕭
> 伯訥不得不罵英人，魯迅不得不罵東方文明，吳稚
> 暉不得不罵野蠻文學，這都是因為其感覺之銳敏迥
> 異常人所致，所以罵人之重要及難能可貴也就不用
> 說了。[13]

　　在林語堂看來，罵是順應、解放本能的行為。比起
仰賴智能，罵的「神感」更傾向是一種主體的直覺反
應。罵做為「不得不」的衝動，是能量蓄積後的釋放狀
態。他從生物性的角度，勾勒感覺敏銳、開放的現代身
體，也以新的身體感受模式，觸及文章更新的可能。
　　事實上，林語堂將說話導向罵人，卻未進一步聯繫
解放與舒適經驗的因果關係（雖似有此意）。在惶惑不
安的啟蒙情境下，知識分子對舒適感的體會，自無暇進
入深刻的審美觀照。他對「舒服」的理解，立意於啟
蒙，更傾向從思想、精神層面進行探索，論述中導入解
放、舒張的身體姿態，可能更屬隱喻性質，卻具有現代
意義。即使未必展現對舒適感的關切，仍描勒出林語堂

13　語堂，〈插論語絲的文體——穩健、罵人及費厄潑賴〉，頁5。

以身體想像舒適的徑路與自覺。

　　《語絲》時期的林語堂，更傾向透過散文，展示血氣盈滿乃至釋放的過程。他有意擺落傳統以和諧、中庸為主的身心模式，對於文章革命的精神借鑑，更多來自「陳獨秀『四十二生的大砲』及錢玄同謾罵『選學妖孽與桐城謬種』以與十八妖魔宣戰之力」，而非「胡適之平心靜氣理論」。[14] 他雖初步規劃出幽默的理論雛形，在實際創作上，卻多未履行放鬆的旨趣。他一方面提倡幽默，一方面卻認為自己是「絕對不會做幽默文的人」，[15] 昭告此時創作欠幽默的特質。

　　1928 年林語堂出版《翦拂集》，系統性收錄二十年代作品。在主題採錄上，大舉收綴時事、家國與政治批評，整體風格激昂熱切，傾向以直言辛辣的筆調，對社會進行反駁與詰問。在〈讀書救國謬論一束〉中，他這樣批判遺老、遺少：

> 　　在中國枯燥的生活中，有兩類動物是樂觀的。因為他們的舒服是真的，快樂是真的，所以不能不引起我們不舒服的人偶然的同情，而且在四面楚歌之時，竟有人敢唱起空城計來，就使不足以鼓起我們的勇氣，也至少可以使我們開開心。但是我覺得中國果有振興之時，此兩類怪物非放之三危殛之羽山不可。[16]

14　語堂，〈插論語絲的文體——穩健、罵人及費厄潑賴〉，頁5。

15　林玉堂，〈幽默雜話〉。

16　林語堂，〈讀書救國謬論一束〉，《翦拂集》（上海：北新書局，

後半段的私見揭露，以裸裎直白的方式道破，頗有
暴發之勢。林語堂這裡的批判對象，其實並非貪圖安樂
的思想，而是打著讀書口號、高喊救國的行徑。「舒
服－不適」的衡量尺度，仍建立在「真實－虛偽」的價
值判斷，並非實際的身體經驗。惟就美學表現的角度來
說，這裡所展示的主體形象，顯然處於血氣飽滿緊繃
的身體狀態，整體基調較為激進，並未進入舒適的美學
觀照。

〈祝土匪〉（1926）明確納入身體喻象，說明「野
蠻」的啟蒙意義。他這樣展示土匪的身體特性：

> 惟有土匪，既沒有臉孔可講，所以比較可以少作揖
> 讓，少對大人物叩頭。他們既沒有金牙齒，又沒有
> 假鬍鬚，所以自三層樓上滾下來，比較少顧慮，完
> 膚或者未必完膚，但是骨頭可以不折，而且手足嘴
> 臉，就使受傷，好起來時，還是真皮真肉。[17]

這段言論仍在強調一種去偽飾的反傳統精神。連串
的身體動作，鋪陳身體遭遇傷害、疼痛的「不適」感。
這裡顯然並未將身體置入舒適情境，反而襯出頑強挺立
的骨氣精神。重複的句式與冗贅的轉折詞，呈現粗拙、
自然的語言表現形式。短小的篇幅中大量使用逗號，堆
疊多個短句，卻未有效運用轉折詞，語氣轉換顯得較為

1928），頁36。

17 語堂，〈祝土匪〉，《莽原》，1:1（1926），頁3-4。

生硬。林語堂顯然透過他的散文，親自演示野蠻對於文章格套的解放意義。

　　林語堂初期散文的表述資源，更傾向取資尼采權力意志的思維模式。雖然他對傳統的忠厚精神、西方的幽默態度皆有體認，主張「能罵人，也須能挨罵」、「對於失敗者不應再施攻擊」，[18] 頗能展現同情與「費厄潑賴」（fair play）的容忍風度。但比起周作人「紳士鬼」與「流氓鬼」的輪流主導，林語堂這個階段的散文表現，以「土匪」精神為依歸，或更接近魯迅的雜文風格。其中的身體以戰士為典型，時刻展現對於自我主宰的焦慮，卻又同時必須介入公共領域，習慣感受力的夾擊，演繹「衝突」的美學模式，呈現出渴望主導卻又反覆受到牽制的雙重意義。

　　林語堂以身體做為自我的隱喻，回應五四時期的啟蒙情境。二十年代中期的身體論述，或可視為五四文人反傳統論述思維的延續。或許可以這樣說，《語絲》時期的林語堂，對舒服情境的體察，並未進行正面論述，更多是透過因假而生的不適感，展示解放、真實乃至舒適的想像維度。他更傾向描述身體受到層層束縛的「不適」經驗，而非「舒適」感的維續，展現出對於啟蒙的焦慮與渴望。這個階段的文章，透露「工藝粗糙」、「未加以點綴修飾」的零亂思維與表述模式。[19] 就此層面而言，林語堂無論在身體感受或文章寫作，都未及美

18　語堂，〈插論語絲的文體──穩健、罵人及費厄潑賴〉，頁5。

19　這是林語堂1928年回顧此前創作所做的自我評價。語堂，〈《翦拂集》序〉，《語絲》，4:41（1928），頁42。

學境界的探索與提升。

二、機械創造餘閒

　　林語堂二十年代受西方思想洗禮，以《語絲》做為
實踐啟蒙理想的場域。1925 年的創作高峰之後，迎來
思想歷程的轉變。創作態度上，漸褪「示威遊行」式的
慷慨意氣，嘗試另闢文章徑路。[20]《語絲》向《論語》
過渡的關鍵原因，主要還是與 1926-1927 年社會情勢緊
張有關。隨著三一八事件、清黨事件的發生，文壇言論
空間日益萎縮，知識分子紛紛轉趨保守。當時，猶帶
《語絲》激進情懷的林語堂，為躲避政治之禍，正由
北平輾轉遷移至上海，卻也因此啟動文章風格轉變的
契機。

　　居住空間的轉移，落實了林語堂對西方物質文明的
嚮往。不同於當時上海多數亭子間文人，在生活與創作
夾縫間求存。林語堂憑藉相對優渥的經濟基礎與文壇名
望，[21] 得有更多餘裕感受上海物質文明的豐碩成果。此
時創作數量雖零星，卻有明顯開發現代物質元素的意

20　林語堂，〈林語堂自傳〉（1968），《林語堂》（臺北：華欣文
　　化事業中心，1979），頁25。

21　徐訏曾提及林語堂三十年代在上海的經濟狀況：「開明應付語堂
　　的版稅，因為數字太大，常有爭議，最後大概是議定每月付700
　　元，當時700元銀洋是一個很大的數目。那時語堂先生在中央研
　　究院也有薪金，《天下》月刊也有報酬，《論語》、《人間世》
　　也有編輯費，合起來當不會少過七八百元，當時普通一個銀行職
　　員不過六七十元的月薪，他的收入在一千四五百元左右，以一個
　　作家來說，當然是很不平常的。」徐訏相當明確說明林語堂優渥
　　的經濟狀況。徐訏，〈追思林語堂先生〉，施建偉編，《幽默大
　　師：名人筆下的林語堂，林語堂筆下的名人》（上海：東方出版
　　中心，1998），頁16-17。

向。這個時期的散文論述，有幾處較為關鍵的發展。首
先，在思維上跳脫「啟蒙－身體」的認知模式與抽象的
泛論，將革新的動力，落實到現實面的機械文化。其
次，關心機械與人生的互動，對物質文化採取既收納又
質疑的態度。其三，在實際創作題材上，跳出時事評論
的侷限，以個人生活為新焦點，利用現代物質元素，開
發身體的舒適經驗。

　　事實上，林語堂很早就展現對於「機械」的關懷。
傳教士與戰艦是他對西方文明的最初認識：「當我是
一個赤足的童子之時，我瞪眼看著一九〇五年美國海
軍在廈門操演的戰艦之美麗和雄偉，只能羨慕贊嘆而
已」，[22] 說明年幼即經歷物質文明的現代洗禮，耽溺機
具所帶來的雄渾之美。林語堂回憶對機械的感受，經常
流露崇拜乃至迷戀的情懷。他這樣自我表述：

　　　自從小孩子的時候，我一見機器便非常的開心，似
　　　被迷惑；所以我常常站立不動定睛凝視那載我們由
　　　石碼到廈門的小輪船之機器。至今我仍然相信我將
　　　來最大的貢獻還是在機械的發明一方面。……我酷
　　　好數學和幾何，故我對於科學的分析之嗜好，令我
　　　挑選語言學而非現代文學為我的專門科，因為語言
　　　學是一種科學，最需要科學的頭腦在文學的研究上
　　　去做分析工作。[23]

22　林語堂，〈林語堂自傳〉（1968），《林語堂》，頁18。
23　林語堂，〈林語堂自傳〉（1968），頁12。

　　對機器乃至數學幾何的著迷，勾勒出對都市文明的
嚮往。實際上，這種科學思維，在林語堂議論型態的
文章中多有驗證。[24] 惟林語堂初期對於機械的闡釋與觀
感，停留於驚嘆、沉迷的經驗表述，仍嫌單調甚至流於
盲目，未能深入反思或有效轉化。在表述型態上，更近
似未來派（Futurism）對於機械的浪漫崇拜。

　　在機械論述的發展與推演上，林語堂頗受表現派
（Expressionnisme）思維的啟發。二十年代末，他接連
發表〈中西文化的溝通〉（1929）、〈機器與精神〉
（1930），先後開展對於物質文化的探索，當時正是他
譯畢克羅齊〈美學：表現的科學〉（1929）的時候。在
論調上，雖不免延續讚美機械的路數，卻也開始進行反
思。例如他這樣展示雙向辯證的關係：「汽車好不好
呢？好是好的，但會輾死人。電影好不好呢？好是好，
但如接吻擁抱之類於青年的性有危險」，便是透過利弊
分析，申明「西洋文化是有壞處的」。[25]

　　但相較於擇善而從，二十年代末期林語堂更傾向全
盤接受。他反對國粹家的策略，認為「中學為體，西學
為用」的溝通模式，容易造成精神與物質的分離。他強

24　歸納來說，《語絲》時期的社會評論，即展現林語堂對「分析
　　式」語言的愛好。他雖提倡罵人的精神，傾向透過直覺、斷片，
　　強調說話的自由，實際創作也經常裸裎表露情緒，文字氛圍不算
　　是理性，但文章的內在邏輯仍頗為晚暢。例如林語堂的時評與議
　　論，經常鎖定特定主題，條分縷析進行批判與闡釋。他熟稔旁徵
　　博引與多方類比，強化個人觀點的論述技法，著意以科學的思
　　維，破除迷信。

25　林語堂，〈什麼叫作東西文化的溝通〉，《幽默》，第6期（1929.
　　10.21），頁2。

調機械是現代的精神形式：

> 我們須記得機器文明原來也是人類精神之一種表
> 現，有了科學然後有機器，有了西人精益求精的商
> 業精神，纔有今日人人歡迎的舶來貨品，國粹家每
> 每要效辜鴻銘的故智，雖然身穿用洋針洋線洋布所
> 做成的衣服，足上著西洋襪機所製的機器襪，看的
> 又是用西洋機器所造成的紙料及用西洋機器印成的
> 報紙，走的又是西洋機器輾成的柏油路，坐的又是
> 西洋機器造成的舟車，卻一味要鄙夷物質，矜伐吾
> 國固有的精神文明，但是你們只要細想，這些機器
> 造成的舶來品，豈不是精神所創造出來的。[26]

這裡說明機械與精神思維的親密性。不同於當時漸
興的普羅文學（Proletarian literature），對生產過程、
階級權力展現出更多關懷，時而傳達機械壓迫身體之
感。林語堂重視機器與身體相輔相成的作用，傾向尋索
兩者的共融性。他著眼於現代情境中的舶來品，借鑑
「演出物質」的發明精神，實是有意識發現、提倡新物
質所飽含的現代精神。

事實上，林語堂反對持守東方老舊的精神文明，傾
向採取較全面的西化策略，卻未因此偏廢中國的物質傳
統。在〈機器與精神〉（1930）中，他列舉多項中國物

26　林語堂，〈機器與精神〉，《中學生》，第 2 期（1930.2.1），
　　頁 7-8。

件，分別從衣食住的面向，說明聖人並未輕慢人之大欲
與物質事件，甚至將其提升至藝術審美的境界。[27] 這就
顯示，他不僅以物質為生活基礎，對傳統物質文化與美
感領域的交涉，也有初步認知。這已經透露他日後探索
晚明小品的方法與徑路。面對普羅文學家對於資本主義
商品化的批判，林語堂以中產階級立場，不避諱談論乃
至肯定物質欲望，頗具叛逆潮流的意義。在左翼勢力崛
起的言論環境中，他顯然已漸發現物質所具有的顛覆性
力量。

　　林語堂雖認知到物質演化所蘊含的現代驅力，卻
未開展相關的美學論述。在〈論現代的批評職務〉
（1930）中，他嘗試物質考索的書寫模式，但論述焦點
仍著重提倡「改變演化的自由」，而非現代身體感受的
開發。[28] 惟相較早期動輒以身體做為啟蒙的抽象隱喻，
林語堂在上海的都市生活體驗，顯然拓寬了他對現代的
想像。他對機械議題的關注，雖未立即收穫實質的美學
效應，卻可能受到當時新興文學的影響。其中的革新意
識，跳脫五四時期單純猛切的解放焦慮，已發展出全新
的向度。

　　三十年代初期，林語堂在城市環境中，逐步形成
「物質即生活」的思維。實際上，他似乎並未滿足於將
物質視為生存的基本需求，更有意探索其娛樂、閒暇的
價值面向。在他看來，物質不只是必需品，更蘊含製造

27　林語堂，〈機器與精神〉，頁3。
28　林語堂，〈論現代批評的職務〉，《中學生》，第 3 期（1930.
　　3.1），頁7。

餘閒、閒暇的精神動力。[29] 這就將「閒暇」的概念，聯繫「新物質」元素，試圖賦予現代意義。他這樣構設現代情境下的悠閒行動：

> 我們只須看日本先有物質上的發達，纔有閒暇金錢來保存古籍，翻印古書，有系統地保存古物，建立大規模的圖書館與博物院，大學教授也纔能專心致志於專門學術。[30]

這裡規劃了一種基於現代物質條件所產生的新閒暇型態。讀書做為一種悠閒行動，在圖書館、博物院等現代建設的輔助下，得有更符合科學的表現型態。相較於古人囿於技術的無系統閱讀，便於瀏覽、分類的需求，透露現代人講求效率的時間意識。悠閒模式的轉化，更密切與都市的忙迫生活產生對照關係。林語堂固然強調生活的現實基礎，卻也側面映射出新的時間觀念與對悠閒的嚮往。

1932 年林語堂發表〈中國文化之精神〉，修正「澈底歡迎西歐物質文明」的斬截態度。[31] 不僅對傳統文化的接納態度有所轉變，摸索資源、發展悠閒論述的意向也更加明確。一反稍早「反中庸主義」的激烈立場，他以西方的「庸見崇拜」（Religion of Commonsense）重新詮解中庸之道，提出中國的人文主義概念。他這樣闡釋

29　林語堂，〈機器與精神〉，頁10-11。

30　林語堂，〈機器與精神〉，頁10。

31　林語堂，〈機器與精神〉，頁11。

其中內涵：

> 鄙見中國與歐洲之不同，即歐人發明可享樂之事物
> 日新月異，卻較少有消受享樂的能力，而中國人在
> 單純的環境中，據有消受享樂之能力與決心。
> 此為中國文化中之一大秘訣。因為中國人能明知足
> 常樂的道理，又有今朝有酒今朝醉，處處想偷閒行
> 樂的決心，所以中國人生活求安而不求進，既願目
> 前可行之樂，即不復追求似有似無疑實疑虛之功名
> 事業。所以中國的文化主靜，與西人勇往直前躍躍
> 欲試之精神大相逕庭。[32]

　　這段話以享樂做為傳統文化的核心精神。首段與其
說是物質現代性未能有效產生享樂心態，未若說是在現
代情境中，表達主體的壓迫感受與相應而生的悠閒渴
望。在左翼政治情勢漸趨緊張之際，林語堂特意取出
「偷閒」、「行樂」的面向，將其解為「庸人」精神，
從而強調「求安」、「主靜」的傳統文化，實帶有抵抗
意義。相較於左翼語境中經常強調的集體、社會與家
國，他提取舒適、普通、平常做為爭取自主的新路徑，
初步展現他對日常性的關注。
　　中國的人文主義概念，擺落五四以來激切的革命情
緒，轉而以「事理通達，心氣和平」的內在狀態為主

32　林語堂，〈中國文化之精神〉，《申報月刊》，1:1（1932.7.15），
　　頁3-4。

導。[33] 林語堂其實延續了小、大對立的模式，但伴隨語境遷移而來的態度轉向，顯示他對「小」的內涵認知已發生質變。過去以私我為小的概念，在三十年代更明確鎖定於主體某種以舒適、日常乃至享樂為導向的無目的思維，抗拒講究主義、理由、意義的新社會情境。林語堂散文論述中的「自我」型態，顯然已初具輪廓。原先的自我，固然仍保有對於主體性的敏銳覺知，卻更展現出對物質文明既迎且拒的現代感受。

　　鑑於左翼勢力壓迫愈緊，「謀國之心，也就不大起勁」之感日深，[34] 1932 年 9 月《論語》終於創刊。《論語》時期的林語堂，更自覺地將這種矛盾性的舒適思維導入散文文體，開啟系列的美學實驗。這個階段的散文創作，經常以「都市中的自然」為基本空間，架設理想中舒適情境。〈說避暑之益〉做為初試啼聲之作，就未將場景凝定於山林，而是具有野景的上海房宅。換句話說，避暑的快樂其實發生在都市空間。其中的主體，不避展現田園式的眷戀情懷，抱怨上海現代文明，無法供應人人一塊宅地，致使人類與自然脫勾。文章前段堆疊大量自然物件，闡述踢瓦礫、觀察園宅生物，乃至「翻筋斗捉蟋蟀弄得一身骯髒」的快樂、痛快感受。[35] 不單是對居家空間投予野地式的想像，更將身體置入有「邊界」的自然情境，著意經營「親切而有意味」的情

33　林語堂，〈中國文化之精神〉，頁3。

34　編者，〈緣起〉，《論語》，第 1 期（1932.9.16），頁4。

35　林語堂，〈說避暑之益〉，《論語》，第 23 期（1933.8.16），頁839。

境氛圍。

事實上，以「避暑」為稱心樂事的主題，在晚明小品中多有所見。惟林語堂看似耽溺書寫自然，卻並未延續傳統遠隔塵世、陷溺山水的孤絕模式。在他看來，「暫時不願揖客，鞠躬，送往迎來」不足以構成避暑的理由，「看見一切的親朋好友」才是至樂所在。[36] 這就是說，他對舒適感受的體察，已不再受限於解放與真實等相關指涉。他這樣描述友朋故交偶然相會之樂：

> 由是你又請大家來打牌，吃冰淇淋，而陳太太說：「這多麼好啊。正同在上海一樣，你想是不是？」
> 換句話說，我們避暑，就如美國人遊巴黎，總要在 l'Opera 前面的一家咖啡館，與同鄉互相見面。[37]

這裡強調一種熟悉、親切之感。在他鄉營造家鄉情境，顯然強化了主體對於親熱感的體會。林語堂既不刻意標榜自然情境，亦不避諱納入「同在上海一樣」的都市經驗，進一步透過打牌、冰淇淋等新物質元素，鞏固自我與他人的聯繫。

對比前述的蟋蟀、青蛙、蟾蜍、青蛇、夏蟬、蚊子，林語堂在文章後半更著意收納都市物質元素，拓展對於舒適感的想像。他這樣擬想避暑旅行的攜帶物：

36　林語堂，〈說避暑之益〉，頁840。
37　林語堂，〈說避暑之益〉，頁840。

比方說，你可以帶一架留聲機，或者同居的避暑家
總會帶一架，由是你可以聽到年頭到年底所已聽慣
的樂調，如璇宮豔舞，麗娃粟妲之類。還有一樣，
就是整備行裝的快樂高興。你跑到永安公司，在那
裡思量打算，游泳衣是淡紅的鮮豔，還是淺綠的淡
素，而且你如果是盧騷陶淵明的信徒，還須考慮一
下：短統的反翻口襪，固然涼爽，如漁網大花格的
美國「開索」襪，也頗肉感，有寓露於藏之妙，而
且巴黎胭脂，也是「可的」的好。[38]

避暑之樂在於「打點物品」。這裡以永安公司為場
景，串連、堆疊系列的現代之物，透過鑒賞式的目光與
筆法，重現「商品陳列」的新式消費空間。對於商品形
色、質感、與身體配合度的細緻考量，涉及多重感官經
驗。舒適感受的觸發，不只仰賴自然，更來自物慾盈滿
的都市空間。

歸納來說，從《語絲》到《論語》，或許可以說是
林語堂舒適思維形成的重要階段。跳脫五四時期以身體
解放的舒適感，做為啟蒙隱喻，三十年代的林語堂，在
商品繁多的都市情境，開發出極具現代意義的新經驗。
如何在新的都市情境與政治語境中，開發舒適感的多重
維度，成為新的課題。但在林語堂而言，享樂與舒適的
思考，不只是自我慾望的單純抒發。誠如《論語》階段
的散文，其實亦多直面社會的批評之作。這種雙向的書

38　林語堂，〈說避暑之益〉，頁840。

寫模式，反覆透露享樂本身所具的政治隱喻。這股力
量，不僅說明「舒適」在現代中國的反叛性意義，更有
效成為林語堂稍後在晚明小品論戰中的論述資源。

第二節　身體即自我：
　　　　悅情適性觀的審美轉化

一、從袁中郎到李笠翁：
　　晚明詮釋的兩個面向

　　從 1932 年《論語》創刊至 1935 年《宇宙風》創
辦，是林語堂小品文理論建構的關鍵時期，也是左翼
與右派勢力漸趨緊張的時候。有感於「革命以來，言論
權失，凡有譏諷時政者，動輒以反革命罪論」的壓迫氛
圍，[39] 林語堂一方面持續發展二十年代的幽默論述，在
新的政治環境中，摸索幽默入文的途徑；另一方面，延
續稍早「發現傳統」的新興趣，[40] 在傳統與現代的辯證
議題上，展開多方面的鍛接實驗。這個階段的散文創
作，延續進取與享樂的雙重姿態，一方面爭取自由，另
一方面書寫閒逸的生活經驗。

　　林語堂對晚明小品的新興趣，也在這種雙向思維中
發展起來。他的晚明論述，接過周作人新文學溯源論與

39　語，〈文章五味〉，《論語》，第 5 期（1932.11.16），頁145。

40　五四文人群體多具深厚舊學背景，他們對傳統的接受普遍屬於「重
　　新認識」的過程。但在林語堂而言，中國傳統更傾向是一種「新
　　發現」。他曾自述：「當我由海外歸來之後，從事於重新發現我
　　祖國之工作，我轉覺剛剛到了一個向所不知的新大陸從事探險，
　　於其中每一事物皆似孩童在幻想國中所見的事事物物之新樣，緊
　　張，和奇趣。」詳林語堂，〈林語堂自傳〉（1968），頁17。

言志理路，又進行自我闡發。〈新舊文學〉（1932）做
為林語堂晚明論述的先聲，說明他的轉接思路：

> 近讀豈明先生近代文學之源流（北平人文書店出
> 版），把現代散文溯源於明末之公安竟陵派，（同
> 書店有沈啓无編的近代散文抄，專選此派文字，可
> 供參攷），而將鄭板橋，李笠翁，金聖嘆，金農，
> 袁枚諸人歸入一派系，認為現代散文之祖宗，不覺
> 大喜。此數人作品之共通點，在於發揮性靈二字，
> 與現代文學之注重個人之觀感相同，其文字皆清新
> 可喜，其思想皆超然獨特，且類多主張不模仿古
> 人，所說是自己的話，所表是自己的意，至此散文
> 已是「言志的」「抒情的」，所以以現代散文為繼
> 性靈派之遺緒，是恰當不過的話。[41]

這裡特取晚明性靈，歸納周作人稍早提出的言志論
調。我們知道，周作人對「獨抒性靈，不拘格套」的重
提，最初僅為說明公安派與現代散文的源流關係。「性
靈」在周作人的晚明論述中，其實鮮少成為關鍵詞，
也並未導向具體概念。真正將性靈提升至理論層次，嘗
試進行詮解、定義，從而擴大概括為晚明文人精神的作
法，還是林語堂的創舉。

林語堂嫁接性靈與言志，分別對兩者進行闡發。他
連結西方個人主義（Individualism）觀念，將性靈新解

41　語，〈新舊文學〉，《論語》，第 7 期（1932.12.16），頁212-213。

為「注重個人之觀感」，已初備「性靈即自我」的論述格局。[42] 林語堂同時援用「抒情」一詞，對譯周作人的言志概念。回顧周作人 1930 年提出「詩言志」的相關論述，定義「言志的散文」乃是「集合敘事說理抒情的分子，都盡在自己的性情裡」，[43] 說明一種以個人為主的調和手段。林語堂「言志即抒情」的提法，看似有刻意引導的意味，其實仍強調說自己話、表自己意。不同於現代派文人對抒情觀的演繹，林語堂此處的「抒情」，更近於「個人」的概念，頗為精確掌握了周作人的觀念旨趣。

論者對於林語堂在三十年代以袁中郎（袁宏道，1568-1610）為典範，發展現代散文的性靈論述，已有普遍共識。實際上，林語堂對周作人的晚明觀點，既有吸收，也有選擇。由譜系建立的角度來說，林語堂固然把握了《中國新文學源流》的文學史圖像，[44] 將時間範疇由晚明擴衍至清初。但若較全面考量林語堂的晚明論述，則可發現，不同於周作人以「三袁鍾譚」為核心，渲染公安竟陵的革命精神，視金聖嘆（1610-

---

42　語堂，〈有不為齋隨筆：論文（上）〉，《論語》，第 15 期（1933.4.16），頁 533。

43　周作人，〈周序〉（1930），《近代散文抄》（北平：人文書店，1932），頁 6。

44　周作人在《中國新文學的源流》中曾提到：「以袁中郎作為代表的公安派，其在文學上的勢力，直繼續至清朝的康熙時代。集公安竟陵兩派之大成的，上次已經說過，是張岱，張岱便是明末清初的人。另外還有金聖嘆（喟），李笠翁（漁），鄭燮，金農，袁枚諸人」，建設出以言志為主的晚明小品圖像。林語堂〈新舊文學〉中的歸納，可能即來自此段文字。詳周作人，《中國新文學的源流》（上海：華東師範大學出版社，1995），頁 29。

1661）、李漁（1610-1680）、鄭燮（1693-1765）、袁枚
（1716-1798）等為「強弩之末」。[45] 林語堂在公安派
之外，更展現出對清初「末流」的關注。

實際檢視文獻，初期的代表作〈論文上〉（1933），
已在袁中郎之外，針對金聖嘆進行專節討論。他將金聖
嘆比做歌德（Johann Wolfgang von Goethe, 1749-1832），
強調「忠誠」的概念：

> 聖嘆言「忠」一字甚好。水滸傳序三說：「格物亦
> 有法，汝應知之。格物之法，以忠恕為門。何為
> 忠？天下因緣生法，故忠不必學而至於忠，天下自
> 然無法不忠。吾既忠，眼亦忠，故吾之見忠。鐘
> 忠，耳忠，故聞無不忠。吾既忠，則人亦忠，盜
> 賊亦忠，犬鼠亦忠，盜賊犬鼠無不忠者，所謂恕
> 也。」古人為文，百世以後讀之應聲滴淚，就是因
> 為耳忠眼忠而物亦忠，吾既忠，人亦忠。於己性靈
> 耳目思感不忠的人，必不能使人亦忠。[46]

誠於己的宗旨，是重性靈與個人思維的延伸。惟林
語堂這段話引入金聖嘆的小說觀，以敘物而非詠物的方
式，說明現代文章的做法，頗具錄見聞的史學趣味。末
段在性靈之外，納入身體的感物經驗，以「耳目思感」
的鋪寫，提取文章的敘述成分。林語堂對金聖嘆的詮

---

45 周作人，《中國新文學的源流》，頁29-30。
46 語堂，〈有不為齋隨筆：論文（上）〉，頁534。

釋，在人情的基礎上，更強調對物理的觀察，暗示以個人經驗「記述」為主的文章模式。經由性靈論述的導引與延伸，開展出以「物－身體」為主的詮釋面向。

1933-1934 年間左翼與右派紛爭趨於尖銳，魯迅發表〈小品文的危機〉（1933），正式啟動小品文論戰。魯迅以「小品文」為「小擺設」的說法，其實已經敏銳注意到當時小品文的「寫物」特徵。他將這種摩抄賞鑑的玩物心態，歸納為生活安閑的象徵，[47] 揭示左翼文人將玩物視作悠閒的思維。1934 年林語堂創辦《人間世》，提倡「以自我為中心，以閒適為格調」的小品文，介入論戰的意圖強烈。他置入高喊救國的現代情境，以「言其小，避大也」的認知框架，[48] 重新詮解晚明小品之「小」。在他看來，小是一種逃逸路線，也是抵抗策略，「以小自居」的處世態度，[49] 能與載道文學抗衡，也能避免其對個體的遮蔽。

林語堂顯然覺察到「小」促成文體變遷的可能性。他進一步將小品文之小，錨定於「閒適」格調，刻意提倡悠閒，反駁左翼文人對「幫閒」的批判。他取資西方「親熱的（familiar）」漫談形式，[50] 嫁接晚明小品「文貴見真」、「各抒性靈」的精神，從而推導出「閒散自在」、「文主心境」等精神要旨。[51] 閒散既以心境為

47　魯迅，〈小品文的危機〉，《現代》，3:6（1933.10），頁730。
48　語堂，〈說小品文半月刊〉，《人間世》，第4期（1934.5.20），頁7。
49　語堂，〈說小品文半月刊〉，頁7。
50　語堂，〈說小品文半月刊〉，頁7。
51　語堂，〈還是講小品文之遺緒〉，《人間世》，第24期（1935.

主，與性靈論採取相同的理論基礎，似乎無意區隔性靈
與閒適兩大語彙。

　　事實上，林語堂詮釋晚明小品的閒散態度，不
單以心境內發的角度來談。〈還是講小品文之遺緒〉
（1935）中，他先是肯定袁中郎「曠達自喜，蕭散自
在」的精神，從文貴己出的角度，點明小品文的解放功
能。[52] 雖言蕭散，其實仍強調性靈。稍後，他的焦點轉
移至李笠翁的日常書寫，將「微細」寫作視為小品文的
「本色」。他這樣詮釋清初小品的「筆調」：

　　　笠翁文體甚得語言自然之勢，前已說到，若金聖嘆
　　那種行文，更是與說話一般無二。笠翁善用個人筆
　　調，敘述日常瑣碎，寄發感慨，尤長於體會人情，
　　觀察毫細，正是現代散文之特徵。……其所著「覺
　　世十二樓」，在中國短篇小說之演化上，尤不應輕
　　輕看過，恐古來中國人所寫短篇小說，對人物之描
　　寫，事理之推敲，尚無如此發揮方法。笠翁子才
　　二人之人生觀，又可以說是現代的人生觀，是觀察
　　的，體會的，懷疑的，同情的，很少冷豬肉氣味，
　　去載道派甚遠。[53]

　　這段話從語言自然與細節經營的角度，談論日常
性。在林語堂看來，和說話語氣相近的文字，「輕鬆

3.20），頁35。
52　語堂，〈還是講小品文之遺緒〉，頁35。
53　語堂，〈還是講小品文之遺緒〉，頁35。

無比，甚合閒適筆調」，[54] 更近閒談。在寫法上，不同於以心境為主的抒情模式，這裡更著重以敘述的方法，書寫日常生活。林語堂再度借鑑小說筆法，將「描寫」、「推敲」等時間性技術，援入小品文範疇，以細節經營，製造悠閒氛圍。細究末段林語堂對笠翁人生觀的歸納：「觀察」須透過身體感官，「體會」強調主體經驗，「懷疑」涉及思慮斟酌（非「詩」的興發），「日常」則歸於敘述。凡此四者，皆仰賴「身體－日常物件」的交涉經驗與個人見聞的採錄，頗具實錄精神，更側重反映客觀真實。惟林語堂尚提及「個人筆調」、「寄發感慨」，說明他對兩種詮釋路徑的張力並非無所認知，更傾向達到一種「真情真景，逼現目前，而因個人筆調，筆鋒又帶情感」的雜揉寫法。[55]

敘述模式的引入，說明林語堂對史傳傳統的採納。他雖有意區隔古文與小品，卻未能真正排除「文」的傳統。即如〈論文下〉（1933）詮釋袁中郎的「性靈」論，強調任性而發，也未能避開文須通於「人之喜怒哀樂嗜好情慾」的身體闡釋。[56] 相較於「性靈即自我」的表述模式，「身體即自我」的思維，容易導向感官經驗的記述。一般認為，林語堂接續周作人詩言志、詩緣情的論述徑路，標榜現代小品文與內在自我的精神聯

---

54 語堂，〈小品文選：評梅花草堂筆談〉，《人間世》，第 7 期（1934.7.5），頁43。

55 語堂，〈還是講小品文之遺緒〉，頁36。

56 語堂，〈我的話：論文（下）〉，《論語》，第 28 期（1933.11.1），頁171。

繫。但林語堂對晚明與清初小品採取的側重點不同，說明他對小品文體功能的認知，既來自詩騷傳統中的個體表述，更擔待史傳淵源的「記述」功能。前者獨守自我，後者更著重主體對生活的介入。[57] 換句話說，現代小品文縱使反抗「大」論述，卻並未消極，而是傾向以「小」的一副眼光感知世界，透過小事物的發現與書寫，發揮潛在的啟蒙效用。

〈言志篇〉（1934）做為一種實踐，集中展示林語堂對周作人言志文學觀的演繹與轉化。該文以大量的「我」為表述形式，體現「做我自己」的基本精神。在內容上，林語堂卻將「言志」定義為「言其理想生活」，對表述範疇做出界定，強調與環境、生活經驗的緊密結合。他這樣詮釋言志所體現的現代意識：

> 近代人是以一人的欲願繁多為文化進步的衡量。老實說，現代人根本就不知他所要的是什麼。在這種地方，發見許多矛盾，一方面提倡樸素，又一面捨不得洋樓汽車。有時好說金錢之害，有時卻被財魔纏心，做出許多尷尬的事來。現代人聽見代阿金尼思的故事，不免生羨慕之心，卻又捨不得要看一張

---

57 事實上，周作人雖在大旨上連接晚明與清初，對兩者的關懷也隱有不同。他之納入清初諸人，實更表彰其「人生的見解」與「誨淫誨盜皆文學」的精神。沈啓无自述《近代散文抄》的選錄旨趣，也提到他收錄金聖嘆、李笠翁等人，乃因其「接近通俗」。周、沈二人的觀點都說明，比起高揚個體與革命精神，他們更重視清初小品對「實際生活」的關懷。兩者雖皆不離對於自我的強調，但後者落實經驗、書寫生活，兼具「實用」與「審美」意義。詳周作人，《中國新文學的源流》，頁29。沈啓无，〈後記〉（1932.9.1），《近代散文抄》，頁836。

真正好的嘉寶的影片。於是乃有所謂言行之矛盾，
及心靈之不安。[58]

這裡指出現代人的精神形式。正因「欲願繁多」，
而須言志。這裡不膠著「桎梏－舒解」的政治論述，反
而著眼現代情境，說明構成言志思維的物質基礎。林語
堂一方面認為商品經濟造成自我喪失，另一方面卻也
認知到以「物」定義「自我」的新模式，其間的矛盾性
透露現代消息。這種「對於環境，能隨時注意，理想興
奮，欲願繁複」的言志衝動，[59]歸納於林語堂特有的
都市經驗。他顛覆傳統以「清心寡慾」為主的「神仙快
樂之境」，[60]有意開發現代情境下的舒適體驗。參照
後文列舉的理想願望，即可發現其中的幸福感受，不只
基於「做自己」的內在滿足，更來自身體與現代物件充
分配合，乃至相互表述的經驗。[61]

錢鎖橋曾指出，閒適在林語堂而言，同時指涉某種
寫作態度與生活風格。[62]這就是說，林語堂三十年代提

58　語堂，〈言志篇〉，《論語》，第 42 期（1934.6.1），頁836-837。

59　語堂，〈言志篇〉，頁836。

60　語堂，〈言志篇〉，頁837。

61　例如林語堂提到：「居家時，我要能隨便閒散的自由。雖然不必
　　效顧千里裸體讀經，但在熱度九十五以上之熱天，卻應許我在傭
　　人面前露了臂膀，穿一短背心了事。我要我的傭人隨意自然，如
　　我隨意自然一樣。我冬天要一個暖爐，夏天一個澆水浴房。」這
　　段話以感受性的角度出發，透過精確溫度勾勒感官敏銳的身體。
　　其間強調身體與物件的相互依賴，呈現如何達到舒適感的過程。
　　語堂，〈言志篇〉，頁4。

62　Qian, Suoqiao. *Liberal Cosmopolitan: Lin Yutang and Middle Chinese
　　Modernity* (Leiden: Brill Academic, 2011), p. 144.

出「閒適小品文」的書寫概念，並不單純只是一種政治表態，更是一種審美實踐。他固然透過明末清初小品的重讀，導出「閒」在現代中國的政治性意義。但另一方面，也正是在三十年代上海的都市情境中，揭示林語堂如何透過晚明「消費生活－物質心理」相互轉變的認知，摸索閒適小品文建構閒逸生活與舒適情境的美學路徑。

林語堂在〈論談話〉（1934）中，串連「談話」與「小品文」，闡釋閒適精神，就展示這種雙向建構的軌跡。他這樣揭示閒的現代性意義：

> 有閒的社會，才會產生談話的藝術，談話的藝術產生，才有好的小品文，大概小品文與談話的藝術，在歷史上都比較晚出，就是因要有閒階級為背景，而人之心靈，已有相當的技巧之故。今日有閒階級在共產黨看來是一種罪名，然而真正的共產主義及社會主義，都是希望有閒能夠普遍。所以有閒並無罪，善用其閒，人類文化乃可發達，談話乃其一端。商人終日孳孳為利，晚膳之後，睡上如牛，是不會有益文化的。[63]

林語堂有意為閒翻案，並做為小品文體由古典向現代移動的關鍵動力。「有閒」做為一種文明象徵，既隱喻國族政治處境，也映照資本主義經濟制度下的精神形

63　語堂，〈論談話〉，《人間世》，第 2 期（1934.4.20），頁23。

式。在詮釋路徑上，後者即由生活的角度切入，擺落忙
迫的生活方式，隱含林語堂對生活的審美要求。

　　論戰期間，林語堂對晚明小品的重讀，主要建立在
回應左翼文學批判的基礎。他提取清初小品的日常性，
更多時候展現於對閒適美學的開拓與實踐。不同於三十
年代周作人對悠閒的體會，傾向劃設出超然獨立的自我
空間。林語堂的悠閒觀建基於都市環境，時時與新物質
展開對話，也因此展示出矛盾性。一方面反覆頌揚道家
思想的超脫精神，一方面又如〈大荒集序〉（1933）中
提到「大荒旅行者與深林遯世者不同。遯世者實在太清
高了，其文逸，其詩仙，含有不吃人間烟火意味，而我
尚未能」的自我體認，[64] 不避展示對新興物質環境的
眷戀。對於物質生活的介入與強調，便意謂著不斷受外
物干擾的身體狀態。在悠閒思維的導引下，身體、物件
與生活經驗的緊密配合，成為營造舒適感的主要資源。

二、快樂即本能

　　林語堂在小品文論戰中以逆世姿態，迎擊左翼主
潮。他承接晚明文人的反復古精神，強調解放桎梏與個
體自由。但從文體發展的角度來說，一昧叛逆其實未能
真正指出小品文的走向。隨著論戰熱潮漸退，林語堂的
論述重心開始凝聚舒適體驗的開發。他延續稍早的悠閒
思維，卻淡化叛逆色彩，著重尋求生活與藝術的對話關
係。我們知道，林語堂雖將閒、適並提，卻同時包藏兩

64　林語堂，〈大荒集序〉，《論語》，第25期（1933.9.16），頁5。

種概念。悠閒固然是舒適之一端，舒適卻未必等於悠閒。從閒暇到舒適，一方面說明林語堂由叛世到適世的心態轉折，一方面也是對小品文體範疇的進一步界定。

　　1935 年林語堂撰寫《吾國吾民》，對小品文論戰期間的晚明論述，做出要旨性的回顧與總結。他這樣歸結晚明小品的特性：

> 中國古人的雅韻，愉快的情緒，可見之於一般小品文，它是中國人的性靈當其閒暇娛樂時的產品。閒暇生活的消遣是他的基本的題旨。主要的材料包括品茗的藝術，鐫刻印章，考究其刻藝和石章的品質，研究盆栽花草，培植蘭蕙，泛舟湖心，攀登名山，遊謁古墓，月下吟詩，高山賞潮，──篇篇都具有一種閒適，親暱，柔和的風格，湖情周密有如至友的爐邊閒話。[65]

　　這裡將小品的雅趣書寫，視為閒適精神的表現。透過題旨的歸納，林語堂在強調閒暇之際，更展示出晚明文人的各式娛樂方法。這段話拉開與載道派的衝突，落實生活本質的觀照。他對晚明文人的生活樂趣，投予賞鑒式的眼光，從中指派出小品文表達「愉快情緒」的新功能。

　　「愉快」成分的發現，是林語堂重新確立傳統價值

65　林語堂，〈生活的藝術〉，《吾國吾民》（臺北：德華出版社，1980），頁297。

的程序。《吾國吾民》做為反思國民性之作，固然是對
國民文化心態的批判，卻也提供林語堂導出中國愉快傳
統的基礎。例如他認為：「中國的哲學以其中庸、謹
飭、和平的特性，永遠不會適合歐美人的氣質的。這種
中國哲學的特性，完全係體力減退的結果，而歐美人的
氣質則充溢著進取的活力。」[66] 即透過身體衰弱展示國
民劣根性，但也是在這個層面，為享受、玩世與安樂等
非正統生活態度，建立藝術提升的基礎。1938 年林語
堂撰寫《生活的藝術》，章首即標舉中國人「以哲理的
眼光觀察事物」，成就一種「愉快」的生活哲學。[67] 參
酌前述，這裡提出觀察事物的思維並不新穎，關鍵在於
透過感官成就愉快的過程，突出了「身體」的作用與中
介意義。在探索舒適經驗的過程中，身體是林語堂認知
小品及其藝術生活的重要視點。

　　誠如前述，林語堂對「身體」的關注甚早。繼五四
時期的隱喻性身體後，林語堂在小品論戰期間，也曾考
察金聖嘆、蘇東坡小品中的身體論述，探索「古人生
理學」。[68]〈說大足〉（1934）援引晚明文人的身體敘
述，可視為林語堂初期的美學探索。他這樣談論李漁對
鞋的觀察：

66　林語堂，〈藝術家生活〉，《吾國吾民》，頁263。
67　林語堂著、黃嘉德譯，〈生活的藝術（一）〉，《西風》，第 22
　　期（1938），頁327。
68　語堂，〈金聖嘆之生理學〉，《論語》，第 17 期（1933.5.16），
　　頁587。

此笠翁所謂「有底（高跟）則指尖向下而禿者疑
尖，無底則玉筍朝天而尖者似禿故也。」同是欲纖
欲尖，而以高跟女子笑小足村婦，為理固未甚平。
至西子王嬙大足之美，則無人主張。[69]

　　透過笠翁對鞋型的分析，說明身體解放的美感。放
足概念似新實舊，惟以高跟替換蓮鞋，對新式洋纏足進
行批判，更加著眼現代城市情境。林語堂並論小足與大
足，頗有將「小－大」模式引入身體論述的意向，可視
為小品文論述的延伸。他對大足之美的強調，說明「身
體」已介入這個階段的小品詮釋，且具審美意義。
　　林語堂對身體的探勘與發現，頗受二十世紀三十年
代德國裸體運動風潮的影響。〈論裸體運動〉（1935）
對此進行反思，也幾乎昭告身體成為新的論述資源與詩
意對象。他這樣談論裸體的好處：

　　大概一則，可以叫我們醒悟我們根本是個動物。裸
　　體時，你可聽見你自己的心跳，可以觀察你血液的
　　循環，可以撫摩你自己的皮肉。這樣你對人生之秘
　　奧可有較親切的認識，人是什麼東西，也較清楚，
　　比讀十部哲學名著還好。也可以叫你得一種自然主
　　義的人生觀，不要太看重靈魂，太看輕肉身，太貴
　　理智，太賤情感，能夠寶重愛護這造物給我們的
　　身體，……向來中國的文化是不知人有個身體的

69　語堂，〈說大足〉，《人間世》，第 13 期（1934.10.5），頁9。

——這總算是西方文明的發現（也是希臘文明之遺
賜），認識認識是好的。[70]

這裡還原人類的動物性本能，從科學、生理的角
度，說明身體意識覺醒的現代性意義。但關鍵的是，林
語堂跳脫人生態度的反覆申說，以身體為媒介，具體規
劃出探索人生的新途徑。他觀照「機能」運作，說明對
身體「自然」節奏的體察，本質上即是一種「人生觀」
的實踐。

林語堂將身體立於前景，修正了稍早從精神、心態
的角度，聯繫晚明與現代的基本路徑。1938 年他撰寫
《生活的藝術》，重探笠翁對日常性的關注，便將焦點
由精神轉入身體。他特意取《閒情偶寄》飲饌部對口、
腹二身體部件的分析，指出「食是人生少數真樂事之
一」。[71] 這就將晚明小品中的生活「樂趣」成分，聯
繫「身體」因素，試圖做新詮釋。他進一步申說現代視
野下的「快樂」經驗：

當他的肚腸填滿的時候，他多麼會喊出人生是美妙
的啊！這個飽滿的肚子裡洋溢著，發射出一種精神
上的快樂。中國人是靠著本能的，他的本能告訴他
說，當肚子美滿的時候，一切都美滿了。所以我認
為中國人有一種比較近乎本能的生活，同時有一種

---

70 語堂，〈論裸體運動〉，《宇宙風》，第 2 期（1935.10.1），頁80。
71 林語堂著、黃嘉德譯，〈生活的藝術（七）〉，《西風》，第 28
期（1938），頁424。

哲學，叫他們較能公開承認他們的生活近乎本能。
我曾經提起過，中國人對於快樂境地的觀念是「溫
暖，飽滿，黑暗，甜蜜」──指吃完一頓豐盛的晚
餐去睡的情景。[72]

　　上述觀點以笠翁對口腹之欲「如江河之不可填」的
抱怨為基礎，反面立說「肚腸填滿」的快樂。林語堂試
圖對「快樂境界」進行分析，但關鍵或許不在實質內涵
的錨定，而在於這種快樂體驗，是在身體、感官欲望被
滿足的經驗中被建構起來，進而成為林語堂小品文中舒
適情境的建設途徑。誠如周質平指出，林語堂「善於將
最神聖或最神秘的感覺，用最平常的字眼來進行分析和
解釋。讓人領受一種『說穿了稀鬆平常』的快意」，[73]
林語堂的快樂論述，即是建立在最日常的身體經驗，以
此創造一種貼近人情的熟悉感。

　　因而，林語堂並未排除精神上的快樂感受，而是將
其收納為身體機能的一環，[74] 以此彰顯身體的律動形
象。在〈金聖嘆的三十三不亦快哉〉中，林語堂侈錄金
聖嘆的生活記事，補筆「在這種快樂的時刻中，精神
是和感官錯綜地聯繫著的」，[75] 即說明兩者的交互作

72　林語堂著、黃嘉德譯，〈生活的藝術（七）〉，頁427。
73　周質平，《自由的火種──胡適與林語堂》（臺北：允晨文化，
　　2018），頁202。
74　林語堂提及「精神上的舒服是有賴乎內分泌腺的正常動作」，即
　　強調身體與精神快樂的共貫關係。詳林語堂著、黃嘉德譯，〈生
　　活的藝術（十五）〉，《西風》，第36期（1939.8），頁620。
75　詳林語堂著、黃嘉德譯，〈生活的藝術（十五）〉，《西風》，
　　第36期（1939.8），頁624。

用。他以快樂切入解讀晚明小品的生活書寫，將「日常」拉升至藝術享受的層次。在他看來，晚明文人之善於享樂，乃因其將身體視為一種「收受器官」，[76] 隨時受到「當時的情調」的擾動與支配，[77] 處於感官歡樂的盛滿狀態。這種詮釋方式，說明林語堂對晚明文人「適世」思維的認知，已由心境超越轉向身體對所處環境的介入與反應。

　　就理論內涵來說，林語堂的身體論述，取資小品的日常情境，又另闢蹊徑，以「感官」探問快樂的本質。他將晚明小品的樂趣精神，匯入中國的行樂傳統，進而契接於山達雅拿的「動物信念」：

> 我們人類在世界上的壽命是有限的，很少超過七十年，因此我們必須調整我們的生活，使我們在已定的環境之下盡量過著最快樂的生活。這種觀念是儒家的觀念。這種觀念含著很濃厚的現世的氣息，屬於塵世的氣息；人類隨著一種固執的常識去工作，其精神乃是山達雅拿所稱的「動物的信念」，把人生當做人生看。……這種動物的信念使我們依戀著人生——本能的人生和感官的人生——因為我們相信我們大家既然是動物，那麼我們只有在我們正常的本能獲得正常的滿足時，才能夠獲得真正的快樂。這是包括生活各方面的享受的。[78]

76　詳林語堂著、黃嘉德譯，〈生活的藝術（十五）〉，頁627。

77　林語堂著、黃嘉德譯，〈生活的藝術（十五）〉，頁624。

78　林語堂著、黃嘉德譯，〈生活的藝術（十七）〉，《西風》，第

　　這段文字說明，林語堂的享樂思維，來自對身體有限性的認知。不同於稍早著力將晚明性靈傳統援入現代，以道家的超脫性格，支撐個人主義論調。這裡的典範對象，置換為儒家的現世精神，強調身體受「已定環境」的牽制。他進一步指出，〈蘭亭集序〉在宴集之樂中隱含人生不再、生命易逝的悲哀情調，[79] 強調及時行樂傳統中蘊藏的憂患意識，有意區隔享樂主義（Hedonism）的利己（egoism）精神。然而，相較於儒家傳統將「行樂」實踐於人倫與群體互動，林語堂後半段卻回歸個體，尋求西方人文主義（Humanism）的外援，將滿足、快樂、享受的舒適本質，導向生物性的感官與本能。雖強調介入人生，卻避開談論儒家對社會責任的積極承擔。林語堂將肉體滿足的快樂生活，視為對抗生命有限之道，不免夾帶享樂思維。

　　林語堂進一步將物質享受納入感官範疇，[80] 說明「感物」模式的變遷。他延續笠翁對飲食生活的觀照，將其微物的書寫模式，視為晚明文人對物質生活的享受與賞鑑。他推導出這樣的物我關係：

　　中國人對於一切動植物也是這樣，正確的觀念是怎樣才能欣賞它，享受它，而不是它們本身是甚麼東西。鳥的歌聲，花的色彩，蘭的花瓣，雞肉的肌理是我們所關心的東西。東方人須向西方人學習動植

---

38 期（1939.10），頁203。

79　林語堂著、黃嘉德譯，〈生活的藝術（十七）〉，頁202-203。

80　林語堂著、黃嘉德譯，〈生活的藝術（十七）〉，頁204。

> 物全部科學，可是西方人須向東方人學習怎樣欣賞
> 花魚鳥獸，怎樣澈底賞識動植物各種類的輪廓與姿
> 態，從它們聯想到種種不同的心情和感覺。[81]

　　這裡對照西方的邏輯與分析思維，強調一種無目
的、以感受性為主的觀物模式。伴隨聽覺與視覺的引
導，林語堂透過身體各式的官能經驗，感受動植物的生
理結構，擴展對物質與生活知識的圖譜。從「輪廓姿
態」深入「肌理」的觀察方法，頗具「極微論」的旨
趣。[82] 不同於晚明文人乃至周作人對於小品物質性的
關注，著重在「發現」的過程中尋索樂趣。林語堂三十
年代，以身體架構新的感物模式，傾向經由細密的身體
感官，觸碰生活微小之物。

　　這個階段的小品文，即展示出豐富的身體姿態。林
語堂從日常出發，連結生活物件，透過連串身體動作的
書寫，不斷試探舒適感的維度。他這樣研究睡的姿勢：

> 我與夫子同感，覺得側臥實是人生最大快樂之一。
> 假使你要得到身心最完全的舒適，須注意你兩臂的
> 姿勢。最優美的姿勢切忌平臥，枕頭須大而且軟，
> 睡在上邊約成三十度的角度，然後把一臂或兩臂全

81　林語堂著、黃嘉德譯，〈生活的藝術（七）〉，頁428。
82　《人間世》第一期曾收錄徐懋庸談小品文作法的文章。他透過金
　　聖嘆小品的重讀，歸納出「極微論」的觀察法：「一鱗之與一
　　鱗，其間則有無限層折，如相委焉，如相屬焉：所謂極微，於是
　　乎存，不可以不察也」，頗與林語堂的「肌理」觀察論相應。徐
　　懋庸，〈金聖嘆的極微論〉，《人間世》，第1期（1934.4.5），
　　頁15。

時墊在頭的下面。至此，姿勢方才完美。用了這個
姿勢睡覺，詩人可以寫出不朽之傑作，哲學家可以
產生偉大之思想，科學家可以得到稀世之發明。[83]

　　對身體姿勢的細緻描繪，近乎表演。林語堂透過側
臥與平臥的對比實驗，得出身體舒適感的「最大」值。
配合枕頭此睡眠物件，他找到頭部與兩臂擺放的「完美
姿勢」──身體與物件處於和諧交融的情境。追求適切
乃至精確的身體角度，將身體進行美感化，使睡不再僅
是一項單調枯燥的例行起居，而是在感官最敏銳開放的
狀態中，獲得藝術性的提升。

　　林語堂這個階段以睡、坐談日常，可能頗受笠翁
《閒情偶寄》頤養部的啟發。[84] 兩者觀照小處的精神
相似，論法卻相當不同。細究笠翁談睡，乃按「睡之
時」、「睡之地」與「可睡可不睡之人」進行分析，
將睡眠視為行樂之道。[85] 他以養生為依歸，析論因應四
時、時地不同而有各式睡眠方法，頗有順應人體自然的
意味。林語堂談睡，與其說是論睡之於養生的必要性，
未若說更像是以身體的舒適感為話題中心。他納入物
件，精細書寫物件與身體配合的角度，使身體姿勢更像
是一種人為的精心設計。不同於笠翁從醫事切入，說明

83　林語堂，〈睡的藝術〉，《隼味集》，第 1 期（1938），頁7。

84　李漁在《閒情偶寄》頤養部中，劃分出行樂、止憂、調飲啜、節
　　色慾、卻病、療病六大面向。該部即對日常起居進行細緻討論，
　　最後收攝於養生的主軸。

85　李漁，〈睡〉，《閒情偶寄》（1937），頁335-338。

「睡能還精，睡能養氣，睡能健脾益胃，睡能堅骨壯筋」，[86] 透露增強體質以延年益壽的保養意識。林語堂談睡，以強化舒適感為目的，顯得更為純粹，趨近一種身體感官的體驗。

林語堂的舒適經驗，得之於身體與物件相互定義的模式。因而，舒適情境的推演，更涉及對「器物」的觀察與書寫。例如他透過人體坐姿，推導器具設計的公式：

> 關于坐器的舒服，我發現了一個極簡單的公式：即椅子愈低，坐來愈舒服。……明白了這個道理，就知道沙發愈低愈妙了！在我沒有發現這個公式之前，我常以為研究室內裝飾的人，對于製造椅子一定有一個數學上的公式，關于高度，闊狹，與斜度的比例一定可用極正確的數目算出來，但在我發現這個公式之後，我覺得造椅子是一件非常簡單的事。隨便拖一只中國式的紅木椅子來，把椅子腳鋸短幾寸，然後坐上，包你滿意，因為在我們坐的當兒，身體躺得愈平，人愈覺得舒服。[87]

這段文字說明身體姿勢／習慣與物質共同演變的關係。舒適的坐姿，應近於躺。從中國紅木椅子直坐的姿勢傳統，到「舒服的搖椅和壁椅也發明了」，[88] 林語堂

---

86 李漁，〈睡〉，頁336。

87 林語堂，〈坐的藝術〉，《隽味集》，第 2 期（1938），頁33-34。

88 林語堂，〈坐的藝術〉，頁33。

在低矮的坐臥經驗中，展示了物質隨舒適觀演化的軌跡。他有意透過「舒適非罪惡」的價值轉換，顛覆古代器具所夾帶的「恭敬」觀念。相較於古人的正襟危坐，「坐得舒服」重新定義了現代情境下的尊敬思維與社交禮儀。[89] 林語堂進一步以新的舒適美學觀，回應稍早的小品文理念，說明「我的愛躺沙發的習慣與我提倡『個人筆調』這兩件事之間不無關係」。[90] 這便將小品文閒適的美學風格，導向物件與身體相互定義的舒適感受。

就物質賞鑑的角度來說，晚明清言小品亦有不少品賞家居物件的作品。諸如《考槃餘事》、《長物志》、《清閑供》等，類皆針對日常生活物件，不憚篇幅進行敘述與考辨。但相較於晚明「好骨董，乃好聲色之餘也」、「熱鬧當場，必思清虛」的文化心態，[91] 強調透過古玩、書畫、石印、琴劍的品鑑，營造清雅幽靜的詩意氛圍，又或在耽溺聲色與節制慾望間展現出矛盾，[92] 林語堂顯然更果斷提出身體的優位性，不避開啟感官，與世俗之物交涉。當然，他後期雖呈現適世的心態轉折，但在現代物質情境中，將「舒適」與「道德」互連，仍舊透露出一貫的政治隱喻。因而，林語堂這個階段關注晚明物質、新詮小品，其實兼納了晚明與清初小

89　林語堂以到處為家的概念，倡言在朋友家應當如在自己家，行止坐臥以「舒適」為主，方能顯對朋友的尊敬。這就說明舒適觀念的新變，帶來社交禮儀的變遷。又，到處為家的思維，說明家庭觀與舒適觀，亦具同步轉化的基礎。林語堂，〈坐的藝術〉，頁33。

90　林語堂，〈坐的藝術〉，頁33。

91　董其昌，〈五說〉，轉引自吳承學，《晚明小品研究》（南京：江蘇古籍出版社，1999），頁302。

92　吳承學，〈晚明心態與晚明習氣〉，《晚明小品研究》，頁384。

品的玩物思維。「玩物」既含有晚明私愛表述的意涵，
也負載清初遺民談物的政治化轉向。[93]

　　林語堂雖以身體探索舒適經驗，卻對現代派的感官
模式保持警覺。他敏銳覺察到興起於現代都市的新感
覺，並發現一種基於「生之厭倦」的快樂形式：「他們
須離開這些單調的，千篇一律的磚頭牆壁和發光的木頭
地板去找娛樂！他們當然會跑去看裸體女人啦。因此患
神經衰弱症的人更多」，[94] 這便說明他對於現代派文
人沉迷色情、物慾及頹廢帶來的快樂，有所認知，亦有
所保留。在他看來，身體固然有待被重新認識，卻並非
流於刺激與放縱，導致落入感官麻木與單調的危機。

　　這樣的思維，呈現出林語堂與現代派小品文感官書
寫的差異。林語堂這樣書寫細微的身體感受：

　　　無人見時，赤身裸體是非常舒服美感的；或是在高
　　樓的浴室，窗外只有兩隻小雀偶然飛過，並沒有罪

93　李惠儀曾對晚明「談物」論述在清初的轉化進行考索。他指出清
　　初遺民對前朝遺物的賞玩，轉化了明季談物普遍的私人象徵傳
　　統。他將這種轉變視為一種「政治化」的轉向。把玩前朝遺物，
　　一方面透露遺民的負疚心態，一方面遺民也正是在這種另類的前
　　朝追看中，獲得政治救贖。李惠儀，〈世變與玩物──略論清初
　　文人的審美風尚〉，《中國文哲研究集刊》，第33期（2008），
　　頁35-76。林語堂也曾談論「玩物」，在〈論玩物不能喪志〉中，
　　他提到「中國人生活苦悶，得以不至神經變態，全靠此一點遊樂
　　雅趣」，說明造就玩物心態的背景。「苦悶」做為一種現代特有
　　的精神形式，在國族、政治、資本主義等憂患情境中，本即具有
　　強烈的政治意涵。在左翼風潮盛行的年代，林語堂在救國情境中
　　談玩物，卻時穿插對國民性、文學批評道路的反思，也許隱含某
　　種類似遺民的悔罪心理。語堂，〈論玩物不能喪志〉，《人間
　　世》，第7期（1934.7.5），頁6。
94　林語堂著、黃嘉德譯，〈生活的藝術（十六）〉，《西風》，第
　　37期（1939.9），頁108。

孽深重的人眼望得到時，你把窗扇打開，叫你的皮
膚與涼風暖日接觸，那是非常舒暢而合衛生的。你
看涼風一來，毛孔自然凸厚起來，細毛微微的波動
如翻麥浪。見了陽光，又是舒暖了，由細管里發出
一種油質，在陽光之下晶瑩可愛。這樣靜臥著，讓
皮膚受涼風暖日的煦育……。[95]

　　這段文字對身體進行多層次的美感觀照。透過細
毛、細管、毛孔等微觀視角，勾勒出感官格外敏銳的身
體。但不同於現代派文人傾向描述感官的騷動性，經常
陷溺於各式錯覺、幻想與潛意識的淆亂，呈露身、心不
協調的狀態，從中凸顯出變態與衝突的張力。林語堂以
和諧、溫暖、平靜的身心狀態為基調，在忙迫拘束的現
代生活中，開發另一種飽含現代意識的舒適情境。

95　語堂，〈論裸體運動〉，頁79。

第三節　癖好新寫：
　　　　「小」敍述的建構

一、成癮身體與煙考

　　從出版書頁到小品文創作，都不難看到林語堂「煙斗客」的自畫像。在林語堂女兒日記中，曾對父親有此描述：「他自然是愛吸煙的。當父親醒的時候，差不多沒有一刻停止抽煙的，這樣，一支地直到他睡到床上為止。他在寫作的時候，更大吸紙煙了。他曾說過，他如果不抽他就寫不出一些作品。有一次，父親忘記帶他的烟斗，他覺得他雙手空虛而懶散，因為他沒有東西握在手中，他會覺得空空的。」[96] 這樣的觀察，勾勒林語堂愛煙的狂人形象與日常生活。煙斗做為抵禦虛無的良器，是林語堂用以定義自我的現代物件。

　　回到歷史現場考察林語堂的創作文本，更展示愛煙的豐富訊息。1935 年他創辦《宇宙風》，特闢「煙屑」專欄，時而大書晚明文學觀與小品文作法，又或穿插對左翼文學的批判，即有聯繫煙與小品文的意向。「煙屑」本有「小」之意，卻不限於篇幅短小，反而容許「拉拉扯扯」的「長段」。[97] 這就將煙屑與小品文的共同性，定於精神內質。小品文既主閒適，須在睡眠酣暢的狀態，「精神不足，吸烟提神而仍不來」，便不宜

96　亞娜，〈父親的嗜好〉，《吾家》（上海：大江出版社，1945），頁27-28。
97　語堂，〈煙屑〉，《宇宙風》，第 7 期（1935.12.16），頁353。

作文。[98] 在林語堂看來，「吸煙」具備營造小品文舒
適情境的身心基礎。

　　事實上，愛煙嗜好在民國知識分子群體中頗為盛
行，[99] 並非林語堂的專利。煙做為一種舶來品，既是現
代物質，也象徵新興消費型態。特別是具備留洋經驗的
文人，對煙及其挾帶的西方文化魅力，多展現出不可自
拔的沉迷與興趣。例如徐志摩 1926 年談論牛津印象，
就將抽煙引入文化領域，進行審美觀照。[100] 學者曾考
察民國煙業的發展情景：

　　　　至 1933 年，國產烤煙量已明顯超過外煙進口量。
　　　　但是，國產煙葉在品質上較進口煙次，所以高級
　　　　香煙原料的 80%~90% 仍需從美國進口，低檔捲煙
　　　　也有 40%~50% 需要進口原料。英美煙草公司先後
　　　　在山東、湖北、安徽、河南等地發放種子，試種烤
　　　　煙，開闢原料基地。至民國初年，英美煙草公司從
　　　　原料生產加工到煙品的製造、銷售，已經基本把持
　　　　了中國煙業市場，成為帝國主義在華工業壟斷組織
　　　　的一個典型。[101]

98　語堂，〈煙屑〉，《宇宙風》，第 1 期（1935.9.16），頁39。

99　例如魯迅〈在酒樓上〉不斷穿插小說人物的吸煙行徑，以煙描勒
　　主體苦悶的精神形象。梁實秋與朱自清等人亦曾論煙，汪曾祺更
　　細緻考索煙的歷史起源。凡此種種，都說明煙在民國文學情境中
　　的繁盛現象。

100 志摩，〈吸煙與文化〉，《晨報副刊》（1926.1.14），頁21。

101 明爐、雪娃，《中國煙文化史稿》（北京：中國青年出版社，
　　2003），頁109。

　　國產煙的大規模產量，說明三十年代大量的煙業需求。勢不可擋的進口煙品，說明煙草在資本主義經濟體制下蘊藏的物質現代性意義。時人對國產或進口煙品的需求與選擇，揭示危亂的國族境遇，使煙在現代中國沾染濃厚的政治象徵。知識分子以煙排解苦悶，在抗拒資本主義與迷戀外來物品間，展示出矛盾性。

　　用煙既為普遍，關鍵在於，林語堂將煙置入三十年代的道德情境，翻轉「吸煙」價值，有意透過煙製造舒適情境，呼應現代小品文的寫作精神。他透過《論語》大膽提倡吸煙，經由代表性之作〈我的戒烟〉（1932），聲援當時的小品文論戰。他置換吸煙與戒煙的道德情境：

> 我有一次也走入歧途，忽然高興戒煙起來，經過三星期之久，才受良心責備，悔悟前非。我賭咒著，再不頹唐，再不失檢，要老老實實做吸煙的信徒，一直到老耄為止。到那時期，也許會聽青年會儉德會三姑六婆的妖言，把他戒絕，因為一人到此時候，總是神經薄弱，身不由主，難代負責。但是意志一日存在，是非一日明白時，決不會再受誘惑。因為經過此次的教訓，我已十分明白，無端戒煙斷絕我們魂靈的清福，這是一件虧負自己而無益於人的不道德行為。[102]

---

102 語堂，〈我的戒烟〉，《論語》，第 6 期（1932.12.1），頁190。

以吸煙標榜自我的意圖相當果斷。吸煙做為一種於身體有害的行為，自鴉片戰爭以來，即背負國民體質不健康的亡國隱喻。林語堂顛覆現代衛生觀念，賦予吸煙新的正向價值。戒煙之不道德，既在於「虧負自己」、違反身體本能，吸煙便與小品文強調自我、厭棄道德框架的文體精神遙相呼應。林語堂透過小品文書寫悖俗嗜好，頗類晚明小品以病、癖、疵標榜自我的路徑。惟不同於晚明文人好玩古物書畫，以雅物反襯俗趣，標舉違俗、超脫的人格精神。林語堂的吸煙主張，更展示出既反流行價值，又無法抗拒潮流商品誘惑、受其制約的矛盾性。

班凱樂（Carol Benedict）曾指出，不同於象徵老北京鄉愁的煙袋，「卷煙」（cigarette）是上海城市特有的標誌性景觀。[103] 林語堂書寫吸煙情境，即調動各種都市元素：「有一下午，我去訪一位西洋女士。女士坐在桌旁，一手吸煙，一手靠在膝上，身微向外，頗有神致。我覺得醒悟之時到了。她拿煙盒請我。我慢慢的，鎮靜的，從煙盒中取出一枝來，知道從此一舉，我又得道了。」[104] 這裡頗具說故事的口吻，西洋女士與卷煙的搭配，足現「摩登」（modern）的都市風景。林語堂描寫女性吸煙姿勢，透過煙盒的傳遞動作，同時召喚性與物質欲望，並達成主體境界的提升。

因而，林語堂在小品文中提倡吸煙，既是自我標

103 班凱樂著、皇甫秋實譯，《中國烟草史》（北京：北京大學出版社，2018），頁194。
104 語堂，〈我的戒烟〉，頁192。

榜，也昭告休閒、享樂形式的現代轉化。他經常連結吸煙與閒談，強調煙製造、助長快樂氛圍的功能。如〈談牛津〉（1933）、〈吸煙與教育〉（1933），引介西方「吸煙談學」的文化，說明吸煙做為一種新式的溝通工具，能夠帶來自由、親熱、悠閒的談話氛圍，從而攻破現代學院體制的層層束縛。[105] 在忙迫緊張的現代生活中，要「享受談話的樂趣」，就須透過吸煙者來創造「沉思默想的，和藹可親的，坦白自然的談話風格」，[106] 與小品文閒適筆調的內在心境合拍。

做為現代城市的享樂工具，林語堂對煙的迷戀，更來自身體的舒適感受。他連結晚明小品對「品香」的樂趣，突出身體感官，強調香煙在嗅覺層面所引發的快樂享受。[107] 誠如前述，林語堂以有限的身體，新詮晚明小品的生活樂趣，透露現代情境下，對時間消亡的感受與焦慮。短暫、破碎的時間意識，遂與身體的有限性同步建構起來，使快樂的界限臨近「快感」（pleasure）的身體經驗。例如他這樣書寫吸煙帶來的短暫變化：

> 一個吸煙成癮的丈夫生氣的時候，總是立刻點起香煙或煙斗來，面帶怒容。可是那是不會長久不變的。因為他的情感已經獲得一條出路，雖則他也許

---

105 語堂，〈談牛津〉，《論語》，第 9 期（1933.1.16），頁311。語，〈吸菸與教育〉，《論語》，第 10 期（1933.2.1），頁326。

106 林語堂著、黃嘉德譯，〈生活的藝術（二十四）〉，《西風》，第 45 期（1940），頁298。

107 林語堂著、黃嘉德譯，〈生活的藝術（二十四）〉，頁301-302。

還想繼續露著怒容，以表示他的憤怒或被辱的感
覺，可是他卻沒有法子把怒容維持下去，因為煙斗
柔和的輕煙是太適意了，撫慰的力量是太大了，他
把煙噴出來時，似乎也把蘊藏在心裡的怒氣一口一
口發洩出來。[108]

吸煙被賦予某種速度感，有迅速平抑憤怒的作用。
「立刻點起香煙」是主體感受外在環境壓力時的應對之
策，流露難以自控的吸煙衝動。「總是」重複的吸煙動
作與反應，說明對物質的強烈依賴，是典型的「成癮」
徵狀。吸煙同時是逃避壓力的出路，主體得以在憤怒和
愉悅的情緒間迅速切換。林語堂雖由情感心境的角度，
說明吸煙的撫慰功能，但「柔和的輕煙」仍舊透露適意
的嗅覺體驗。心理暗示與切換往往難以瞬間成就，林語
堂在短小的段落中，壓縮瞬時性的時間單位，展示主體
破碎不連續的感受，其間的劇烈變動性，更符合身體感
官的觸發時間。

林語堂透過煙癖，標榜自我，營造舒適空間，對晚
明小品書寫癖好的精神形式有所借鑑。但「成癮」做為
身體另類的適意經驗，卻展現出強烈的現代意義。相較
於晚明文人透過外在行徑，書寫閒趣、愜意的心境氛
圍，林語堂的安適經驗，更建立在身體的當下性感受。
在他的語脈下，煙癮做為一種有違「健康標準」的衝
動，指涉某種無法被準確預期而又變化莫測的身體經

---

108 林語堂著、黃嘉德譯，〈生活的藝術（二十四）〉，頁298。

驗，依賴主體的瞬間性感知。由「癖」而「癮」，透露
現代時間觀與消閒形式的雙向演變。癖好的從事與經
營，不再如晚明小品，依賴雅興的長期浸淫與培養，而
是主體欲望起心動念的時刻，便得以在最短時間，達到
快樂的境地，完成感官的匱乏與補償。就心境層面而
言，晚明小品樂於透過從事癖好，在時間拖延中感受
悠閒；林語堂成癮的身體快感，雖亦帶來閒暇的心境
感受，卻更傾向以緊迫的現代時間意識為參照，認知
「閒」的邊界與有限性。身體之快與內在心境之慢相
悖，反而凸顯身心不一致的現代主體徵狀。

　　從實際創作看來，吸煙亦是林語堂喜於調動的詩意
對象，用以營造小品文悠緩舒適的情境。〈秋的況味〉
（1941）做為林語堂少數較為抒情之作，即透過書寫吸
煙之樂，表述主體對於秋天的偏愛。他這樣描述賞樂的
境界：

> 大概我所愛的不是晚秋，是初秋，那時喧氣初消，
> 月正圓，蟹正肥，桂花皎潔，也未陷入凜冽蕭瑟
> 氣態，這是最值得賞樂的。那時的溫和，如我煙上
> 的紅灰，只是一股薰熱的溫香罷了。或如文人已排
> 脫下筆驚人的格調，而漸趨純熟練達，宏毅堅實，
> 其文讀來有深長意味。……在人生上最享樂的就是
> 這一類的事。比如酒以醇以老為佳。煙也有和烈之
> 辨。雪茄之佳者，遠勝於香煙，因其意味較和。倘
> 是燒得得法，慢慢的吸完一枝，看那紅光炙發，有
> 無窮的意味。鴉片吾不知，然看見人在煙燈上燒，

> 聽那微微嗶剝的聲音，也覺得有一種詩意，大概凡
> 是古老、純熟、薰黃、熟練的事物，都使我得到同
> 樣的愉快。[109]

這裡聯繫初秋、香煙與文三種要素，建設出享樂的
情境。林語堂翻轉凋零蕭殺的悲秋、晚秋傳統，對初秋
展示強烈的偏愛。他以成熟飽滿的秋天元素，書寫秋天
「對於春天之明媚嬌艷，夏日的茂密濃深，都是過來
人，不足為奇了」，[110]突出看透世事的世故形象。不同
於沈啓无刻意對秋天進行「回春」程序，強調健康、陽
氣的主體心態。[111]林語堂並不留戀春天的明媚，反而展
現出安於秋天寧靜的平穩心氣。稍後，連結小品文親
熱、老練的閒適格調，透過「意味深長」的美學效果，
創造文章解讀「餘地」，營造轉圜自如的適意感。段末
轉入吸煙的美學賞鑒，由心境轉向身體，透過味覺、視
覺、聽覺等多重感官的交織，尋索熟悉、愉快的舒適感
受。林語堂檢視細微感官，新寫小品之「小」，記錄物
與感官的私我歷史。

事實上，吸煙做為一種城市意象，在現代派小品文
中亦多可見。惟現代派諸人更自覺沾染都市氣息，透過
煙探索異化情境。例如穆時英透過各種香煙品牌的堆

---

109 林語堂，〈秋天的況味〉（1941），《論孔子的幽默》（臺北：
　　德華出版社，1976），頁98。
110 林語堂，〈秋天的況味〉，頁97。
111 相關討論，詳本書第五章。

砌，塑造主體物欲橫流、為物所役的耽溺形象。[112] 施蟄存更將煙與耽於妄想緊密繫聯，[113] 以吸煙做為入鬼入魔的途徑，呈現顯著的異化思維。在現代派文人筆下，吸煙不只是「舒緩」精神壓力的物品，更是幫助主體進入迷幻、幽晦、騷動等異化情境的儀式。相較於林語堂將吸煙美學化，將身體感官推向和諧、舒適的藝術境界，現代派文人的吸煙美學顯然更趨向消極，其所誘發的感官書寫，不避凌亂與晦暗，主體最終經歷的是疲弊、孤獨與頹廢的審美體驗。

因而，同以煙為詩意對象，林語堂表現出與現代派文人迥別的審美意態。他透過煙霧彌漫的情境，營造意味無窮的美學效果：

> 秋天的黃昏，一人獨坐沙發上抽煙，看煙頭白灰之下露出紅光，微微透露出暖氣，心頭的情緒便跟著那藍煙繚繞而上，一樣的輕鬆，一樣的自由。不轉眼，繚煙變成縷縷細絲，慢慢不見了，而那霎時，心上的情緒也跟著消沉於大千世界，所以也不講那時的情緒，只講那時的情緒的況味。待要再劃一根洋火，再點起那已點過三四次的雪茄，卻因白灰已積得太多而點不著，乃輕輕的一彈，煙灰悄悄地落在銅鑪上，其靜寂如同我此時用毛筆寫在紙上一

---

112 穆時英的吸煙意象，雖用於小說，卻也提供我們觀察現代派文人，如何透過香煙，書寫上海異化與物化的情境。穆時英，〈Craven 'A'〉，嚴家炎、李今編，《穆時英全集》（北京：北京美術攝影出版社，2008）。

113 施蟄存，〈讚病〉，《萬象》，第 2 期（1934），頁29。

樣，一點的聲息也沒有。於是再點起來，一口一口
的吞雲吐霧，香氣撲鼻，宛如偎紅倚翠溫香在抱情
調。於是想到煙，想到這煙一股溫煦的熱氣，想到
室中繚繞暗淡的煙霞，想到秋天的意味。[114]

　　這段文字透過煙的繚繞姿態，營造悠緩、溫軟的氛
圍情調。反覆點起洋火、雪茄的動作，一方面說明吸煙
是短暫性的現代消閒模式，另一方面也勾勒主體渴望延
長舒適時間的意向。「再」的多次使用，串連身體動
作，維續煙氣的漫衍，行文節奏因而延展。段末側重感
官，將香氣盈滿口鼻的嗅覺經驗，連結美女親近狎暱的
香奩情境，寄託主體的情慾想像。林語堂雖調動古典修
辭與意境，卻透過感官與物質的雙向更新，重寫合於現
代情境的新癖好。惟感官雖處於全然舒緩、開放的狀
態，卻也未進入刺激與衝突體驗，更傾向留連於中和、
溫婉、寧靜的舒適情境，享受身心和諧放鬆的狀態。

二、微觀視線與場景素描

　　閒適做為林語堂刻意引導的小品文風格，在三十年
代後期，逐步走向對生活細小面向的書寫。在林語堂看
來，享受、賞玩的人生態度，建立於「對於學者的書齋
和享受人生樂趣的一般環境，必須有相當的認識」。[115]
這就是說，空間與物件的配置與擺設，能夠營造氛圍，

---

114 林語堂，〈秋天的況味〉，頁97。
115 林語堂著、黃嘉德譯，〈生活的藝術（二十三）〉，《西風》，
　　第 44 期（1940），頁192。

寄寓主體性情與人生觀。擴大來說，林語堂更將這種實
踐思維，納入小品文創作，透過生活方式的書寫記錄，
塑造小品文的閒適風格。

　　林語堂經常以物件羅列的手法，再現生活場景一
隅。他傾向以微物眼光，選取、收納視線所及的各種微
小物品，從而描述物與物間的相對位置，以此呈現「小
空間」的視野景觀。例如他描寫烹茶之樂：

> 講到泡茶，人們普通是把爐子放在窗前，爐中燒著
> 上等的木炭。主人扇著爐子，看水蒸氣由鍋中跑
> 出來，心裡覺得是在做一件重要的事情。他循規蹈
> 矩地把一個小茶壺和四個小茶杯（普通比小咖啡杯
> 更小）放在一個盤子上。他把茶壺和茶杯預備好，
> 把裝茶葉的鉛錫罐放在盤子邊，和他的客人繼續閒
> 談，可是不敢多談，以免忘掉他的職務。[116]

　　這裡書寫煮茶前的預備程序，卻規劃出某種空間
感。短小篇幅容納爐子、木炭、扇子、鍋、小茶壺、小
茶杯、鉛錫罐、盤子等多項物件，這些物件看似零碎，
最終皆收攝於「窗前」一景，視線範圍其實頗為侷限。
後半段以盤子為中心，串連各項物品，物件繁瑣，但彼
此緊密依存於此一小空間，敘述不致鬆散失焦。看望爐
火，乃至飄渺的水蒸氣，做為「一件重要的事情」，說
明主人對細節的異常執著與專注，有刻意反轉日常價值

---

116 林語堂著、黃嘉德譯，〈生活的藝術（二十三）〉，頁194-195。

的意味。

不同於傳統小品寫物癖，偏重對物的姿態、質料與色澤進行細緻描繪。或如李漁書寫茶具：「凡製茗壺，其嘴務直，購者亦然，一曲便可憂，再曲則稱棄物矣」，[117] 側重提出對器物「製法」的講究。林語堂不流連單一物件，反而串連多項小物，專注物與物的擺放位置與細微距離。他將傳統鎖定某「物」的書寫模式，轉向物件的密集羅列，在物品連結的軌跡中，開展主體視線的流動感。其間的差異，說明現代主體觀物視線的變遷。除了透露現代主體繁複的物質欲求與城市物質文化，更透過「移動視線」說明感官隨時反映周遭環境的立即性。

在三十年代高喊救國的歷史情境中，林語堂將烹茶視為重要的事，大肆書寫瑣碎的生活環節。他翻轉世俗對忙的定義，將其內涵抽換為主體對日常細節的過分關注。這種微觀模式，不只運用於物件擺設，更在於身體動作的細緻呈現。林語堂持續書寫烹茶過程：

> 他轉身過來看看爐子，到鍋子中的水開始鏗鏗作響的時候，他便一刻不離，繼續用勁地扇著爐火。他也許會停下來把鍋蓋拿起來，看看在鍋底出現的小泡沫，（這種泡沫有一個專門名詞，叫做「魚目」或蟹眼，）然後又把鍋蓋蓋上去。這是「一沸」。他小心再聽，聽見水聲漸大，變成「潺潺聲」，小

---

117 李漁，〈茶具〉，《閒情偶寄》，頁238-240。

> 泡沫由鍋底漸漸升高起來，這以專門名詞說來，就叫做「二沸」。這時他便細看由鍋嘴裡跑出來的水蒸氣，到鍋中的水快要到「三沸」的時候，（就是鍋中的水如「怒濤澎湃」那樣地滾著時，）他便把鍋由爐火上取開，用鍋中的滾水先把茶壺的內外燙一下，馬上把合量的茶葉放進茶壺，用水沖泡。[118]

生活場景的呈現，不僅依賴空間與物件的配置，更在於身體的介入。隨著沸騰階段的遞進，身體動作趨於頻繁，感官書寫也愈趨形象化，呈現官能敏銳疊加的進程。這段文字中，他鎖定水沸時間，壓縮多個身體動作。透過短時間內頻繁接續的動作，營造出忙的情境。但不同於救國之忙，林語堂之忙於日常細節，在當時文學語境中，反而呈現出悠閒情調與氛圍，在細膩乃至苛求的鑒察中，將生活視為一場審美活動。

我們知道，晚明小品瑣細化的審美趣味，更建立於一種領解式的會心之趣。他們往往透過簡約澹遠的意象式描寫，在少量的文字當中，寄託主體「悅情適性」的精神。[119] 李漁瑣碎鋪展日常生活知識，也傾向採錄、描寫客觀之物，寄寓主體見識與情趣。相較之下，林語堂不傾向延續「托物言志」的含蓄模式，也不單純進行

---

118 林語堂著、黃嘉德譯，〈生活的藝術（二十三）〉，頁195。
119 例如許次紓撰寫《茶疏》，談論喝茶環境與時機，就透過詞語、意象的並列，取代論述與說明。例如他寫不宜喝茶的時機：「宜輟 作事 觀劇 發書東 大雨雪 長筵大席 繕閱卷帙 人事忙迫 及與上宜飲時相反事」，便僅羅列簡約、斷裂的詞語或意象，不多做闡釋，強調「領解」的趣味性。許次紓，《茶疏》，轉引自林語堂著、黃嘉德譯，〈生活的藝術（二十三）〉，頁197。

筆記式的雜錄。他更強勢代入身體，強調我的存在意
義。然而，他也不以抒情為導向，採取主觀抒發與情緒
直寫的路徑，而是傾向以簡單、直接與切實的敘述語
言，營造閒適的情境氛圍。他以身體、物件為敘述中
心，談論主體實際介入生活的經歷，交代動作、起居與
行為表現。小說的情節性雖被淡化，但我們從空間位置
的記述、動作與事件的交互變化諸端，仍舊能夠尋索出
故事演繹的潛在軌跡。

　　林語堂小品文中的物質書寫，經常透過考索、流變
等敘述性成分，強調博物的史學趣味。例如〈紙烟考〉
（1932）即透過物質考辨的方式，對「紙烟」發明乃至
盛行的歷程，進行多方數據化的論證。[120] 他往往透過
微觀視角選取生活物件，再將一貫的人生態度，縮合於
物質演化的歷史。他描寫古代食品與藥品的關係：

> 一切野蠻的民族總把醫藥和魔術混為一談；中國的
> 道家則以尋求長生不老之藥為主要的目標，所以他
> 們常常將食物和藥品同時應用。在上述的元朝的皇
> 族烹飪書《飲膳正要》中，有幾張是專門討論延年
> 益壽和防備疾病的方法的。道家崇拜自然，因此在
> 食物方面是比較注重水果和蔬菜的。……道家認為
> 吃那帶著露水的美味的鮮蓮子，乃是學者無上的樂
> 趣。屬於蓮子一類的食物尚有松子，藕粉和茯苓，
> 這些東西都是延年益壽的妙品，因為他們有潔淨心

---

120 語，〈紙烟考〉，《論語》，第 9 期（1933.1.16），頁293。

靈之功。[121]

　　食品與藥品的混淆現象，勾勒古代的物質觀念。林語堂納入食物譜錄材料，參照「考名物」的體例風格，引介段末的系列植物。他透過道家人生觀，串接各種名目，賦予植物崇拜自然、潔淨心靈等文化意涵，在博物知識中，寄託主體的價值偏好。

　　林語堂不避諱劃設界線，將博物的視野，鎖定於個人喜好。物質歷史的考索與敘述，因而通常也是林語堂的人格自剖。例如他通過「我愛吃的」串連系列食物，進行食物史的考察：

> 西方食物中有許多我所喜歡的東西，第一我應該提出的是甘露西瓜（honeydew melon），因為「露」這個字是很中國化的。同時，如果古代的中國道家得到一個外國柚子（grapefruit），他也許會以為已經發現了長生不老的仙丹，因為道家所尋找的就是奇果的異味。蕃茄汁應該算是二十世紀西洋一個最偉大的發見，因為中國人和一百年前的西洋人一樣，在過去是認為蕃茄是不可食的。其次是吃生芹菜，這和中國人為食物的質料而吃筍，其道理是很相近的。蘆筍如果不是青的話，是很好的食物，不過這種東西在中國是早已有之了。[122]

---

121 林語堂著、黃嘉德譯，〈生活的藝術（二十六）〉，《西風》，第 47 期（1940），頁513。
122 林語堂著、黃嘉德譯，〈生活的藝術（二十六）〉，頁513-514。

　　這段文字固然敘述了物的歷史，卻也透過西方食物，引出林語堂的日常生活圖景與性情偏好。他透過時空並列，在現代情境中召喚物質歷史，呈現古今食物觀念的演變。對「奇果異味」的採錄，透露搜奇的博物思維，也展示癖好書寫以偏、奇為主導的精神面貌。

　　歸納來說，林語堂三十年代小品文，以物件新編，突出現代情境下的身體感受，從而更新晚明小品的癖好書寫。他在高喊救國的大敘述中，以物質史／感官史的角度，探索舒適情境，藉由私我的「小敘述」建立個體性，以此映照時代與歷史。我們知道，周作人小品文亦觀「草木蟲魚」，他和林語堂皆有意透過日常物件的考索，回應當時單一、僵固的正統思維。但不同於周作人通過生物學知識，開展博物論述，[123] 時而牽引西方理論、縱橫於多樣化的知識系統，呈現出博學形象。林語堂更著眼個人生活經驗，以更平易近人的敘述口吻，娓娓重現生活場景的片段，從而在物癖的現代表述中，實踐博物的詩教意義。

＊　＊　＊

　　林語堂在三十年代都市與政治風潮皆盛的上海，提出閒適小品文的主張。他嫁接晚明小品與西方思潮，以自我新詮性靈，強調以心境為主的舒適體驗。實際檢視

---

123 相關論述詳參黃莘瑜，〈周作人「博物」論述中的《花鏡》〉，《政大中文學報》，第 28 期（2017.12），頁141-164。

文獻，我們發現，林語堂小品文舒適論述的建構，並非專論晚明性靈，更涉及清初文人對日常生活的賞鑒。林語堂以感官的歡樂，重新詮釋晚明小品的娛樂模式。他透過身體與物件配合的和諧感受，重塑晚明小品重視閑趣的美學精神，將小品「悅情適性」的內在審美模式，轉向身體官能的體察，從而建構出閑適的身體維度。在實際書寫上，我們發現，林語堂對身體的探索，在早期散文風格中即有跡象。惟在三十年代上海的都市情境中，經由新興物質文化的衝擊，更加發展出以身體感官為中心的敘述型態。他透過私我歷史的建構，實踐另類的「介入」行動，並與當時社會進行另類辯詰。

從文體建立的角度來說，林語堂強調自我、重視閑適風格，固然受到周作人言志思維的啟發。惟以身體新詮晚明小品的徑路，更展現出林語堂對周作人晚明論述的轉化，揭示兩者既容攝又分離的文體建設途徑。因而，閑適做為小品文的精神定位，不僅具備啟蒙的現代性意義，更從「物質－感官」共同象徵的都市新興消閑型態中，展示出現代性動能。相較於魯迅小品文的戰鬥風格，林語堂小品文中的主體，更著意在忙迫的節奏當中，開發能使身心寧靜、協調的舒適情境，以從容應付種種生活壓迫。閑適格調顯然更接近周作人小品文平和舒緩的氣性，卻也與周作人刻意沖淡情感、節制主體欲望的風格有顯著差異。

在文體革新的層面，林語堂其實借鑑了晚明小品「借怡於物」的癖好寄託，特意著眼小、偏、奇的面向，強調在日常細節中掘發閑暇與趣味。但在內涵上，

他透過身體的強行介入與現代物件的編列，將「癖好」
的書寫內容，寄託於成癮經驗、流動視線與物質考索，
以變化莫測的感官經驗，探索文體現代性的契機。林語
堂觀照身體欲望，大膽經營享樂生活，實已初具海派小
品文的都市思維。雖然舒緩、悠閒的態度，容易流於表
面與僵固，卻也提供海派小品文深入開拓感官書寫，探
索「異化」情境的基礎。

第三章　從性靈到抒情：施蟄存小品論述的現代轉折

　　林語堂以身體論述，開拓閒適的美學內涵，固然為小品的理論化帶來推進。初步的都市體驗與論述格局，也頗為體現小品文由京派向海派過渡的趨勢。不過他將小品視為「避大」的利器，仍不免在二元思維中，落入過度仰賴道德價值，忽略進階美學開拓的侷限。舒適情境在林語堂小品論述而言，雖有美學建構的意味，但動輒以閒適為人格風範，終將流於單調僵化，反而成為表彰自我的層層束縛。做為長期蟄居上海的現代派文人，施蟄存飽滿的現代經驗與游移不定的政治立場，為此困境帶來解套乃至推展的餘地。他如何透過種種依違姿態，跳脫二元論式的思維，從而發展出飽含現代美學意識的小品論述，為周作人、林語堂以來的主潮觀點，再注入新質？

　　歷來對施蟄存的關注，多在新感覺派框架下，探討其小說的現代性面向。事實上，施蟄存創作觸角多元，廣泛涉及新詩與散文，成果未必較小說遜色。專就散文領域而言，施蟄存的散文習作幾乎與小說同時起步，更曾涉足三十年代「晚明小品論戰」的場域。這場論戰，使小品文的「抒情」課題浮上檯面，在當時國族（政治）與自我交纏的現代情境中，昭示民國以來的晚明小

品論述，如何體現一代人對於晚明小品抒情新變的理解，及現代小品文抒情功能的認知與建構。施蟄存當時頻繁的晚明活動、抒情論述，和依違古典與現代的創作姿態，顯出他在這個論戰場域中的積極意義。

惟施蟄存三十年代的晚明活動，向來掩於同時期的小說鋒芒，鮮少受到關注。論者即或以施蟄存散文為研究對象，卻多未能將其風格塑成的內在脈絡問題化。[1] 劉正忠將施蟄存納入晚明小品的現代詮釋視野，開啟此一論題空間。[2] 稍後，周荷初曾以專章篇幅，討論施蟄存與晚明小品的諸般聯繫。[3] 本章順此思路，聚焦於「抒情」課題，希望探討施蟄存如何以其現代派美學視

---

1   歷來對施蟄存散文的研究明顯不足，就專著而言，則又多聚焦 1949 年後或建國後的散文創作。僅李青、曹一斐的論著，觸及 1937 年以前的散文創作，並適度連結施蟄存三十年代的晚明活動。惟二著皆偏重史實的引介，就其晚明論述泛泛勾勒出施蟄存散文的古典氣質，並將這種審美內涵，歸因於古典家學與個人學養等外緣因素。在期刊論文方面，郅瑩算是較集中針對 1937 年以前的創作進行論析。雖未觸及晚明議題，卻從較具體的文本角度，分析施蟄存詩性特質中的古典精神。詳參李青，〈從才子氣息到學者風度：施蟄存散文論〉（福州：福建師範大學碩士論文，2007），頁2-8。曹一斐，〈龍蛇之勢儒墨文章：施蟄存散文研究〉，（濟南：山東大學碩士論文，2011），頁30-32。郅瑩，〈詩意的精神憩園：施蟄存早期純粹散文探究〉，《懷化學院學報》，第 9 期（2013.9），頁79-81。

2   劉正忠，〈詩化散文新論：漢語性與現代性〉，頁61。

3   周荷初《晚明小品與現代散文》中的〈施蟄存與晚明小品〉一節，是與本章論題最相關的文獻。該文有意識將施蟄存三十年代的晚明活動問題化，並置於晚明小品與現代散文的文體變革視野。較可惜的是，該文著重分析施蟄存晚明論述與晚明小品的繼承關係，對於施蟄存的現代演繹和更新轉化，僅寥寥數筆帶過，未能有效從古典和現代演繹的落差當中，凸顯施蟄存晚明論述與小品文創作的獨特性。又，該文或囿於篇幅，未能將施蟄存具體的論述與文本，放回同時期的橫向脈絡，予以更立體的參照。周荷初，〈施蟄存與晚明小品〉，《晚明小品與現代散文》（長沙：湖南人民出版社，2004），頁279-289。

域，詮釋晚明小品的抒情新變，建構出「識真」的美學精神，同時更新周作人、林語堂以來的小品抒情模式。施蟄存的創作經歷，大體在 1926 年有大幅往現代過渡的趨勢，晚明小品論戰（1933-1935）前後，又重新取資古典，進行抒情風格的重組。本章尤其將焦點集中在這段風格變化多端的階段，深入析解施蟄存小品論述中繁複辯證的抒情型態，及其映顯的現代轉折。

第一節　施青萍到施蟄存：
　　　　古典與現代的鍛接實驗

一、以「小」觸碰現代

　　施蟄存二十年代的小品文創作活動約略與小說同步，但小說領域中頻仍的現代實驗，並未全然覆蓋其早年小品文的精神面貌。他最初的小品文，寫於中學時期，多記山水、事物、雜思，雖可見突破，形式卻以文言為主，大量調動古典詩詞意象，舊詩氛圍甚為濃烈。這些小品文以施青萍為名義，多發表於《最小》、《半月》等鴛蝴派刊物。在五四新文人動輒壁壘分明的認知模式下，這些以文言書寫，被視為具遊戲性又時而略帶感傷色彩的小文，顯然類皆容易被派為舊文學。針對尖銳的新舊之爭，施蟄存當時打出「新舊我無成見」的宣言，[4] 認為「今日中國文學實際上尚不能分新舊」，[5]

4　施青萍，〈新舊我無成見〉，《最小》，4:92（1923），頁2。
5　施青萍，〈青萍談吐〉，《虎林》，第 5 期（1923），頁6。

以調和姿態宣告其寫作態度。

　　1923年可視為前期施蟄存小品文創作相對高峰的階段，其中又以集中發表於《最小》報「閒文」欄上的一系列「西湖憶語」最具代表性。[6]以回憶追認遊歷經驗的筆法古已有之，在晚明公安、竟陵的遊記小品中，西湖更早已是不曾間斷的書寫對象，施蟄存以此訂題似未免老調重彈。尤其在情境塑造上，引古典詩詞入文，頻繁堆疊古典意象，更使系列散文整體情調頗得晚明遊記小品的遺風。他這樣描寫薄暮的西湖景色：

　　　春秋薄暮。最好小步兩隄。飽看霞紅煙翠。湖水蒼
　　　茫。時聞梵鐘。悠然意遠。行輒止步。常易忘歸。[7]

　　　夕陽將落未落。孤村微裊炊煙。四山盡紫。此時姍
　　　姍行野徑歸。笑語聲與梵鐘鴉唸相和。麗景也。[8]

　　西湖煙翠、蒼茫的情境，傍以斜陽錯落和瀰漫的炊煙，構成一種氤氳模糊的美感，與中郎夢遇神女之縹緲氣氛頗有相益處。施蟄存顯然並未脫除即景的抒情模

6　「西湖憶語」前後在《最小》報上刊載六期，實際上，施蟄存發
　　表於《最小》報上的文言散文，尚有評論兩篇與書信一篇。惟因
　　西湖憶語具數量與時間上的連續性，也與藝術表現較為相關，故
　　對施蟄存前期散文的討論，可以集中在這個部分。關於施蟄存發
　　表於《最小》報的文獻與概況，可參徐曉紅，〈「施青萍」時期
　　的施蟄存——以《最小》報為中心〉，《現代中文學刊》，第3
　　期（2009），頁117-118。

7　施青萍，〈西湖憶語（四）〉，《最小》，4:111（1923），頁3。

8　施青萍，〈西湖憶語（六）〉，《最小》，5:122（1923），頁4。

式，景色摹寫通過感官觸發而延展，意象剪裁更寄託了個人的審美情趣。就兩則小文看來，施蟄存更專注於氛圍渲染，最終訴諸情景交融、意在言外的傳統美感境界。

事實上，《最小》報「閒文」欄的設置，程度上透露出以閒為「小」的價值取向，已初步指向三十年代閒適小品文的文體觀念。其中對於閒的定義，舉凡俏皮、遊記、事記、專談、專評、詩詞、笑話、小品文字、插畫等，只要能促進讀者興趣，皆可列入範疇。[9]「西湖憶語」的閒情面向豐富，時能在山水中寄託舒適自在的生活情趣，以此凸顯任情適性的精神。例如：「探梅孤山。偕素心人坐菓居閣啜茗。合手呵寒。低唱梅花絕句。」[10] 即是透過品茗、品賞花木詩詞，寄託文人雅趣與一種對傳統名士生活的嚮往。

這種閒情的表現，時又出之以雅謔的筆法，利用景物與人事互文並舉所產生的對比性，製造諧謔的審美趣味：[11]

　　于墳有夢神初（按：「初」應為「祠」之誤）。漪園有月老祠。此二者余常舉為西湖二妙。一日偕楚青佩苣遊於夢神祠。楚青笑曰。倘得夢神率

9　編者，「閒文欄」，《最小》，4:106（1923），頁4。

10　施青萍，〈西湖憶語（三）〉，《最小》，4:110（1923），頁5。

11　〈西湖憶語（四）〉也可見類似筆法：「吟春色滿園關不住。一枝紅杏出牆來之句。忽輕風過處。紅杏簌簌下墜及於襟袂。同學皆嘩笑。」施青萍，〈西湖憶語（四）〉，頁3。

月老來入夢。豈不大妙。言次顧視佩茞。茞雙屬
盡緋矣。[12]

　　這則小文開頭以西湖二祠為描寫對象，下文卻旋即
退為背景，不加以考據實證，而轉為戲謔人情物事的諧
料。這裡的轉筆，關鍵或許不在書寫對象的擴大，而更
在於從形式上避開了宋人錄見聞、夾考證於遊記的寄
情傳統，褪去沈重板滯之感，也免除了晚明遊記小品動
輒由「山水－情人」架構出來的香匲氣息。惟這裡仍近
於傳統的抒情型態，雖將閒情表現於友朋間的戲謔調
侃，卻未因此踰矩，在倫理範圍內，表達謔而不虐的含
蓄情懷。

　　施蟄存的舊學淵源來自家學，自然反映於上述寫作
風格。他中學時期出現的創作高峰，正值新文學運動方
興未艾的時刻，施蟄存自稱當時新文學影響力未及內地
縣城中學生，而只能以鴛鴦蝴蝶派刊物為主要的投稿
戰場。[13]事實上，中學時期的他，除了大量閱讀新文
學刊物，也已試作新文學。散文寫作亦潛伏現代嘗試，
例如〈紅禪室漫記〉對於上海物質現代性的描寫：「往
歲滬上大世界，廣設戲具，飛船木馬皆新穎，有轉輪高
二三丈，尤動目」，[14]即傳達對於機械器具的震撼，
抒情目光逐漸貼近現代情境與感受，手法雖稚嫩單調，

12　施青萍，〈西湖憶語（二）〉，《最小》，4:107（1923），頁4。
13　施蟄存，〈中國現代作家選集‧施蟄存序〉，應國靖編，《中國現代作家選集‧施蟄存》（香港：三聯書店，1988），頁1。
14　施青萍，〈紅禪室漫記〉，《半月》，3:7（1923），頁4。

卻已經透露出現代追求的傾向。

　　稍後，在輾轉遷移的大學課堂，施蟄存廣泛受到西方文學洗禮，抒情模式與審美趣味始有較大幅度的變遷，對於世態人情有較多描摹，並集中反映於〈綵勝記〉（1924）、〈棄家記〉（1925）。二文先後發表於鴛蝴雜誌《半月》，皆透過棄家主題，觸及五四以來的反傳統課題。論者多將二文列為施蟄存早期小說，認為他們塑造了封建家庭的叛逆角色，緊承魯迅的狂人形象。[15] 重探二文，固然具備情節、人物等小說必要元素，但訂題出之以「記體」，卻是借用散文工具，記人事的立意顯然更為明確。[16]

　　〈綵勝紀〉開頭即以日記體模式描述撰作心境：「今日者陽光溫暖自晶窗透入，適映瓶中臘梅疏斜之影於吾書桌之上，而吾亦方得稍暇」，[17] 接續前行散文

15　張芙鳴、董文君，〈新文學先鋒與舊文學經驗——關於施蟄存早期未結集創作〉，《山東師範大學學報（人文社會科學版）》，53:5（2008），頁102。其餘將二文列為小說的論著，尚如黃德志，〈關於施蟄存第一部小說集《江干集》及其他早期小說創作〉，《新文學史料》，第3期（2005），頁34-39。徐曉紅，〈施蟄存早期作品鉤沉〉，《新文學史料》，第4期（2009），頁132-135。

16　從形式上看來，〈綵勝記〉開頭就講明記「吾友懷玲」之事，撰作之際「方得稍暇，則懷玲事似正不妨容吾紀之」，透露出閒暇隨意、記錄生活瑣事的寫作態度，較無刻意經營小說之意，更似日記、隨筆心境。文末借用「蘋子曰」的史傳筆法，再次強調「吾今之所記，但據事直書」，重申採錄紀實的態度，〈棄家記〉也同樣表明「記事」的意旨，皆無小說虛構的作意。新文學時期，文人對於小說和散文的區辨意識，並未與文體變革的進程同步。陳平原就曾指出五四作家把散文當小說讀的誤讀現象，綜觀施蟄存1923年第一本小說《江干集》，多數輯錄的小說也都含有濃厚的散文意味。

17　施青萍，〈綵勝紀〉，《半月》，3:10（1924），頁1。

風格，書寫生活、閒雅、趣味和日常性之「小」。後
文落墨人物情節，卻時穿插「吾」對人事所感所思的
斷片：

> 凡少年人當未有摯愛之情人時，脫與未婚女子偶有
> 接觸，輒婉轉而生不可思議之情緒。此情緒愈引愈
> 長，如春蠶之繭，且亦愈活動，愈窈眇終至使人百
> 折柔腸，不可解脫，且亦正不願自解。[18]

人物情緒狀態的描寫，寄託了自己的見解與情懷。
施蟄存在此顯然經歷了新的情感體驗，抒發戀愛周折繚
繞之感，也用新法，對於不可捉摸的心理活動已經有
更精細的描寫。〈棄家記〉寫心理衝突宛如「炸彈受
熱」，[19] 亦突破傳統婉約蘊藉的心理境界，用新辭與
更大膽的意象抒情，做為通往現代的試驗。這個階段，
施蟄存雖仍由小處落筆，也由古典小品中的閒情立意出
發，目光卻已有所偏移並逐步寫深，藉「小」試探含蓄
蘊藉以外的現代情懷。惟此類突破相當有限，題材內容
也仍有頗為濃厚的鴛蝴遺風。即使如此，這類的創作傾
向，已為日後的散文風格奠定基礎。

二、古典意象與現代抒情成分的交融

施蟄存大學時期受到西方文學洗禮，修正了「新舊

---

18 施青萍，〈綵勝紀〉，頁2。
19 施青萍，〈綵勝紀〉，頁1。

無成見」的自信宣言，創作意識逐漸往新文學陣營靠攏。1923 年的創作高峰之後，迎來新舊轉換的過渡階段，創作進入沈潛期。一方面，逐漸體知「新文學與『鴛鴦蝴蝶派』這中間是有著一重鴻溝」，但擺盪新舊的前行風格，卻又不見容於新文學的主流刊物，索性便「什麼也不寫了」；[20] 二方面，1927 年國民黨發動清黨事件，社會情勢緊張，知識分子紛紛退居保守姿態。這時，正是施蟄存聯合戴望舒（1905-1950）、杜衡（1907-1964）共同組成「文學工廠」，大量從事文學翻譯的開始。

　　文學工廠時期的翻譯經驗，擴大了施蟄存的現代眼界，這段自稱「努力於詩的時期」，[21] 他大量接觸海涅、莎士比亞（William Shakespeare, 1564-1616）、司賓塞（Edmund Spenser, 1552-1599）、雨果（Victor Hugo, 1802-1885）等浪漫主義（Romanticism）作家。散文則耽讀蘭姆、史蒂文生（Robert Lewis Balfour Stevenson, 1850-1894）的絮語散文，對顯尼志勒（Arthur Schnitzler, 1862-1931）小說與各種新興文學也有興趣。此時創作數量雖少，古典情懷也並未如他所言「就此放下了」，[22] 卻有大幅往現代過渡的趨勢。這個時期的散文，開始以施蟄存為名義發表，有幾處較為關鍵的發展。首先，形式上

20　施蟄存，〈我的創作生活之歷程〉，陳子善、徐如騏編，《施蟄存七十年文選》（上海：上海文藝出版社，1996），頁54。

21　施蟄存，〈我的創作生活之歷程〉，頁55。

22　施蟄存，〈我治什麼「學」〉，《北山散文集（一）》（上海：華東師範大學出版社，2001），頁674。

已經脫去文言體式，在白話基礎上，舒展更加綿密深邃
的情意。其次，題材仍著眼生活瑣事，但跳出山水、客
觀事件記錄與戀愛故事，更準確觸及現代情境，並突出
主體感受。其三，大量的翻譯活動，帶來新的情感體驗
與抒情表現的新試驗。

〈街車隨筆〉（1926）即以街車此一現代城市意
象，首揭風格轉換的先聲。他這樣描寫街車上的婦人：

> 這位夫人，我雖然不能替她估計她靈魂的價值，但
> 我可斷然說她肉體的價值是不會太低小的。她曳
> 著玄色而光亮的異常的軟緞裙子，精緻極的繡花鞋
> 透明的銅色絲襪，從裡面透出來的潔白的肉色，幾
> 乎可成為全個車室中出眾的特品。她的緞襖，短而
> 小，使我能仔細地瞧見她的裙帶和霞紅色的襯衫。
> 袖子也短到了肘邊，這或許是為了她一副珠鐲的緣
> 故。……我的思想隨著我怯生生的眼珠追隨著她，
> 但她的形態從我的美之鑑味跑了出去，帶著我不覺
> 地入於一種煩躁的興奮狀態去了。[23]

文中將女體凝視，視為「我」對於美的一種「鑑
味」過程，頗有以此彰顯個性品味之意。這樣的立意，
似易符應晚明小品以品賞眼光看待事物的創作心態，物
質性意味強烈，惟已跳脫閒適、悠緩從容的心境，在道

---

23 施蟄存，〈街車隨筆〉，《文學週報》，第 223 期（1926），頁 6-7。

德邊際感受神經的緊張與刺激。在這裡，女性身體構成
一種新的美感對象，主體大膽抒發私密與色情性的情感
體驗，顯然不再安於傳統含蓄的情感表現。

如果說〈街車隨筆〉（1926）以裸裎的筆觸揭露隱
密的自我幻想，〈鴉〉（1929）則進一步探索幽暗的情
感面向。〈鴉〉記錄多個記憶斷片，篇章零碎斷裂頗
具隨筆特性，卻又有感傷情緒做為主線，串起全文。[24]
其實〈鴉〉在抒情型態上，仍近於傳統即景興情的模
式，皆是先由精細的景物書寫出發，堆疊濃密陰冷的意
象，渲染主體所在的淒寂情境。鴉啼與悲哀的連結，也
未拋棄歲時物候框架下的悲秋傳統。例如啼聲往往連結
白日終盡、火光衰弱的午夜黎明或晚煙蒼茫等意象，抒
發主體因時間與萬物變化而起的淒惻之感。

但這種「詩意的愁緒」，夾雜現代抒情成分，並非
傳統情感質地的延續，也不單純只是演繹浪漫主義沉淪
式的感傷基調。[25] 例如他這樣描寫不安心緒：

> 金黃的夕陽，了無阻隔地照著我，把我底黑影投
> 在水面，憧憧然好像看見了自己底靈魂。我在岸邊

24　關於隨筆小品的「成文」問題，傳統多有同題為文的潛在慣性。
　　例如，晚明遊記小品往往是多次遊覽經歷的集纂，各斷片常只因
　　同地點相互串接，並以該地點訂題，內容本身較不具有機連貫
　　性，形式反而有先要性。〈鴉〉訂題明確，但各個斷片與其說是
　　對於烏鴉的描寫，未若說更像是對感傷情緒的抒發與深鑿，並不
　　為題目所限，更具內容決定形式意味。

25　〈鴉〉本身就以愛倫坡〈烏鴉〉詩論證烏鴉帶給人悲哀情緒，並
　　認為愛倫坡筆下的情感，是一種「詩意的愁緒」。該詩描寫失戀
　　者的發狂過程，並透過詩語的不斷重複，凝聚瘋狂主體低迴綿延
　　的悲痛與哀愁情緒，是相當典型浪漫主義的詩學成分。

> 遲疑了一會兒，那憂愁著的少婦也抱著她底孩子，
> 一手還提著一個包裹上岸了。正在這時光，空中有
> 三四羽烏鴉不知從什麼地方飛來，恰在她頭頂上鳴
> 了幾聲。[26]

　　溫暖的景物氛圍並未持續太久，後半旋即切入森冷
的鬼魅情景。這裡採用超現實手法，關鍵不在即景，而
在興情之後所進入的非理性精神狀態，隱含主體內在朦
朧幽暗的情緒。幻覺與鬼魅意象，跨越了傳統抒情的
倫理向度，意欲探索無意識的情感領域——雖未加以深
化，手法也未及大膽。即使如此，仍不失為一種抒情方
法的試驗。

　　施蟄存散文對於現代情緒的表現，常常近於獨語。
五四以來散文強調個性精神，無論是議論或抒情之作，
處處可見強大的「我」，在文章與論述中現身。受西方
影響較顯著的絮語散文，尤其重視自我與散文的連結。
在論述上，絮語散文強調一種與摯友、家人閒談的情境
氛圍，以漫不經心的娓語談話，做為基本的行文語氣。
在這個框架下，散文的主體固然能夠突出，但在文章另
一頭的受話者，也常會因此現身——縱使鋒芒顯然遠不
及說話的主體。為呈現傾訴感，絮語散文往往不吝邀請
「你」，來分享「我」的情感經驗。我、你的主客位置
雖然清晰，卻時呈現相互參與之感。

　　施蟄存的獨語形式，看似岔出五四以來的散文脈

26　施蟄存，〈鴉〉，《新文藝》，1:1（1929），頁90。

絡。事實上，對於談話語氣的仿擬，在他的散文也有影響的痕跡。例如〈書相國寺攝景後乙〉（1929）時能見「你」的現身，「我」在經歷一連串感官體驗後，順勢提出邀請：「你願意和我一塊兒消受這能『帶給我以青春的故事和戀愛的情調』的波斯麝香嗎？」[27] 態度誠懇親切，語言平熟而有家常感。這裡的我、你結構與早年不同，而更展現「我」的對話意圖，與「你」的參與和干涉。回顧前時〈綵勝記〉（1924）與〈棄家記〉（1925）的筆法，其實更類似傳統說書人結構，僅由「我」單面向「你」提供故事。既毋須考量受話者反應，就不訴諸我、你共感，而可更專注客觀的故事描寫。

文學工廠時期，是施蟄存文藝思想相對駁雜的階段。論者已經指出，二十年代末的現代派作家群，多具雙重先鋒性的傾向，對政治與藝術先鋒性有共時性的探索與實踐。[28] 散文領域雖也透露端倪，[29] 但似乎還要等到三十年代閒適小品文與雜文的分立趨於極端，才有更具體的表現。在這個飽經「現代」與「新興」洗禮的階段，施蟄存縱然展現程度不小的現代轉向，但對於傳統與現代的辯詰似乎也因此更敏銳。實際創作上，他固

27　安華，〈書相國寺攝景後乙〉，《小說月報》，20:10（1929），頁1646。

28　鄺可怡，〈兩種先鋒性並置的理念與矛盾：論《新文藝》雜誌的文藝傾向〉，《中國文化研究所學報》，第 51 期（2010.7），頁285-316。

29　同樣從《新文藝》看來，散文似乎在創作或是譯介，都保有較多的自由。例如刊載茅盾的抒情之作，但也曾引介如阿左林〈賣淫的銅牌與詩人〉這種現實意識極強的批判之作。

然書寫現代情境與感受，卻頻頻召喚中國意象，傳達對文學傳統的戀慕之情與濃烈的民族情懷，整體情境既現代又古典。

〈書相國寺攝景後甲〉（1929）即為力作，通過對相國寺的感懷，召喚西廂典故。稍後，又調動國族歷史，寄託對遺址舊事的感慨：

> 只是我不知如何煩悶的踱向我們杭州的西湖上去逛逛，我走到岳墳舊址，我已找不到埋瘞風波亭上的遺屍的荒墳，眼前高高的一個大墓，我想此中的將軍，不是拿破崙便是惠靈吞，迷惘了一會兒，再返到蘇小小的香塚，也是如此，我找不到收拾盡六代繁華的美人之墓，卻只見一座塞門土山，要不是對面有一塊石碑，我竟將猜為日本舞姬，巴黎歌女的埋骨之處。[30]

雖出之以中國古典意象，卻有了現代轉化。這裡的感慨，不只是訴說自己的文藝觀點，更隱喻古典中國失落的現代情境。短小篇幅裡濃縮多組對比意象，意象銜接生硬而突兀，製造一種充滿矛盾、不協調的美感趣味。文章主要落墨於岳墳與蘇小小舊址的描寫，從中寄託主體回憶往日繁華的情懷，句式隨遞進的情緒不斷重覆，流露低迴詠嘆的詩意節奏。〈街車隨筆〉（1926）

---

30 安華，〈書相國寺攝景後甲〉，《小說月報》，20:10（1929），頁1644。

也同樣召喚行吟澤畔的屈原形象，與現代人物情境進行比附，最後在幻想破滅的幽暗情緒中，寄託對傳統文化的嚮往。綜合說來，從施青萍到施蟄存，反映其散文風格變動與成形的過程。即使整體風格呈現往現代過渡的傾向，但蟄伏的古典精神並未因此褪去，時刻與「現代」展開多元辯證的關係。這股力量，不僅成為日後散文的風格基調，更凝聚為三十年代抒情論述的潛力。

第二節　感觸說：
　　　　「性靈」的現代闡釋

一、疾馳與閒行的雙重路徑

　　1932 年《現代》創刊至 1935 年《文飯小品》創設，是施蟄存爭議性最大的時期。莊子與文選論戰、第三種人、洋場惡少、復古遺少的批判與謀生困難，使他理想幻滅之感日漸深刻。是而，這個時期的創作，常不自流露失望落寞的氛圍情調。即如〈突圍〉（1933）、〈新年的夢想〉（1933）、〈關於圍剿〉（1933）等論辯文章，在積極進取的文字當中，也總不免透露「一個人受難」、「感覺到一個人」的孤獨情緒。又如〈渡頭閒想〉（1934），實非書寫閒情逸致，而是苦悶之感：

> 我知道在這一刻兒之後，這渡船就會得撐到對岸去
> 的，船裡的這些渡客也會得在對岸上了岸，繼續
> 他們的行程。但我呢？我非但沒有知道對岸是什麼

地方，即使現在我佇立著的究是什麼處所也全不熟
悉。我將從什麼地方到什麼地去呢？[31]

　　以擺渡為喻，對「我」的存在位置與意義發出提
問。即使未知「對岸」如何，這裡也顯然不預備展開動
態的擺渡過程一探究竟，僅在渡口「佇立」，鋪展遐
思，主體困頓膠著的處境因而彰顯。稍後，藉描寫渡客
匆忙，無暇享受乘船逸趣的樣態，表達對現實生計的不
滿，其中含有現代訊息。也可以知道，前時的閒興，已
面臨更嚴肅的現實背景。因身分曖昧、政治局勢尖銳，
導致編輯志業失落以及謀生不易的處境，與施蟄存此時
創作中頻繁出現的類遺民話語，頗有相參處。
　　政治與文藝雙重落潮的絕望情境，最後在 1934 年
6 月《文藝風景》的創刊破出。《文藝風景》前後僅出
版兩期，聲勢在當時顯然完全無法與《現代》的大場域
抗衡。一般對於三十年代施蟄存的評價與理解，往往易
因《現代》的鋒芒，遮蔽此條線索的重要性。他在《文
藝風景》創刊號做出這樣的宣告：

　　我不過是多一個理想追逐的路徑而已。這兩個路
　　徑，將是不同的兩個路徑的。倘若我而以《現代》
　　為官道，則《文藝風景》將是一條林蔭下的小路。
　　我們有驅車疾馳於官道的時候，也有策杖閒行於小

31　施蟄存，〈隨筆二題：名──渡頭閒想〉，《萬象》，第1期（1934.
　　5.20），無頁碼。

徑上的時候。我們不能給這兩條路作一個輕重貴賤
的評判，因為我們在生活上既然有嚴肅的時候，也
有燕嬉的時候；有緊張的時候，也有閒散的時候；
則在文藝的賞鑒和製作上，也當然可以有嚴重和輕
倩這兩方面。[32]

　　這段話折衷表明自己的文壇位置，卻無法掩蓋刻意
與《現代》區隔的意向。[33] 從實際編輯情況看來，《文
藝風景》似試圖迴避論爭性文章的煙硝味，幾乎只以詩
與隨筆的形式進行譯介與創作。其中固然也有涉及政治
議題的篇拾，卻僅翻譯不做辯論，透露他並未失去探索
政治的興趣。因此，《文藝風景》創刊引發的關鍵，並
非政治的逃躲或文藝的選邊站，而是施蟄存當時如何以
中間姿態，來為藝術自主爭取更多空間。
　　《文藝風景》是先聲，1935 年《文飯小品》的創
刊、《晚明二十家小品》的編纂與系列的晚明論述，才
真正透露施蟄存對於晚明小品的新興趣。這一方面可理
解為前時宣言的實踐與延伸，[34] 另一方面更是受當時

32　施蟄存，〈文藝風景創刊之告白〉，《文藝風景》，1:1（1934.6.1），
　　頁2-3。

33　參照前文脈絡，可發現《文藝風景》明顯是《現代》理想落潮後
　　的產物，文中的客觀姿態，可能僅是一種修辭策略。該文對編輯
　　《現代》雜誌有如是感受：「回想兩年前為現代書局編創刊號的
　　現代雜誌的時候，對於我國的文藝雜誌曾經有過一個自以為很完
　　美的理想。在創刊號未出版以前，牠誠然正如我理想中的雜誌一
　　樣，但創刊號出版以後，牠立刻就不再是我理想中的鵠的了。這
　　樣地，兩年來的編輯生涯，就是在永遠的希望中過去了。」施蟄
　　存，〈文藝風景創刊之告白〉，頁2。

34　施蟄存晚年回憶《晚明二十家小品》的編選時，曾說：「我認
　　為，對於一個作家，無論他的創作方法，或他所選擇來表現的題

活躍的晚明小品論爭影響。現代小品文的晚明淵源，肇
始於周作人的言志說，林語堂接過棒子，著力媒合晚明
小品與西方思潮，推廣閒適小品文的腹地。此時，正
值左翼勢力方興未艾，1933 年魯迅發表〈小品文的危
機〉，正式引爆小品文論戰。這股自覺的文體溯源行
動，看似是藝術自主概念的延伸，卻其實相當有理論建
構的宏闊企圖。它在國族／政治與自我交纏的現代情境
中，昭示民國以來的小品文論述，如何體現一代人對於
晚明抒情新變的理解，以及現代小品文抒情功能的認知
與建構。

　　施蟄存集中於 1934-1935 年活躍的晚明活動，可說
搭上這波論戰熱潮。我們要問，他如何認知晚明小品的
文體功能，進而探索現代小品文的「自我」概念？他這
樣理解小品文之「小」：

> 「小」者，對「大」而言之也，不過這也並不專指
> 篇幅字數，「性質較不嚴重」，實在也是「小品」
> 文字對「大品」的一種重要的特異點。[35]

　　「性質較不嚴重」顯示對文體風格的關注。民國以

材內容，都不應該囿於一隅。人的社會活動往往是複雜的，有閒
適的時候，也有激昂奮發之時。有抒寫兒女私情的作品，也有發
洩民族公憤的作品。」這段文字，可說幾乎重述了當年〈文藝風
景創刊宣言〉的理念，也旁證《晚明二十家小品》的實踐意義。
施蟄存，〈《明人小品選》題記〉（1983），盧潤祥選注，《明
人小品選》（成都：四川文藝出版社，1986），頁3-4。

35　施蟄存，〈小品‧雜文‧漫畫〉，《獨立漫畫》，第1期（1935），
　　無頁碼。

來的晚明小品論述，多立基於篇幅短小的形式特點，未必盡能兼顧晚明特殊的時空脈絡。施蟄存這段話，固然更精確掌握了小品的精神要旨，卻也不免落入五四以來小、大對立的窠臼，因而顯出了抵抗的意義。我們知道，小品在晚明原指一種新的詩文評選觀點，更關注於補偏救弊的功能。[36] 民國以來的危局，實已在嚴峻的倫理情境中啟動「小品」概念的重置，當周作人依據西方文明歷程，架構出「載道－言志」的對峙框架，即演繹出小品文強烈的政治性意義。小品之「小」，由原先詩文之偏、弊，簡化為對「自我」的重視與定位，成為論述主潮。

　　就論述層面看來，施蟄存視晚明小品作家為「正統文學的叛徒」，認為晚明文章風氣之變，乃肇因於對心靈桎梏的反叛。[37] 他將自己談論晚明的興趣，也解做是「一種賞心的排遣」，[38] 看似承接五四，對群體與個我做出選擇。事實上，放眼三十年代的小品論述，比起動輒二元立論的視野，施蟄存的晚明論述實更加著意於自我與現代社會的辯詰關係。[39] 在意向上，他不若

36　陳萬益，〈蘇東坡與晚明小品──談「小品」詞語的衍生與流行〉，《晚明小品與明季文人生活》，頁1-35。

37　施蟄存，〈《晚明二十家小品》序〉，《晚明二十家小品》，頁2。

38　施蟄存，〈過問〉，《文飯小品》，第4期（1935），頁33。

39　施蟄存的晚明論述，常可見以晚明散文文體探索現代自我的徑路。這種模式有時並不集中在對晚明小品的討論，而是從其對立面「八股文」立論。例如他肯定廖柴舟對八股文的評價，並進一步論述：「現在世界上恰有兩個國家，正在分頭模倣秦始皇與明太祖。一個是採取焚書政策的，雖然其民愚了沒有不可知，但『惡名』卻已傳佈了全世界；另外一個是用一種變相的制義來取士的，寫文章祇要能中了程式，就不惜用種種美名來榮寵他，或

同時期林語堂的果敢，打出「以自我為中心」的旗幟就
直指論述核心，更缺乏「以閒適為格調」那麼直探文心
的創作理論予以支撐。施蟄存從晚明論述中探索而來的
自我定位，經常顯出矛盾的弔詭性，看似在伸張任情適
性，卻又好像惴惴懷著社會責任。

《晚明二十家小品》（1935）的編選收綴，就透露
了這種矛盾傾向。該書序言特別對湯若士（1550-1616）
的收錄，有如下說明：

> 譬如湯若士這個人，一般人大概只曉得他填詞拍
> 曲，是個側豔的詞章家，但看到他給朋友子弟的一
> 些書信，對於當時朝野的一種齷齪卑鄙的憤懣，卻
> 不由的也見到此老在風流跌宕之外，原有一副剛正
> 不阿的面孔。[40]

這段話側重湯若士敢於批判的性格面向，具補闕用
意，也透露選者價值取向。在這裡，選者顯然更加注意
湯若士入世的積極面向，且似有意區隔言志與閒適體系
下「存全自我」的小品文觀。但這其實並未脫離言志
體系風趣、雋味、風骨的採錄標準，反而是一種擴大，
將自我推向公共場域，關懷其如何介入社會群體，又同

甚至用爵祿來羈縻他；雖然將來的成功如何不可知，但那些不在
制義之列的文章，卻實實在在早已被唾棄了。」文中即由反面立
論，將廖柴舟對八股文的批評置入現代情境，暗示左翼書寫程式
對個體性的壓縮。施蟄存，〈無相庵斷殘錄：五、八股文〉，
《文飯小品》，第6期（1935），頁41。

40 施蟄存，〈《晚明二十家小品》序〉，頁3。

時保有自我的能動性。又如他評價李蓴客詩中的王謔庵
形象是「憂國之士以謔自隱於世者」，卻旋即補筆絕
食而死的「不謔」之處。[41] 施蟄存讚許其謔，同時又
不忘憂國與不謔的氣節，而認為後者只是「文人的本
分」，[42] 透露他的晚明論述，實較周作人、林語堂都
更有積極的現實意識。[43]

因此，施蟄存的小品文觀常顯出一種中間性。從鑒
賞的眼光看來，他既羨慕「精勁的批評散文」，也羨慕
「舒緩可誦」的絮語散文，[44] 不執意取其一端。他甚
至這樣界定小品文與雜文的關係：

> 「小品者，右傾的雜文也，雜文者，左傾的小品
> 也。」我並不反對人家寫陶情適興的文章，也很願
> 意人家多寫一點刺激民眾的文章，但私心頗以為名
> 字儘可不必別開支店。[45]

在他看來，小品與雜文根本無須特意分辨。這不僅
是對三十年代小品文論戰的回應與消解，也透露他對於

---

41 施蟄存，〈無相庵斷殘錄：一、關於王謔庵〉，《文飯小品》，
第 3 期（1935），頁100-101。

42 施蟄存，〈無相庵斷殘錄：一、關於王謔庵〉，頁100-101。

43 施蟄存晚年更批判林語堂的閑適文風，以及他所提倡的晚明小
品，是「資產階級逃避現實的反動文風」，提醒讀者必須認識
晚明小品「被林語堂利用之後所產生的消極作用」。施蟄存，
〈《明人小品選》題記〉（1983），頁4。

44 施蟄存，〈《燈下集》·序〉，《燈下集》（上海：開明書店，
1937），頁2。

45 施蟄存，〈小品·雜文·漫畫〉，頁5。

自我議題的認知──載道與抒情原可並行不悖，只是兩者比重的差異。這已經透露他抒情論述建立的基礎訊息。1935 年施蟄存創辦《文飯小品》，召喚晚明小品的旨趣相當明確，也更強調自由意志，不願屈居「文藝狄克推多」的束縛。[46] 但從實際創作看來，施蟄存其時發表於《文飯小品》的文章，固然多有藝術性強的閒情之作，卻也曾連載多期戴望舒對蘇俄詩壇的譯介，更有諸多積極介入現實的論辯。這些小品文中的「自我」，似乎很難真正找到樓居的所在，既不若苦雨齋安靜讀書的周作人，更不若悠閒從容的林語堂，卻也與時刻精神緊繃的魯迅有所距離。

綜合說來，施蟄存的晚明小品論述，表面上是站在左翼正統的對立面，呼吁藝術自主的理念。但無論從編輯乃至於論述本身，都呈現出自我的多重位置。在這個脈絡下，藝術自主的實踐程度其實顯得相當有限。或許可以這樣說，比起選邊站，施蟄存的小品文觀，實更關注如何消解論戰的多組對立概念。即或透過小品文要求藝術自主，也只是爭取更多空間，並未輕易落入言志體系。

二、性情即感觸

施蟄存在小品文論戰中以並行姿態，回應當時政治與藝術對峙的二元議題。事實上，他似乎並未滿足這種

---

46 施蟄存，〈「彼可取而代也」〉，《文飯小品》，第 4 期（1935），頁35。

並行模式，更企圖從理論上嫁接兩種相悖的文藝觀，
建構他的抒情論述。論戰期間，施蟄存對晚明小品的
興趣，更廣泛涉及當時的詩與詩論。[47] 1934 年他發表
〈讀檀園集〉，指出明代詩風丕變尤為繁複。在復古派
「摹古」與公安竟陵「求字句新異」的視野下，他特意
取「性情之真」、「識真」，標榜嘉定四先生的詩論要
旨。[48] 這就明確將晚明詩風之變，聯繫「抒情」因素，
試圖做現代詮釋。他這樣建立現代情境下的抒情視野：

> 文藝作品，不僅是詩，但尤其是詩，所表現的對
> 象，無論怎樣的繁複錯綜，總之是作者的一種感觸
> （Sensibility），亦即是李流芳之所謂『性情』者
> 也。無論這個作者要怎樣地注意於藝術價值之崇
> 高，要怎樣的辭藻華麗，風格新穎，甚至要求著語
> 必驚人，他的目的還是在於要表現他的感觸，正如
> 那些竭力使自己的作品大眾化，而希望「老嫗皆能
> 通其意」的作家一樣。以忠實地表現其感觸，即所
> 謂「求達其性情」，為一切作家對於一切文藝作品
> 之最終目的。[49]

上述觀點將晚明的「性情」概念，直接對譯為「感

---

47 「小品」的範疇在晚明甚廣，不單指「文」而言，更廣泛包含一
　切「不成文」的詩、詞或隻字片語。陳萬益，〈蘇東坡與晚明小
　品——談「小品」詞語的衍生與流行〉，頁32。
48 施蟄存，〈讀檀園集〉，《人間世》，第 15 期（1934.11.5），
　頁26。
49 施蟄存，〈讀檀園集〉，頁27。

觸」，很有理論建構的企圖，為當時主張藝術價值的現
代派和大眾化的普羅文學，找到共同的理論依據。這段
話從內在本質入手，轉化詞語概念，認為無論是載道
或抒情的外在形式，都是任情適性的自然選擇，強調自
然、忠實表現性情。然而，感觸的具體內涵為何？

　　晚明的「性靈」概念，經常是三十年代小品文理論
建構的核心，其中尤其承載對五四言志觀的轉化。前已
提及，周作人雖將晚明小品放在言志系統之下，卻鮮少
調動「性靈」一詞做為批評話語，僅隱約可揣摩是真
實個性的指涉。[50]「性靈」在林語堂，才廣泛進入小
品文論述，直接被挪用為論「文」的先要指標。[51] 他
充分發揮周作人言志觀中個性與自我的元素，連結西方
浪漫主義與表現主義，架構出性靈的多層次內涵。周、
林在理論上固然有細節的差異，但對晚明性靈概念的詮
釋，大體不出個性與抒情自我的掘發，且常與載道和格
套成為互敵關係。

　　施蟄存的「感觸」說，取資晚明的性靈概念，又另
闢蹊徑，著眼現代情境，更直探抒情本質。他進一步說

50　周作人的言志框架中的「志」，往往指涉個性、自己的情感與思
　　想的表白。詳細可參〈雜拌兒跋〉、〈《近代散文抄》序〉、
　　〈美文〉、〈自己的園地〉、〈文藝上的寬容〉等文。其中〈雜
　　拌兒跋〉評述俞平伯的散文創作，提到公安竟陵派重在「真實個
　　性的表達」，後文以此為參照框架，又評價俞平伯散文乃是「性
　　靈的流露」。交互參照，隱約可知周作人「性靈」即指涉真實、
　　個性。

51　林語堂的性靈概念，建立於中西視野，意涵甚豐。粗略歸納相關
　　的概念語彙，就有主真、晚明、個性、自我、無涯、浪漫主義、
　　表現主義等。詳細可參〈論文〉、〈記性靈〉、〈新舊文學〉、
　　〈說浪漫〉、〈說文德〉等文。

明，詩人性情的表露，是對自己「情緒」的「交感」
（sympathize）與「反射」（reflect）作用，[52] 分別強
調情感的生發過程與瞬間性。關鍵在於，他明確將「性
情－感觸」的內涵，錨定於主體內在「情緒」的自然觸
發與真實表達，並以之做為「識真」的美學內涵。這或
許與林語堂倡言「衣不鈕釦之心境」的自然真誠相近，
卻並未受閒適格調拘限，而有意探索更廣泛多層次的情
感內涵。我們知道，施蟄存 1933 年主編《現代》時，
就已提出極具代表性的「現代情緒」說，強調現代生
活與新感性的互生。感觸說並未那麼具體觸及現代經
驗，但真實表達當下時空感受的層面，卻與現代情緒說
無二致。

　　施蟄存的抒情觀雖標舉「自然地表現真性情」，[53]
以才大、率興為中郎誹諧、淺澀之語開脫，[54] 看似更
認同中郎「獨抒性靈，不拘格套」、「信腕信口，皆呈
律度」的創作手法。但在情感的表現方法上，他卻認可
李流芳的「調御」之說：

> 但是他也決不能將他所感受到的完全吐露出來，而
> 事實上他也吐露不全。如果他居然照實地將他所感
> 受到的情緒完全吐露出來了，最好的也祗能是一篇

52　施蟄存，〈讀檀園集〉，頁28-29。

53　施蟄存，〈讀檀園集〉，頁29。

54　施蟄存曾評價中郎詩：「雖間有誹諧語，淺澀語，則所謂才大者
　　往往率興為之。」施蟄存，〈繡園尺牘〉，《人間世》，第 26 期
　　（1935），頁42。

好的散文，而決不能成為詩。若要做詩，便不得不
將這些吐露不盡的情緒「調御而出之」。[55]

　　這裡肯認「吐露不全」的做詩方法，將「調御」詮
解為一種語言情緒的節制。雖主要論詩，卻可從中推
敲，散文即使技術門檻較低，但在情緒盡吐的情況之
下，也未必能成全好的散文。「情緒」尚須訴諸「文字
與聲音的調御」，才能達到言盡意無窮的蘊藉情境。[56]
此種詮釋，似乎迴避公安派因率興而帶來的淺佻毛病，
更意圖收束五四以來過於任縱的語言表現，而與含蓄節
制的傳統詩詞美感暗合。口語情緒的凝練，在散文中則
導致詩化現象。[57] 文章重視「情緒、氣氛、人格」的
表現，而非一個「事實」。[58] 這是施蟄存對愛倫坡的
評價，卻也與意境、留白等古典文論概念遙相呼應。
　　這個階段最具代表性的〈雨的滋味〉（1935），即
呈現出極為濃厚的古典氣息與詩性氛圍。[59] 全文綿密編
織古典意象，光是調動典故和詩詞就足有 29 處。他這
樣描寫春日微雨：

55　施蟄存，〈讀檀園集〉，頁29。
56　施蟄存，〈讀檀園集〉，頁29。
57　劉正忠，〈詩化散文新論：漢語性與現代性〉，頁49-87。
58　施蟄存，〈從亞倫坡到海敏威〉，《北山散文集（一）》，頁463。
59　這篇小品文，既是抒情也是論述之作，透過書寫主體對雨的情
　　緒，圓融前時的抒情論述。該文突出「客體」在交感過程中的
　　位置，最後歸納出兩種主客交感的模式，可視為他抒情論述的
　　實驗之作。詳參梁雲，〈雨的滋味〉，《文飯小品》，第 2 期
　　（1935），頁52-65。

微雨了——莫論是春雨或是秋雨，詞人們便想起了
這個深深庭院中的美人，此時她該在憶什麼人吧，
她該在念什麼事吧，詞人們又想愁的時候她的行止
如何呢？支頤而望落花吧，倚著屏帷吧，拈弄著裙
帶吧。於是他們便替她代做了許多雋句。如「暮天
微雨灑閒庭，手接裙帶，無語倚雲屏。」「小庭寒
雨綠苔微，香閨人靜掩屏帷。」「斜倚雲屏無語，
閒愁上翠眉，悶殺梧桐殘雨滴相思。」……我不過
是想舉例以證明我們常能在微雨濛濛的庭院中會冥
念出一個幽情的境界來。[60]

　　這段文字以複沓感嘆的句式，鋪寫微雨帶來的愁
緒。段末直接以傳統詩詞收攏，並非是一種懶怠，而是
避免過於直白的情緒揭露，才能達到「幽情的境界」。
傳統元素的大量引用，與其說是向傳統回歸，不如說古
典底蘊一直潛伏底層，做為對治現代抒情容易蕪雜的工
具。就情感本質而言，這裡既有詩騷傳統強調的比興、
意境，也有西方抒情詩的浪漫質地，更具潛意識的流
動。既然如此，古典詩詞入文就並非是刻意復古，而更
彰顯出施蟄存認為古典資源，同樣也能用以抒發現代人
的情感。
　　有些學者認為施蟄存在《現代》之後，就徹底轉向
古典文學的道路。李歐梵曾評價：「繼《現代雜誌》
停刊後，施蟄存又編輯了另一個短命的雜誌《文飯小

60　梁雲，〈雨的滋味〉，頁57。

品》，該雜誌方向已明顯面向文學鑑賞；另外他也出版
過一本學術性的明代小品選。其時，施蟄存似乎已完全
把他的現代魔鬼拋在了身後，安然藏身於前現代的中國
文學世界裡」，[61] 這樣的意見難免過於滑易而有失公
允，未充分考量前行風格的延續，及其抒情型態的豐富
性。〈雨的滋味〉雖著意營造傳統意境，卻也流露英
國新散文閒話家常的氛圍，時能見歧出旁窺的語調。[62]
在情感內涵上，更有顯著的現代痕跡。例如他這樣描寫
城市雨景：

> 你不要因為我曾指示賞雨的境界，不過是些庭院，
> 春野，美人等等十足地含蘊著酸詩人舊詩人的成
> 分，便硬派我是一個無聊的或布爾喬亞的文人。你
> 切莫懷著此種意識不準確的多慮。我是對於車馬喧
> 豗，行人如織的街衢上，也曾感覺到雨的秘密的滋
> 味。……來來往往的行人是在影中一般的朦朧，橡
> 皮般的通衢忽然如水銀般了，我便不看現實的景
> 色，我向這水銀鏡中看倒映的車兒馬兒人兒，在一
> 片昏黃色的鐙火光中憧憧然憧憧然的馳逐。[63]

61　李歐梵，〈色、幻、魔：施蟄存的實驗小說〉，《上海摩登》（香
　　港：牛津大學出版社，2000），頁200。

62　〈雨的滋味〉經常顯出這種散漫性，常可以見他對於枝節的愛
　　好：「到了這裡，我們可以另外找出一些枝節來講談片刻」，
　　或是經常寫到一半，突然出現「我想且將他按下不提，我想再
　　……」等歧出語調。梁雲，〈雨的滋味〉，頁57、59。

63　梁雲，〈雨的滋味〉，頁58-59。

　　前半段為傳統意境開解，與資產階級的「小擺設」撇清關係，預備切入「意識準確」的抒情內容。後半段視點旋即轉至都會空間，以車馬、行人、街衢等元素為新的詩意對象，似欲彰顯左翼的現實意識。但不久，又由寫實筆法進入超現實想像，描寫主體非理性、錯亂、騷動的精神狀態，呈現一種現代感受。橡皮、水銀等奇詭意象，任由想像自由推衍，更使雨的滋味流露象徵主義玄秘、朦朧的詩意氣息，構成多層次的審美觀照。

　　歸納來說，施蟄存對晚明小品的解讀、運用，呈現出現代情境下，自我定位和抒情型態的多元辯證。實際抒情表現也顯出這種混雜性，著實回應了《文藝風景》與「感觸」說的宏大企圖──左翼與現代派、傳統與現代、載道與抒情的彌合。雖未必是完熟的嫁接和實踐，而在更多時候面臨兩難，即使如此，仍無法忽略這個框架之下，他透過晚明詮釋，探索現代小品文抒情路徑的意向。

第三節　幻想劇、妄想、冥念：幽晦主體的建構

　　錢谷融曾評價施蟄存：「他是憑著趣味而生活的。你剝奪了他的趣味，就等於剝奪了他的生命。在他看來，生活既是乏味的，可又到處存在著樂趣。儘管周圍向他投來的大都是白眼，但他心中自有溫暖；目光所及，也不乏佳麗山水，錦繡人物。所以他雖難免有寂

寞之感，卻也頗能優游自在，自得其樂。」[64] 這樣的觀
察，勾勒出施蟄存善於自尋樂趣的形象與生活態度。趣
味相對於乏味、寂寞，在施蟄存看來，是一種「有閒」
的表現。[65]

事實上，施蟄存雖輕易連結有趣和有閒，但晚明文
人其實鮮少在論述上嫁接趣味與閒情。例如陸雲龍〈敘
袁中郎先生小品〉這樣說明「趣」的內涵：「率真則性
靈現，性靈現則趣生」，這裡連結率真和性靈，並未涉
及「閒」。近世論者也多將二者分論。[66] 但若從晚明
小品對於生活情趣的書寫看來，閒與趣的概念又經常相
互含涉。例如晚明文人多有透過小品標榜閒情雅興，乃
至於以病、癖、疵、奇等特殊趣味，凸顯個性的小品之
作，就呈現這種閒與趣關係不清的狀況。

施蟄存明確指出「趣」是「閒」的表現，主要還是
受到三十年代閒適小品盛行與晚明小品論戰的影響。
這麼說來，雜文和小品文，都對晚明「趣」的內涵做了
具體定調。然而，無論以革命或閒適、幽默標榜自我，
無疑都使小品文的趣味面臨窄化的危機。施蟄存的小品
文主題，粗分時事批評和憶舊抒情之作。前文已述及他
的雙重傾向，惟就後者而言，是趣味和自我更容易發揮

64　陳子善，《夏日最後一朵玫瑰：記憶施蟄存》（上海：上海書店，
　　2008），頁36。

65　施蟄存曾在左翼政局背景下，這樣概括「趣味」的意義：「人豈
　　可以有『趣』？有『趣』斯有閒矣。」施蟄存，〈鬼話〉，《論
　　語》，第 91 期（1936），頁871。

66　如吳承學在探討晚明文人心態時，就將「閒適」與「真趣」獨立
　　為兩節，分論之。吳承學，《晚明小品研究》，頁380-396。

的腹地，也與藝術經營較為相關，故本節的討論將集中於此，探討施蟄存小品文中閒趣的表現手法及其抒情內涵。

施蟄存常將「閒」對比於單調重複的社會生活，既抒發百無聊賴之感，也常從中闢出自己的獨特嗜好。在〈讚病〉（1934）中，他很明確提及自己的閒暇活動：

> 自從踏進社會，為生活之故而小心翼翼地捧住著職業以後，人是變得那麼地機械，那麼地單調，連一點妄想的閒空也沒有了。[67]

在他看來，妄想是閒的一種形式，能消單調機械的生活感受。這裡指出了現代人的精神困境與對治之道，妄想雖強調一種思想上的逃離，但施蟄存往往透過落筆為文，使文章本身就有實踐的意義。正如〈渡頭閒想〉（1934）雖抒發困頓的自我處境，卻以「閒想」為題，通篇舒展漫無目的的遐思。放眼施蟄存的小品文，如〈街車隨筆〉（1926）、〈書相國寺攝景後乙〉（1929）、〈雨的滋味〉（1935）、〈讚病〉（1934），就可以發現他經常使用「念想」的方式，支撐小品文的閒趣精神。這種手法，不同於書寫雅興和外在行徑來表現閒趣的慣有模式，更專注主體的內在思維。但更關鍵的是，施蟄存小品文中的念想，並非如一般隨筆，載錄理性的思維記錄，而常是妄想、冥念與幻想。

67　施蟄存，〈讚病〉，《萬象》，第 2 期（1934），頁28。

　　「冥」具深邃幽暗之意，「妄」則是對常軌之乖謬，「幻」更直指背離現實，概括說來，三者都強調一種難以示人的「異常」特性。正因不在理性管轄，而可更容易探索常人未及的幽暗領域。施蟄存從非理性的角度，拓展了小品文抒情的多元面向，更樂於抒發色情、衝突、混亂，乃至於荒誕病態的情感內容。例如〈街車隨筆〉（1926）先是抒發目擊女體時的色情體驗，接著再借用戲劇衝突元素，以「幻想劇」的形式，切割出多個情感介面。他這樣「凝演」街車上的修女故事：

> 她的臉色，幾乎是未曾經過血液的滋潤的，乾枯，黃，灰白，如老婦人一般。於是我到罪了馬利亞，在幻象中凝演出她的故事來：⋯⋯ 她現在是貼坐在那位妝束得很奪目的夫人身旁。我似乎能聽到她正在同時說兩句話，她依約之間好像在向那位夫人說：「你是有罪了」，同時又似乎在說：「慈悲的天主！將這個幸福也給予了我。」我一瞥間看見一幅聖潔的天主畫像，在他背後是一副枯骨的影子。[68]

　　以修女做為宗教的符號，前半段的寫實描寫，堆疊灰暗、沉滯、無血色的衰老色調，暗示宗教在文明時代的衰微。省略的大半故事多鋪陳修女的虔誠意識，後半段加入「裝束得很奪目的夫人」，顛覆先前對宗教的禮

68　施蟄存，〈街車隨筆〉，頁7。

讚。夫人與修女的並置，架構出物質、文明、色慾與宗教對峙的狀態，並藉由修女的雙重話語，抒發主體內在的掙扎與衝突，情感內容複雜曲折。最後以枯骨的死亡意象，回頭呼應幽暗低沉的情緒氛圍。

　　這種低迴情緒，經常是施蟄存小品文的情感基調。如他抒發對於春天的感情，是演繹諾伊士「灰色春天」的路徑：「現代人的悲哀啊！現代人的苦悶啊！即使是濃豔的春光，也非但抹不了這種創傷，反而在春天格外地悲哀，格外地苦痛起來」，[69] 施蟄存雖是書寫春天，實則藉西方模式，抒發主體在危亂的國族境遇下，所遭遇的苦悶、創傷處境。這種感受應是二、三十年代知識分子普遍懷揣的精神情緒，[70] 但若觀察這個階段的同題創作，就可發現多仍延續慣有的抒情路徑。例如徐志摩筆下的春天，是瑰麗、可愛、豔麗而蜜甜的；[71] 在朱自清看來，春天則像剛落地的娃娃、小姑娘與健壯的青年，[72] 無不抒發積極的盼望與向上的情緒。因此，施蟄存散文所謂的「感傷」情調，實則更加曲折壓抑，有時更如〈鴉〉（1929）和〈街車隨筆〉（1926），不憚煩調動恐怖、黑暗的意象，書寫合於現代情境的感受，絕不停留於一般傷春悲秋的抒情內涵。

69　施蟄存，〈春天的詩句〉，《宇宙風》，第 13 期（1936），頁17。

70　苦悶做為現代中國普遍的精神形式，可由廚川白村《苦悶的象徵》一書在二、三十年代中國大量被翻譯證得。

71　徐志摩，〈我所知道的康橋（三）〉，《晨報副刊》（1926.1.16），頁26。徐志摩，〈我所知道的康橋（續）〉，《晨報副刊》（1926.1.25），頁45。

72　朱自清，〈春〉，《朱自清散文精編》（桂林：漓江出版社，2006），頁336。

施蟄存妄想的「癖好」，還用來探索荒誕的情感內容，最明顯的是〈讚病〉（1934）。全文通過禮讚生病，書寫主體耽於妄想和享受同情的慾望。他這樣鉅細靡遺分析生病的好處：

> 現在，我卻分明地覺得一切的人對於我的同情心，是會得跟著我的病而深起來的。……同事和朋友們來探望時也似乎比平常更顯得親熱，好像每個人都是肯自告奮勇要來醫好我的樣子，倘若他們有這個本領。這種精微的同情心的享受，使我在健康的日常生活中，每感覺到人生的孤寂的時候，便渴望著再發一次病來重新獲得牠們。[73]

獲得同情不僅讓生病成為一件愉快的事，更可聊慰冷漠孤寂的生活。常人對「病」總感到畏憚、厭煩，這裡卻繞開常情、常理，一反厭棄詛咒的模式，書寫主體期盼生病降臨的荒誕思維。後文描寫生病對於向朋友告貸的方便性，雖然旋即感到「在良心上似乎總好像有點對人家不起」，卻也可見施蟄存不避書寫內心幽暗，乃至於違情悖理的情感面向。以病做為抒情對象，對其進行一種歌頌式的審美觀照，頗彰晚明小品「以病為美」的精神意向。惟這裡的病態主體，實更基於現代情境，抒發主體在機械單調的現代生活中，逐漸異化的心理感受。

73　施蟄存，〈讚病〉，頁29。

　　既著意探索幽晦的情感領域，就可能面臨深不可測的表現困境。施蟄存的「冥念」書寫，經常顯出這種「微妙超言說」的感受。[74] 但他既無意迴避，在表現上就得另尋出路。具體的感官書寫，是施蟄存經常使用的替代方案。他對於冥念的表現，往往訴諸綿密的感官體驗：

> 這種淡青色，異於月之青色，也異於海之青，牠決沒有月色那樣的慘冷；也沒有海色那樣的光明。這種淡青色是幻想的，沉靜的，不盡的，然而是溫柔的。所以當你在春雨之際，獨自到西湖邊去領略這淡青色，你是已經跨上不盡的大道，不多時，牠會帶你到一個冥念的世界中去的。[75]

　　這段話不強寫念想的具體內容，反而著墨於「淡青色」的視覺體驗。密集的官能刺激，在短小的文字中大量鋪陳，填補冥念難以表述的空白。然而，這種量的書寫，不只強化情感的幽深性，更反過來呈現抒情主體內心混亂、蠢動的情感狀態。

　　〈書相國寺攝景後乙〉（1929）同樣落墨主體嗅覺經驗，細緻描述寺院香氣是一種「老老實實的禮佛的沉檀」，適宜焚香靜坐的精雅生活，強化聖潔、純粹、乾

74　「微妙超言說」是施蟄存在〈雨的滋味〉中，用來概括感受的一句話。該文將雨比於夢，認為雨的滋味如夢，有不可言說、不可追憶的玄妙特性。梁雲，〈雨的滋味〉，頁65。

75　梁雲，〈雨的滋味〉，頁60-61。

淨的官能體驗。文末則透過輕巧的轉筆，概括香氣容易催助冥念，卻以蜻蜓點水式的筆墨帶過：「冥念」乃是傾向「青春的故事和戀愛的情調」，[76] 明顯呈現一種表述的困境。但更關鍵的顯然在於「官能」與「冥念」的不同步現象，莊嚴肅穆的感官，並無對應的情感內容，反而因此架構出前後張力，從而彰顯後者難以被約束的特性。或許可以這樣說，比起說明，善於冥念的主體，實更關心如何透過複雜的感官經驗，翻譯現代人幽深的情感內涵。然而，也正是在反覆遭遇表述的不可能，和逼近幽深的過程當中，建構出現代主體混亂而又騷動不安的精神形象。

施蟄存曾自述：「我運用的是各種官感的錯覺，潛意識和意識的交織，有一部分的性心理的覺醒，這一切幻想與現實的糾葛，感情與理智的矛盾，總合起來，表現的是一種都市人的不寧靜情緒。」[77] 這雖是對小說《魔道》的自我評價，卻也能很好地運用到施蟄存小品文的抒情特徵。無論是透過冥念、幻想或妄想抒情，關鍵都在於這種手法意在呈現一個擁有「不平靜的情緒」的主體形象——這是一個情感混亂，充滿矛盾、糾葛、錯亂與騷動不安的現代主體。我們甚至可以不須特意庇護施蟄存在散文中偷渡小說技法，在他而言，一個好的散文家，本就可以「奄有詩人和小說家的長技。」[78]

---

76 安華，〈書相國寺攝景後乙〉，頁1645-1646。

77 這段話是施蟄存1992年1月15日寄給楊迎平女士的私人信件。楊迎平，《現代的施蟄存》（臺北：秀威經典，2017），頁197。

78 施蟄存，〈一人一書（下）〉，《宇宙風》，第33期（1937），

惟如前述，施蟄存的小品文觀更著意表現情緒、氛圍而非事實。如此說來，「妄想」在他散文中的定位，就可以只是讓主體更容易「入魔」的儀式。

　　整體說來，施蟄存創造出來的抒情主體，更加幽深晦暗。其所表現的情感內容已有所更新，不再如晚明小品泛泛以「木之有癭，石之有鸜鵒眼」，[79]來彰顯病態主體的情感內涵。惟將閒趣擴大到病、癖、疵的手法，實對晚明小品的精神形式有所借鑑。因此，從早期風格到這裡，可以發現施蟄存其實始終並未放棄古典與現代的鍛接實驗。事實上，相對於周作人，施蟄存其實更推崇魯迅的散文。其所重者有二，一是魯迅散文「筆調老成凝重，而感情豐富」，[80]二則風格是「古典和外國的結合」。[81]前者排除了周作人沖和古雅的文風，和林語堂帶有紳士般的油滑氣。但更關鍵的顯然是後者，他強調散文的理想境界，並非一昧復古，或輕易滑向現代，而是在漢語散文繼承了豐厚傳統的基礎上，尋找現代的契機。

＊　＊　＊

1933 到 1935 年小品文論戰期間，施蟄存接連編選

頁460。

79　張大復，〈病〉，轉引自吳承學，《晚明小品研究》，頁384。

80　施蟄存甚至認為，魯迅乃五四以來最重要的散文家，不應置於小說之列。施蟄存，〈一人一書〉，《宇宙風》，第32期（1937），頁396。

81　施蟄存，〈說「散文」〉（1982），《北山散文集（一）》，頁663。

《晚明二十家小品》、創辦《文飯小品》，一方面為藝
術自主辯護，一方面卻又標舉感觸說，在政治與藝術、
雜文與小品文、現代（西方）與古典之間，建立起折衷
的抒情論述。他以「情緒」形塑晚明小品「識真」的美
學精神，實際的抒情表現上，他善於召喚古典意象、詩
詞，適時取用晚明小品的詩學材料，營造婉約平和的境
界；在政治情勢緊張的年代，也有過積極介入現實的激
切、直白與尖銳；更經常表現出現代情境下，騷動與不
安的精神狀態。我們發現，施蟄存散文古典與現代的雙
重性，早在前期風格就有所跡象，惟在三十年代興起的
抒情課題當中，透過「性情－感觸」的間架，展現更多
重的交涉關係。他所表現出來的精神風格，遠比沈從文
當時批評上海作家倦於正式人生、專注陶情冶性的面
向，[82] 更為複雜。

　　尤其在情感內容的探索上，施蟄存以現代情境下的
「閒」，重構晚明的「真趣」的內涵。他將閒趣寄託於
妄想、幻想、冥念，訴諸幽晦的情感內容與非理性的手
法，來對治現代生活的機械與重複。在他的情感脈絡
中，色情、衝突、混亂、荒誕的情感體驗經常是他的詩
意對象，這些方法恐怕取徑他的小說實驗，卻啟動散文
領域的「現代與抒情」辯證。

　　魯迅在〈「京派」與「海派」〉（1935）曾對晚明
小品進行評價：「選印明人小品的大權分給海派來了，

82　沈從文，〈上海作家〉，《沈從文全集》，第 17 卷（太原：北
　　岳文藝，2009），頁43。

以前在上海固然也有選印明人小品的人，但也可以說是
冒牌的，這回卻有了真正老京派的題簽，所以的確是
正統的衣缽。二是有些新出的刊物，真正老京派打頭，
真正小海派煞尾了。」[83] 老京派與小海派，分別指周
作人和施蟄存，魯迅的批評其實架構出小品文的譜系脈
絡，認為施蟄存與晚明小品的關係，是周作人言志體系
的「衣缽」。論者或延續此脈絡，毫不保留將施蟄存散
文納入周作人體系，定位其散文和論述重視清雅、閒適
與幽默。但我們若將「識真」和「閒趣」兩大主軸，
歸納為個性表現的範疇，就可以發現，施蟄存小品文
創造出來的「自我」，實難真正進入周作人、林語堂
的譜系。

　　施蟄存小品文的自我，無論在論述和情感表現上，
都呈現複雜的面貌。周作人刻意用沖淡的生命態度，經
營理智、思維的主體形象，強調傳統平和、溫婉的情感
質地。林語堂接過周作人的言志框架，開發另一種典
型的自我，那是游刃有餘的紳士形象，即使面對左翼論
敵，也能從容不迫、幽默還擊。在三十年代幽默、閒適
小品文大為盛行的風潮下，施蟄存散文並未輕易滑入這
種侷限。他筆下的自我，兼有周作人（古典）和林語堂
（閒適）的格局，但對深層幽暗的情緒內裡，露出更不
可自拔的好奇並有意挖掘，即使情感內容突破倫理界線
也在所不惜。這顯然是對周作人、林語堂散文平和、舒

83　魯迅，〈「京派」與「海派」〉，《太白》，2:4（1935），頁
　　165-166。

緩情感境界的一種觸犯與破壞，甚至接近魯迅「攖人心」的美學脈絡。

　　在文體革新的層面，施蟄存其實把握了晚明小品以病、癖、疵彰顯個性之奇的精神形式，強調抒情範疇與詩意對象的擴衍。惟在情感內涵上，他也演繹了這種擴衍模式，廣泛將病的內容抽換為異化、非理性、神秘不可言說的現代主體情感，以此探索散文現代性的可能。五四以來強調個性精神的解放，其中又以散文為標榜個性的主要載體。但在「言志－載道」，乃至於三十年代「小品文－雜文」的多重對立框架下，散文個性的表現時時面臨窄化的危機。施蟄存散文，某程度上開解了這種困境，更新了五四散文的個性精神。但追求複雜、變化和深邃，常使他的散文結構比一般更嚴密扎實，有時甚至容易模糊小品文與小說的界線，在更新的同時，可能落入新的文體困境。

第四章　小品衍義：左翼文人的抒情兩難

　　施蟄存依違左、右的小品論調，提示我們在周作人、林語堂強勢主導的個體性論述之外，尚有重視小品社會性意涵的聲音。如要整全看待民國時期的小品論述場域，便不能忽略左翼文人以另一種路徑開拓現代的諸般嘗試。做為晚明小品論戰中不可或缺的反方聲音，左翼小品文對國族存亡的呼喚，自難以排除民國以來的小品論述視野。本章將左翼文人的小品論述，視為一種衍義，有意從整合、反思的角度，探討左翼文人如何回應當時以周作人、林語堂為主的小品論述主潮。既有研究或受左翼文人政治立場的牽制，往往將其小品論述冠以特定的政治標籤。誠然，左翼文人敏銳的社會階級意識，是支配、主導其論述風格走向的重要力量。

　　不過，回到歷史現場，我們仍要問，左翼文人當年既頗受新興文學思潮的浸潤，著意開發革命與進步的現代道路，又如何始終並未放棄從傳統小品尋找美學資源？他們力倡生存血戰的小品文，革命意識固然昂揚勃發。然而，革命情緒未必都是浪漫激昂，往往也摻入對革命失落的感傷與絕望，我們如何理解左翼文人基於家國憂患所凝塑的種種矛盾情感？左翼文人又如何透過小品文，嘗試調節多重的情感衝突？從藝術表現而言，左

翼文人固然更重視社會現代性的開拓，但是否也曾涉及
美學現代性的試驗？

　　基於上述問題，本章以魯迅、阿英與郁達夫為觀察
視角，意欲從左翼文人當年對右翼小品論述的批判談
起，嘗試分析左翼文人游移於國族存亡和個體抒情間的
兩難情懷，從而揭示左翼情感的多層次結構。其中，郁
達夫雖不能算是正統左翼文人，也並未加入左聯，但其
相對明確的政治立場，與對新興文學觀念的自覺挪用，
仍值得我們納入觀察其間的辯證性。因而，本章希望藉
由左翼小品論述的收束，考察左翼文人如何對小品進行
衍義，整全民國以來小品論述的發展。

第一節　畫歪臉的袁中郎：從魯迅對「性靈」的反思談起

　　三十年代興起於政局混亂之際的晚明小品熱潮，以
周作人為肇端，啟動了「文」的現代溯源歷程。小品
經由林語堂的引導鼓動，大幅往幽默、閒適的途徑發
展，幾乎成為現代小品文的主導風格。隨著革命的呼求
愈趨緊迫，左、右派勢力在三十年代中期對立日深，
1933 年魯迅發表〈小品文的危機〉，正式將小品文推
向戰場，突出文體與國族在現代戰爭情境中緊密依存的
關係。做為論戰的引爆點，魯迅一針見血指出當時文人
有意的誤讀現象：「明末的小品雖然比較的頹放，卻並
非全是吟風弄月，其中有不平，有諷刺，有攻擊，有破

壞」，[1] 在當時講究主體性靈的小品論述風潮中，指點出詮釋晚明小品的另類向度。魯迅將小品文視為「匕首投槍」，從而賦予小品文「祇仗著掙扎和戰鬥的」文體功能，[2] 強調充滿力與衝突的晚明，顯然對周作人、林語堂以來側重平和的晚明論述，進行有力反撥。

魯迅當年的批判與建設，並非一時之言。伴隨小品文論戰邁入高峰階段（1934-1935），他透過系列文章，開展對周、林晚明論述的反省，頗具揭示「遮蔽」的歷史意圖。針對林語堂對「方巾氣」的鄙薄，反對「動輒任何小事，必以『救國』『亡國』掛在頭上」，敵視其道學內涵，[3] 魯迅以袁中郎為發端，反而提舉其關心世道、佩服方巾氣的面向，試圖挽救「被畫歪」的中郎面貌。[4] 對於林語堂大力提倡晚明性靈，魯迅也有所警覺。他評價清代以來的「性靈」史觀：

> 現在大家所提倡的，是明清，據說「抒寫性靈」是牠的特色。……雖說抒寫性靈，其實後來仍落了窠臼，不過是「賦得性靈」，照例寫出那麼一套來。當然也有人豫感到危難，後來是身歷了危難的，所以小品文中，有時也夾著感憤，但在文字獄時，都被銷燬，劈板了，于是我們所見，就只剩了「天馬

---

1 魯迅，〈小品文的危機〉，《現代》，3:6（1933.10），頁731。

2 魯迅，〈小品文的危機〉，頁730。

3 林語堂，〈方巾氣研究〉，《一夕話》（臺北：金蘭文化出版社，1984），頁127。

4 魯迅，〈招貼即扯〉（1935），《且介亭雜文二集》（北京：人民文學出版社，1973），頁230。

行空」似的超然的性靈。

這經過清朝檢選的「性靈」，到得現在，卻剛剛相
宜，有明末的洒脫，無清初的所謂「悖謬」，有
國時是高人，沒國時還不失為逸士。逸士也得有
資格，首先即在「超然」，「士」所以超庸奴，
「逸」所以超責任：現在的特重明清小品，其實是
大有理由，毫不足怪的。[5]

　　細節固然未必盡與史實相符，但魯迅這段話卻揭
示，晚明「性靈」乃至「小品」，皆非穩定概念，而是
隨時變形移易，恆常處於形塑與建構的狀態。魯迅對性
靈史觀流於片面的修正與重整，一方面指出林語堂的侷
限，照見小品文「賦得性靈」的危機，另一方面也推導
出新的文體職能。性靈在歷來講求內在獨立性、超然的
主體型態而外，更衍出充滿悖謬、感憤的美學面向，在
危機時刻肩負反映時局的責任。

　　魯迅重讀晚明小品的歷程，頗受明末遺民小品的感
召。例如在〈讀書忌〉（1934）談及閱讀興趣：「現在
正在盛行提倡的明人小品，……真是一種極好的消遣
品。然而先要讀者的心裡空空洞洞，混混茫茫。假如曾
經看過《明季稗史》、《痛史》，或者明末遺民的著
作，那結果可就不同了，這兩者一定要打起仗來，非打
殺其一不止。我自以為因此很瞭解了那些憎惡明人小品

<hr>

5　魯迅，〈雜談小品文〉（1935），《且介亭雜文二集》，頁411。

論者的心情」，[6] 即有意突出遺民小品非消遣、反空洞的書寫動機。不同於當時晚明論者，多關注小品的日常性之小。魯迅獨嗜野史雜著，揣摩明末遺民的文人氣節，留連召喚揚州十日、嘉定三屠等遺民抗清的歷史場景，[7] 將主體激情寄託於集體性的革命呼聲。透過戰爭場面的再現，突出文人搏鬥、抗爭的精神，建構出殺氣騰騰的晚明圖像。

　　魯迅標舉社會性，做為小品文體由晚明向現代過渡的關鍵潛能。相較於周作人以降，動輒聯繫晚明、六朝乃至清初，擴展小品的歷史譜系，魯迅更加深鑿晚明，著意呈現晚明社會亂離的圖景，顯然挹注了魯迅在現代中國的某種末世想像。誠如王德威指出，三十年代中國是個體「抒情」逐漸轉向群體「史詩」的關鍵時刻。[8] 立處於革命呼求日益強烈的年代，魯迅召喚血腥、殺戮的晚明小品，試圖書寫飽受日帝侵略、階級對立與嚴苛審查制度的現代中國，無疑在文體溯源的懷舊行動當中，銳利展示了主體面對現代國族憂患情境的新精神結構。不同於周作人、林語堂談晚明，刻意擺落社會責任，透過小品開發強固的自我世界，這種辯證性的苦悶、創傷與革命激情，必然使左翼小品文產生另類的抒情型態。

6　馬于，〈讀書忌〉，《中華日報‧動向》（1934.11.29）。

7　在〈讀書忌〉中，魯迅大篇幅援引屈大均〈自代北入京記〉描述戰爭亂離的情景，強調其「極有重量」的小品風格。馬于，〈讀書忌〉。

8　王德威，《抒情傳統與中國現代性：在北大的八堂課》（北京：三聯書店，2018），頁137。

事實上，魯迅雖有其政治立場，卻並未反對小品。他攻擊當時小品文，實是不滿林語堂的刻意引導，反而使小品文落入裝腔作勢的窠臼。在他看來，小品文固然須能「殺出血路」，卻亦能「給人愉快和休息」；[9]他強調晚明文人介入戰場、生活的搏鬥經驗，卻也認同「明人小品，有些篇的確是空靈的」，[10]說明他重讀晚明小品的過程，並未全然受到左翼立場觀點的覆蓋。魯迅以反省性靈的姿態詮釋晚明小品，看似立於閒適小品文反方，其實兼及二者，透露左翼文人充滿矛盾的抒情野心。他一方面以浪漫主義的激情，樹立晚明小品反抗社會的旗幟，擴展自我論述的範疇，使抒情帶有抗爭性與集體性色彩。但另一方面，他也肯定抒情的個人性，而未徹底推翻周、林以來強調的有情主體面向。

因而，當魯迅做出「明人小品，好的；語錄體也不壞，但我看《明季稗史》之類和明末遺民的作品實在還要好」的曖昧評價，[11]便在默認個體與選擇革命價值間，展示左翼文人反思、詮釋晚明小品時的衝突與兩難，也突出了知識分子在轉換時刻的游移性與辯證性。以魯迅為起點，捲入共產革命文藝浪潮的文人，如何在「救國－偏安」、「大我－小我」、「進取－頹廢」、「無產－資產」等概念間，展現精神情感的多重矛盾，成為值得探究的課題。

接續魯迅的反省聲音，阿英、郁達夫皆曾涉足晚明

---

9 魯迅，〈小品文的危機〉，頁731。
10 焦于，〈讀書忌〉。
11 焦于，〈讀書忌〉。

小品論戰。做為五四左翼文人，他們由早先的革命與階級觀點歸納而來，透過選本、論述與實際創作，重新閱讀晚明小品，與閒適主潮進行程度不一的交涉與抗辯。這群政治左傾文人，如何以反思乃至調和姿態，檢討周作人、林語堂以來的小品文論述，又難免其影響，一方面著力探勘晚明小品的社會性書寫，一方面又難以抗拒晚明小品對有情主體的召喚，在徘徊、戀慕傳統文化的過程中，寄寓複雜情懷，同時摸索現代小品文的書寫徑路，將是本章著重闡釋的面向。

第二節　眾聲與獨白：左翼文人的糾結雛形

一、革命家與零餘者的雙聲道

　　阿英和郁達夫的散文創作活動皆起始頗早。做為從晚清跨入民國的文人，他們先後受到改良運動、辛亥革命、五四運動的洗禮，在多重結構劇變之下，經歷前所未有的斷裂經驗。新舊交鋒、中外思潮雜陳、政治局勢多變的情境，瀰漫整個二十年代，在五四運動後，成為諸多有待被梳理的遺緒。在集體意義遠勝個體、亟欲棄舊從新的時代，知識分子一方面承繼憂國憂民的傳統士大夫精神，另一方面則借鑑外國文學流派的改革經驗，摸索現代中國社會與文藝思潮發展的道路。

　　在開拓新文學的歷程上，五四左翼文人經常仰賴日、俄文學經驗。隨著 1924 年，蔣光慈由蘇聯返回中國，帶回蘇聯政治、文學的歷史經驗，加以其時軍閥勢

力擴張，迫害之事趨於頻繁，左翼文人對蘇聯文學的
譯介，在二十年代中後期逐漸達到高峰。郁達夫早在
1923 年，即已透過馬克思（Karl Marx, 1818-1883）、
恩格斯（Friedrich Engels, 1820-1895）的主張，高喊文
學應為階級鬥爭服務；[12] 阿英做為激進的革命鬥士，
不僅自身投入反帝、反軍閥運動，更有意識透過馬克
思主義辯證唯物論（dialectical materialism）、普力汗
諾夫（Georgi Plekhanov, 1856-1918），甚至是藏原惟人
（1902-1991）的社會階級觀點，評價中國普羅作家
的書寫實驗。[13] 不同於當時採取美學現代性路線的文
人，吸取西歐浪漫主義（Romanticism）、象徵主義
（Symbolism）等成分，著迷現代精神形式的多方表述，
左翼文人更著意從社會層面尋索更新力量。

　　從左翼文學論述建構的層面來說，郁達夫與阿英選
取的域外論述，都頗為強調革命、群眾與階級等新興意
識，如何催生社會的改革與進步，從而在「用血肉的人
生在實際模仿藝術」的模式當中，[14] 推導文藝的新形
式。他們主張貼近工農群眾，尤其讚揚其對資產階級擁
護舊傳統的批判，在反對資產階級的立場上，與五四反
傳統的革命精神遙相呼應。

　　事實上，郁達夫的政治立場雖然左傾，對於左翼文

12　郁達夫，〈文學上的階級鬥爭〉，《創造週報》，第 3 期（1923.
　　5.27），頁5。
13　錢杏邨，〈中國新興文學中的幾個具體的問題〉，《拓荒者》，
　　1:1（1930.1），頁341-382。
14　郁達夫，〈文學上的階級鬥爭〉，頁4。

學實際的建設興趣與實踐成果，卻可能遠不如當時諸多
政治態度曖昧的現代派文人。姑不論三十年代他拒絕被
加入左聯，二十年代末期的郁達夫，一方面強調「將
來的文學，也當然是無產階級的文學」，另一方面卻又
說明「曾受過小資產階級的大學教育的我輩，是決不能
作未來的無產階級的文學的一點，我是無論如何，也不
想否認的」，[15] 巧妙地從階級的觀點上，迴避了新興
文學的建設責任。即如阿英做為立場鮮明的共產黨員，
亦難以避免強調意識正確，更勝實質文學技術的「左的
幼稚病」。[16] 既將「如何具象化社會」、「如何處理
個人與社會關係」與「如何描寫集團」等實質問題，[17]
簡化為意識正確與否的評判準則，在側重推翻傳統秩序
的層面上，便容易與五四以來右派個人主義、浪漫主義
中的反抗精神有所混淆。

　　近來學者的研究顯示，認同俄國文學的五四左翼文
人，如瞿秋白、蔣光慈、郁達夫、茅盾、郭沫若等，同
時具有「俄國文學」與「西歐浪漫主義作家」的閱讀經

15　郁達夫，〈對於社會的態度〉，《北新》，2:19（1928.8.16），
　　頁2032。

16　事實上，阿英對於「幼稚病」的指涉，雖主要以藝術技巧的層面
　　來談，但二十年代初期的阿英，在左翼觀點的理解上，也有幼稚
　　的毛病。例如他評價魯迅、茅盾的創作，經常將其歸入幻滅、動
　　搖、死滅、沒有出路、骸骨迷戀的一類，在論述上落入一味高喊
　　光明、希望、意識正確的簡單口號，態度猛切激進，未能準確
　　認識左翼文學觀點與書寫型態。詳錢杏邨，〈死去了的阿Q時
　　代〉，《太陽月刊》，第3期（1928），頁1-24。錢杏邨，〈中
　　國新興文學中的幾個具體的問題〉，頁341-382。

17　阿英曾借用此三項要點，指引中國新興文學借鑑蘇聯普羅作品的
　　方向。錢杏邨，〈中國新興文學中的幾個具體的問題〉，頁368。

驗，特別是在自傳與散文創作中，多展現出雙重性。[18]
這批文人早先出入創造社、太陽社，積極成為左翼文壇
主將，卻時在革命年代中，以強調自我的散文形式，藏
納主體幽微的情懷。郁達夫稍後更加入林語堂的幽默陣
營，成為《論語》的特約撰稿人，在創刊號上發表〈釣
台的春晝〉（1932），結合遊記的抒情體式，控訴當局
的暴力與迫害。他們立意容納互為衝突又相依互存的情
感內涵，暗示了複雜的意識承轉關係。

　　以阿英來說，他引介俄國文學時，固然力取強烈
的革命與鬥爭精神，卻也對徘徊游移的人格面向有所
好奇。例如他對普希金（Aleksandr Sergeyevich Pushkin,
1799-1837）〈情盜〉中杜伯洛夫斯基的強烈反抗性有
所傾慕，頌揚其打擊貪官污吏的英雄志氣。但另一方
面，他也敏銳覺察了杜伯洛夫斯基性格的軟弱面向：

　　　杜伯洛夫斯基便選定了這一條路了。可惜大仇未
　　復，在一眼看見馬沙以後，竟陷入情網，不能自
　　拔，卒至憤慨世事，出國飄流，飲恨終生，這一點
　　力，又是人間最不可理解的兩性的力了。我責備杜
　　伯洛夫斯基麼？在事理上自然是如此。然而事實
　　呢？有幾個革命家不富於熱烈的感情的呢？有幾個
　　英雄能衝破情網的呢？捨身救世的英雄，終不免為
　　愛情所屈伏，我一面痛責杜伯洛夫斯基，我又不能

18　陳相因，〈「自我」的符碼與戲碼——論瞿秋白筆下「多餘的
　　人」與〈多餘的話〉〉，《中國文哲研究集刊》，第44期（2014.
　　3），頁79-142。

不予以相當的原諒了。[19]

　　這段話對杜伯洛夫斯基革命前夕的臨陣脫逃，予以相當懇切的同情。杜伯洛夫斯基做為心懷大仇的革命家，竟能屈伏於兩性間的小情愛，最終成為革命大論述底下的失敗者，徹底顛覆了果敢、奮勇的既定印象。這種對社會責任既存有高度認知，卻終究淪陷於憤慨世事、飲恨終生的自我矛盾，頗接近俄國「多餘的人」的典型徵狀。阿英顯然注意到，革命家也有意志不堅的性格缺陷與軟弱內質，卻未將其歸化為「革命加戀愛」的簡單公式。他不將主體私情導入革命，反而對這種並存的情感衝突，予以同情理解，甚至有為這種「小」私情開脫的意味。末段對杜伯洛夫斯基的痛責與原諒，又何嘗不是阿英面對現代國族憂患與個體偏安時的內在糾結？

　　在阿英的俄國文學論述中，「幻滅的悲哀」與「光明的渴望」經常內蘊辯證張力。他談論阿志巴綏夫（Michał Arcybaszew, 1878-1927）的小說《朝影》，一方面以巴莎為精神領袖，標舉其果敢、超個人主義的革命精神，另一方面又在文章末尾哀唱「歸來喲，巴莎。歸來喲，中國魂！」的抒情輓歌，[20] 為中國的革命精神招魂，哀悼國族精神的失落。從對人物性格分析的層面來看，他對理莎優柔寡斷的性格書寫，挹注更多的

19　錢杏邨，〈俄羅斯文學漫評〉，《小說月報》，19:1（1928），頁190。
20　錢杏邨，〈俄羅斯文學漫評〉，頁196。

興趣：

> 但作者描寫這個女青年，遠不如描寫理莎。在這部
> 小說裡所描寫的理莎，我覺得比都拉更可愛了。
> 這或許是我的偏見，也未可知。作者在造意及下筆
> 的時候，未必是不和我一樣的偏罷？這話很難解
> 釋，大概曾經想拉起幾個女青年，而又失敗了，如
> 巴莎這樣的人總該懂得。對於一個天資極高，思想
> 也並不壞的女性，你要盡量的提攜她，她的優柔寡
> 斷，竟不能使她如你的理想的進步的快；然而，她
> 總不是沒有希望的，你鞭策她一下，她也努力些
> 時，是向上而不向下，等到和你離開時，沒有人勉
> 勵她，她又怠惰了。[21]

　　相比革命姿態清晰的巴莎，理莎優柔寡斷、努力怠
惰並存的游移、複雜性，更為阿英所著迷。阿英賦予
理莎潛在的光明寄託，認為此類「能說不能行」、到
「最後能行了，又缺乏了膽」的革命青年，[22] 透過鞭
策、鼓勵與提攜，終能成為向上與進步的希望。阿英
曾評價，阿志巴綏夫是虛無主義者（Nihilism）。[23] 在
他看來，《朝影》「所表現的精神是幻滅的悲哀」，[24]

21　錢杏邨，〈俄羅斯文學漫評〉，頁192。
22　錢杏邨，〈俄羅斯文學漫評〉，頁192。
23　錢杏邨，〈關於文藝批評──力的文藝自序〉，《海風週報》，
　　第 9 期（1929），頁5。
24　錢杏邨，〈俄羅斯文學漫評〉，頁193。

面對理莎因懦弱走向消沉與自殺的終局，他數度以巴莎
的角色聲音，喊出「不要幻滅！不要幻滅！打起精神，
不斷的努力的向前抗鬥」，[25] 企圖挽救中國革命青年
集體幻滅的情緒。但即使拒絕虛無，阿英對俄國文學人
物的闡釋，仍舊說明幻滅與動搖的情感，在他而言，既
是救亡圖存的現代魅影，卻也再再成為逃逸僵化表述的
契機。

　　若說阿英在集體呼喊與個體抒情間，仍傾向以光
明樂觀、戰鬥向前的精神為主導，那麼這兩相拉扯的
力量，在郁達夫而言，便經常處於難以調和的緊張狀
態。我們知道，《沉淪》時期的郁達夫，對於憂國與
頹廢感傷的矛盾情緒，已有敏銳的自我體察。二十年
代初期，郁達夫從西歐浪漫主義一路考察下來，將法
國波特萊爾（Charles Pierre Baudelaire, 1821-1867）以
降的頹廢派（Décadentisme）、虛無主義、無政府主義
（Anarchism），乃至德國表現主義、俄國革命文學，
俱納為文學階級鬥爭的歷史環節。[26] 在他看來，「表面
上似與人生直接最沒有關係的新舊浪漫派的藝術家，實
際上對人世社會的疾憤，反而最深」，[27] 強調社會意識
本就內蘊於浪漫思維。至於十九世紀「專門攻擊國家的
政治，或是專門攻擊社會的一種制度，或是專門攻擊為
惡社會作爪牙的一群同類」的左傾路線，也不過是早期

25　錢杏邨，〈俄羅斯文學漫評〉，頁194。
26　郁達夫，〈文學上的階級鬥爭〉，頁2。
27　郁達夫，〈文學上的階級鬥爭〉，頁1。

浪漫派反抗性「漸漸的具體化起來」的必然過程。[28] 郁
達夫顯然無意區分個人與革命浪漫主義的本質差異，傾
向取兩者對傳統思想宣戰的共同姿態，做為當時中國階
級革命的基礎。如此說來，郁達夫最初對左的認知，實
早已濃縮個體性、主觀性的情感成分。

在外國文學的吸收上，郁達夫同時展現對盧騷
（Jean-Jacques Rousseau,1712-1778）與屠格涅夫（Ivan
Sergeevich Turgenev, 1818-1883）的偏嗜。他一方面頌揚
盧騷「主情的傾向」，[29] 另一方面又傾心屠格涅夫的
文學筆法。例如他分析屠格涅夫的背景書寫：

> 背景的風景及天候，和作中人物事件的作用，有調
> 和與反射的兩種。譬如我們描寫一對年少的戀人，
> 在一天和暖的春天，乘了惠風赤日，在百花繚亂的
> 山野裡閒游，……這一種自然風景，是與作中的
> 人物事件調和的。還有一種寫法，譬如像這樣的春
> 天，年輕的戀愛者，一對對的在那裡尋歡作樂，而
> 道旁有一個破衣醜貌，在那裡對花濺淚的窮人，這
> 時候的自然風景，分明是在嘲弄這窮人的。這一種
> 背景，在小說上也很有效力，這效力稱為反襯的效
> 力。俄國的杜葛納夫，最善用這兩種方法，我們若
> 欲修得這種描寫的秘訣，最好是取杜葛納夫的《盧

---

28 郁達夫，〈文學上的階級鬥爭〉，頁2。
29 郁達夫，〈文學上的殉情主義〉，《晨報副刊：藝林旬刊》，第
   1 期（1925），頁5。

亭》（*Rudin*）和《煙》（*Smoke*）來一讀。[30]

　　看似談論文學技法，其實涉及郁達夫對個體與環境關係的思索。「調和」的書寫型態，以情景交融為理想境地，與傳統美感模式頗有參照。「反射」則無疑指向對社會的觀照，以典型的左翼階級觀點，書寫社會暗處，著重集體利益與憂患意識。郁達夫對屠格涅夫雙重性文學筆法的指陳，說明他強調的自我，帶有對社會責任的強烈認知，卻又渴望存有任隨主體心境、自由表述感知的能動性。

　　郁達夫初期的內在矛盾，在二十年代中期，達到高峰。1925 年做為關鍵的轉換期，這年的創作，雖非如他所說「不言不語，不做東西的一年」，[31] 創作量卻明顯減少。在少量的散文創作中，他屏棄高呼革命的激昂情緒，再度陷入《沉淪》式的頹廢情調。他並未放棄吸收外國文學經驗，卻「讀了不少的線裝書籍」，[32] 展開對中國傳統文學的回溯歷程。然而，在他以「骸骨迷戀者」自居未久，他便又決定南下廣州，預計「把滿腔熱忱，滿懷悲憤，都投向革命中去」，[33] 卻隨即又感幻滅而重回上海。

30　郁達夫，《小說論》（上海：光華書局，1926），頁76-77。

31　郁達夫，〈五六年來創作生活的回顧〉，《文學週報》，5:11/12（1927.10），頁328。

32　郁達夫，〈五六年來創作生活的回顧〉，頁328。

33　郁達夫，〈雞肋集題辭〉（1927.8.1），收吳秀明編，《郁達夫全集・第十卷：文論（上）》（杭州：浙江大學出版社，2007），頁310。

郁達夫早期散文中，零餘者與革命家頻頻切換的聲吻，極具代表性地映照了當時左翼文人複雜幽微的內在心境。他們試圖透過對俄國文學的詮釋，建構新興文學的社會基礎，實則無論在詮解域外資源，乃至實質創作中，皆展現出難以廢離個體、小我的糾結感受。這或許是當時左翼文人普遍的困惑。1926 年郁達夫為郭沫若《瓶》做序，便如此傾訴：「我說沫若，你可以不必自羞你思想的矛盾，詩人本來是有兩重人格的」，[34]直接宣告了左翼抒情矛盾的合理性。在他看來，革命事業的勃發，固然須賴熱情，但抒情的美感，卻未必來自「手槍炸彈」，更可以依賴「柔美聖潔的女性的愛」。[35]二十年代文學日益社會化的趨勢，顯然不只牽動左翼文人對如何表現社會的思考，更誘發他們思索如何存全個人、避免為社會全然歸化的新文學路徑。

二、骸骨迷戀與階級感情

1925 年郁達夫整體的創作活動看似消沉，其實在論述上頗有進境。隨著五卅慘案的爆發，噤若寒蟬的社會氛圍日益濃厚，文人紛紛保守趨避。郁達夫也被迫壓抑早先的革命熱情，另尋出路。他將 1925 年的幻滅、衰頹與焦躁，傾注於放浪形骸的行徑，以自身演繹《沉淪》主人公的頹廢形象。在散文創作上，這年的產量雖大幅減少，也暫時擺落了革命大論述，卻密集發表

---

34 達夫，〈郭沫若《瓶》附記〉，《創造月刊》，1:2（1926.4.16），頁50。
35 達夫，〈郭沫若《瓶》附記〉，頁49。

數篇關於文學內在傾向的文章，建立抒情論述的意圖頗為強烈。

〈骸骨迷戀者的獨語〉（1925）做為代表性之作，接續稍早〈零餘者的自覺〉（1924）而來，頗有從域外轉向東方傳統汲取資源的意味。當時，新舊文學對立紛爭猶未解套，郁達夫卻不掩其思古幽情，發出不合時宜的感嘆：「文明大約是好事情，進化大約是好現像，不過時代錯誤者的我，老想回到古時候還沒有皇帝政府的時代」，[36] 以懷舊口吻寄寓自傷情懷。他進一步召喚歷史人物，共同參與傷悼儀式。在短小篇幅內，他密集調動竹林七賢、阮籍、陶潛、明末江南文人等古代人物，[37] 透過阮籍的哭聲、陶潛的乞討，尋求易代同聲的心靈慰藉，卻反襯出郁達夫飄零、無所倚靠的精神困境。

這樣的抒情譜系，幾乎符應了周作人當年提出的小品源流方案。惟郁達夫在召喚晚明之時，更銘刻了暴力、游蕩與難以自處的時代創傷。例如他這樣書寫對晚明的初步觀察：

> 我若能生在明朝末年，就是被李自成來砍幾刀，也比現在所受的軍閥官僚的毒害，還有價值。因為那時候還有幾個東林復社的少年公子和秦淮水榭的俠妓名娼，聽聽他們中間的奇行異蹟，已儘夠使我

---

36 郁達夫，〈骸骨迷戀者的獨語〉，《文學週刊》，第 4 期（1925.1.10），頁25。

37 郁達夫，〈骸骨迷戀者的獨語〉，頁25。

們現實的悲苦忘掉，何況更有柳敬亭的如神的說
演呢？[38]

　　郁達夫的感嘆，與其說是嚮往明末江南的名士生
活，未若更傾訴了長歌當哭的亂世憂患。不同於周作人
的晚明論述視野，透過法不相襲、言志等創作指標，彰
揚五四以來的個人主義精神。郁達夫將李自成比擬為軍
閥官僚，在「鬼蜮的陣勢」中開發晚明與現代的諸般連
繫，的確更強調時代，卻也未脫離個體表述的迫切欲
望。他反覆質問逃離毒害與現實悲苦的救贖之道，卻反
而映照偃蹇困窮的心境，終究僅能在「我若能生在明朝
末年」的呢喃遙想中，實踐對現實的短暫逸離。
　　郁達夫不停留於召喚歷史，更有意探問抒情本質。
稍後，他發表〈文學上的殉情主義〉（1925），將情感
（而非群眾、社會等概念）拔升至「主義」的層次，有
意在集體呼嘯的年代，賦予個體抒情合法地位。[39]他
這樣闡釋「殉情主義」的概念：

　　想把過去的榮華，完全恢復，是辦不到的。於是

38　郁達夫，〈骸骨迷戀者的獨語〉，頁25。

39　梁實秋 1926 年亦曾提及「抒情主義」概念，認為「我們的新文
　　學運動對於情感是推崇過分」。他似即以郁達夫的抒情結構為潛
　　在案例，這樣評價現代中國的頹廢主義與假理想主義：「在濃烈
　　的情感緊張之下，精神錯亂，一方面顧不得現世的事實，一方面
　　又體會不到超物質的實在界，發為文學乃如瘋人的狂語，乃如夢
　　囈，如空中樓閣」，同是提升抒情地位，梁實秋的抒情主義，更
　　趨向貶義、主張節制，與郁達夫論調可相對話。梁實秋，〈現代
　　中國文學之浪漫趨勢〉，《晨報副刊》（1926.3.27），頁61。

乎只好用了感情，把過去的事情，格外的想得壯
麗，纔足以掩蓋現在的孤苦。這時候，生活力的全
部，就趨於感情的一方面，感情這個特殊機能，
便不得不特別的發達了。主情的傾向，就在此時
十分的增長，文學上所說的 Sentimentalism（殉情
主義）也大抵於此時發生的。所以我們可以這樣的
說：以過去為主的生活環境所要求的文學表現，是
Sentimentalism。[40]

　　以過去為主，便將抒情模式定於懷舊，可說是「骸
骨迷戀者」的典型徵狀。郁達夫將懷舊基礎，凝定於過
去與現在落差的情境，從而在某種失落感受中，推導出
以感傷為基調的抒情內涵。「殉」的傷害感，一方面
導向犧牲與死滅的境地，卻也反面映照主體某種崇高的
理想抱負，具備史詩性的宏大結構，現實意味濃烈。因
而，耽看過去固然是心態上的逃避機制，卻未必掩蓋現
實，反而能夠反照、揭露現在，達到觀照社會的實質
效用。
　　參照本書第三章的論點，施蟄存將性情對譯為「感
觸」（Sensibility），強調以現代情緒為主導的情感體
驗。郁達夫的殉情主義，拈出懷舊、感傷的力量，雖未
抵達施蟄存的異化情境，卻展示出左翼文人的情感辯證
性，在懷舊自傷與家國憂患的擺盪間，觸及另一種現代

40　郁達夫，〈文學上的殉情主義〉，《晨報副刊：藝林旬刊》（1925.
　　4.10），頁4。

性經驗。這個階段的郁達夫，未及深鑿晚明小品與現代
抒情形式的聯繫。在回看中國殉情傳統的過程中，他首
先發現屈原：

> 中國的文學裡頭，以殉情主義的文學為最多，像古
> 代詞臣的黍離麥秀之歌，三閭大夫的香草美人之
> 作。無非是追懷往事，哀感今朝。至若杜工部的詩
> 多愁苦，庾蘭成的賦主悲哀，更是柔情一脈，傷入
> 心脾……。[41]

這裡以頹廢、感傷的現代抒情內涵，遙接中國詩騷
傳統。郁達夫召喚行吟澤畔的屈原，以其自我放逐的感
遇經驗，尋索發憤以抒情的現代模式。「追懷往事，哀
感今朝」做為殉情的精神傳統，透露郁達夫對歷代遺民
政治抒情的認同。面對軍閥、政變、時間斷裂等多重現
代性暴力，郁達夫的哀感，既來自顛危時局，也來自個
人因敏銳感知社會責任卻無力承擔而產生的情緒陰影。

跨過 1925 年的頹廢，郁達夫隨即又感到「走消極
的路，是走不通了」，[42] 隔年便投入南方的革命戰場。
一反稍早回望傳統的姿態，郁達夫在抨擊資本主義與帝
國主義之外，大聲疾呼「打倒三千年來的陳死人」、
「中國民族腐烈的遺傳」，[43] 頗有重召五四革命精神之

---

41 郁達夫，〈文學上的殉情主義〉，頁5。
42 郁達夫，〈公開狀答日本山口君〉，《洪水》，3:30（1927.4.12），
　　頁239。
43 郁達夫，〈公開狀答日本山口君〉，頁238、239。

勢。然而，接連遭遇喪子之痛與清黨事件，郁達夫在政
治高壓、避難、流離的經驗中，再度陷入精神困頓。
〈一個人在途上〉（1926）洗盡南下革命時的激昂情
緒，在反覆呢喃愧悔中思念稚子。[44] 郁達夫以幾近懺悔
的自白，在亂離困厄、兵亂迭起的時代氛圍中，展示無
力扛負家庭責任而充滿負疚感的自我。二十年代末期，
政治壓迫日漸深刻，文人紛紛轉趨保守，卻更加速普羅
文學思潮的興起。郁達夫一面重陷個人感傷，一面也對
普羅文學的發展寄予期待。針對普羅作家在乎的個體與
集體、主觀與客觀、藝術與革命等命題，也進行頗多積
極的思辯。

　　跳脫稍早的模糊論述，郁達夫在〈《鴨綠江上》讀
後感〉（1927），終於鋪展出抒情藍圖。他以「藝術家
是革命的先驅者」發聲，宣告「文學裡要有情緒，文
學裡要有意識」的雙重企圖。[45] 他評析蔣光慈《鴨綠江
上》的抒情表現，雖然「還不能說是完全把階級感情和
階級意識，表現得十分真摯」，[46] 但已可見郁達夫理想
中的抒情格局。稍後，他又直指「新文藝」的產生，應
是「根據於被壓迫者的同情」，[47] 反覆揭示社會更新文
學的動力。但他同時指出蔣光慈的未竟之處：

44　郁達夫，〈一個人在途上〉，《創造月刊》，1:5（1926.7.1），
　　頁123-129。

45　達夫，〈《鴨綠江上》讀後感〉，《洪水》，3:29（1927.3.16），
　　頁201-202。

46　達夫，〈《鴨綠江上》讀後感〉，頁203。

47　郁達夫，〈公開狀答日本山口君〉，頁240。

在這一個時代，我們所渴仰著的文學，並不是僅僅
乎煽起一點反抗的心情，或叫喊一陣苦悶的那一
種革命先驅的文學。若文學是時代的反映這一句話
是真的時候，那麼我們在這一個時代裡所要求的，
是烈風雷雨般的粗暴偉大，力量很足，感人很深的
文學。就是我在前面所說的躍動的，有新生命的文
學。可是《鴨綠江上》一集，無論如何，還不能滿
足我們這一種的要求。[48]

　　這段文字勾勒一種兼具意識正確與情緒力度的抒情
模式。在郁達夫看來，普羅文學不僅要展現同情、凝聚
反抗意識，更要寫出無產階級的意氣。前者傾向政治意
識的培養，卻容易流於煽動性、叫喊式的口號表述。
後者則進入藝術經營的層面，思考情緒如何書寫，方能
抵達感人很深的文學境地。郁達夫同時提出一種噴瀉式
的情感表述，認定只有「激烈的衝動」與「狂暴的奮
興」，方能展現「無產階級的階級感情」，[49] 錨釘一
種帶有狂躁與破壞性的情感內涵。這樣看來，理想的抒
情，顯然不應只是對社會的深刻鑒照，也不僅滿足於革
命加戀愛的情感格式，而須把握足以表彰無產階級個體
的內在情緒，以避免僵化與單調的表述。
　　稍後，他進一步指出純客觀描寫的不可能，反對自
然主義的寫實觀點。在他看來，即使是觀照社會的無

48　達夫，〈《鴨綠江上》讀後感〉，頁203。
49　達夫，〈《鴨綠江上》讀後感〉，頁203。

產階級文學，也應具有一種「自敘傳」的本質：「作
家的個性，是無論如何，總須在他的作品裡頭保留著
的」，[50] 企圖在普羅文學的集體性中，安置個體的聲
音。因而，所謂張目無產階級的個性，在郁達夫看來，
最終只有透過「非要由無產階級自身來創造不可」的極
端形式，[51] 方得以完成。這樣的說法，與其說是指畫
了普羅文學的發展前景，未若更像是郁達夫對於自身意
識正確，卻未能真正實踐無產階級書寫的託辭。

　　兼容時代與個人的「自敘傳」概念，是解讀郁達夫
早期小品文觀的關鍵。1927 年他在顛沛輾轉的流離境
遇中，初步展現對「小」文體的興趣。〈日記文學〉
（1927）做為先聲，是郁達夫最早談論散文的文章。他
不斷呼吁日記是「正統文學以外的一個寶藏」，必須尊
重此一重要分支，[52] 說明郁達夫對日記體裁處偏、處
小的非正統文體定位有所認知。經由比較小說與日記，
他提出真實性做為日記的文體精神：

> 古今中外的文人，以日記傳世的很多，就淺陋的
> 我所讀過的幾家日記說來，如德國近代劇作家
> Hebbe's，英國的日記專家 Samuel Pepys，俄國的
> Dostoieffskys，Tolstois，中國的李蓴客及許多宋遺民
> 明遺民的隨筆日錄之類，真是數不勝數。然而三十
> 年如一日，中間日日在自己解剖自己，日日在批評

50　郁達夫，〈五六年來創作生活的回顧〉，頁328-329。
51　郁達夫，〈五六年來創作生活的回顧〉，頁329。
52　郁達夫，〈日記文學〉，《洪水》，3:32（1927.5.1），頁327-328。

文化，日日在窮究哲理，如亞米愛兒的日記，實在
是少見的。[53]

由此看來，郁達夫強調的真實性，不只來自解剖自
己、以私我寫作為主的內在真實，更有透過「批評文
化」所反映的社會真實。因而，日記做為一種小文體，
在郁達夫而言，最初即肩負批評、反抗的社會責任，並
夾帶政治性意義，不純然只是個人內在情緒的紓解與放
鬆。郁達夫召喚特定的文學群體與傳統，他對遺民日
記的偏嗜，反映在大膽記錄的書寫特徵外，更具展露
「內心苦悶的全史」的文體思維。[54] 在他看來，身處
舉國若狂的亂世情境，如能表現「這一種苦悶，這一種
Dilemma」，[55] 既能貼近主體，也能反射時代。

事實上，郁達夫並不執著辨析日記、小品等詞義來
源問題。在他看來，日記與其說是做為特定的文類形
式，不如說更像是一種筆法，舉凡記事文、小品文、感
想文、批評文皆能承攬。他這樣談論日記的體裁範疇：

現在我手頭所有的這一部吳穀人的日記裡，就有許
多很好的小品寫生文在裡頭。就是那部亞米愛爾的
日記裡，也有許多很美麗很細膩的散文詩包含著，
並不是拘拘於一格的。[56]

53　郁達夫，〈日記文學〉，頁324。
54　郁達夫，〈日記文學〉，頁327。
55　郁達夫，〈日記文學〉，頁325。
56　郁達夫，〈日記文學〉，頁328。

不拘於一格的認知，頗合乎晚明小品不侷限特定體
式的精神。日記體囊括小品寫生文乃至散文詩，顯然無
所不包。同是做為正統以外的「分支」，小品、寫生
文、散文詩、日記等概念，在郁達夫論述語脈下相互
涵融，在古今、中外資源的多方借鑑中，有待詮釋與
成形。

就實際創作看來，郁達夫經常將內在糾結感受，衍
成某種懺情式的文體結構。回顧稍早〈骸骨迷戀者的
獨語〉，已在一種「自家罵自家」的喃喃獨語中，[57] 寄
託對時局的牢騷與不滿。即如向來已有特定模式的「自
序」書寫，郁達夫也往往跳過慣有格式，採取無聊囈語
的叨絮口吻，看似交代創作經驗，其實反覆展示庸懦軟
弱的內在自我，訴說精神毀滅的時代創傷。[58] 1931 年
郁達夫寫就〈懺餘獨白〉，再度援用獨白體，製造迷亂
的抒情氛圍。他這樣書寫雙重的現代性體驗：

> 命令一下，誰敢不遵，因為旁邊站立在那裡作監督
> 的，一箇箇都左執皮鞭右拿閻府的獰兇的衛士。你
> 搬石抬樑稍或遲緩一點，自然是輕則一鞭，重則一
> 斧，誰還來向你講理？在這一箇出獄之後的苦役狀
> 態之下，我也竟垂垂老了，氣力也沒有了，喉嚨也
> 嘶啞了，動都動彈不得，那裡還能夠伸一伸手，拿

57　郁達夫，〈骸骨迷戀者的獨語〉，頁26。
58　郁達夫，〈達夫全集自序〉，《創造月刊》，1:5（1926.7.1），
　　頁102。

一拿筆！[59]

　　前半段控訴軍閥的非人道行徑，後半段則轉入個體抒情。這段文字顯然並置了郁達夫兩種不同的抒情視野：批判與自剖、控訴與哀憐、奮進與退避、叫喊與沉默、自我追尋與悼亡。郁達夫正是在這種依違的情感形式中，銘刻殘餘、頹敗的主體形象，昭示困蹇無依的存在處境。

　　郁達夫在〈懺餘獨白〉中回顧二十年代末期的創作心態，曾做出要旨性的總結：「愁來無路，拿起筆來寫寫，只好寫些憤世嫉邪，怒天罵地的牢騷，放幾句破壞一切，打倒一切的狂囈。越是這樣，越是找不到出路。越找不到出路，越想破壞，越想反抗」，[60] 說明難以救贖的精神困境。相較於周作人其時閉戶讀書、刻意沖淡乃至講究雅趣的表述模式，郁達夫顯得極為抒情，展示了頹敗與憤世情感相互激盪，從而迸裂出極具破壞與反抗的現代性本質。在他看來，現代主體可以大膽抒發憤世嫉邪、怒天罵地的情感，而牢騷與狂囈可以是全新的說話方式。比起郁達夫，阿英二十年代的激進姿態，顯得相對單薄，更無暇回顧傳統。即使曾有過疑惑與兩難，也往往難免落入政治意識凌駕一切的圈套。然而，阿英二十年代末期逃亡、入獄的革命經驗，卻醞釀了三十年代的心境轉折，在著力詮釋晚明小品的過程中，

59　郁達夫，〈懺餘獨白〉，《北斗》，1:4（1931.12.20），頁56-57。
60　郁達夫，〈懺餘獨白〉，頁56。

也逐漸帶來散文美學風格的翻新。

第三節　尋找小品「文心」

一、以自我為中心？

1933 年魯迅發表〈小品文的危機〉至 1934 年林語堂創辦《人間世》，是小品文爭議性趨於尖銳的關鍵時期。隨著左、右派對立日漸深刻，林語堂等人搭上周作人稍早的文體溯源論，在多方新詮晚明小品的過程中，大力推廣閒適、幽默小品文的腹地。林語堂固然成功開拓新的文體樣式，但伴隨國族情勢日竣，也招來許多批判。從政治層面來說，閒適小品文趨向消極、退避的態度，愈加不見容於左翼文人。就藝術經營的層面而言，閒適、幽默發展爛熟之後，逐漸演化為套路，流於僵化表述的危機。左翼文人在魯迅小品文觀的引導下，紛紛回看晚明，重檢小品創作心態，有意開發一種在周作人、林語堂版本之外的現代小品文。

誠如前述，魯迅稍早的批判，擊破了周作人以降，強調自我、閒適、平和等概念的小品文論述，揭示晚明做為一種特殊的時代性指涉，如何跨越五四以來強固的個體論述，而與小品發生另類聯繫。同為五四左翼文人，阿英、郁達夫帶著各自的階級觀點，響應三十年代小品文論戰。1934-1935 年間，他們以活躍的晚明活動，參與並重整周、林的小品文論述。我們要問，左翼文人早先凝塑的憂患情結，如何在內憂與外侮交相壓迫的三十年代，持續影響他們對晚明小品文體職能的認

識，從而體認現代小品文的自我邊界，推導出另類的小
品文論述？

　　針對以閒適、趣味為主的小品文風格，阿英曾透過
「社會性」、「實用」等論述觀點，試圖將小品文引向
以革命反抗精神為主的發展路徑。在論戰中，他極力聲
援魯迅的批判，將「沒有社會意義的、非戰鬥的、消閒
的」小品文，類皆劃入小擺設式的文章，將其視為沒落
的傾向。[61] 他以抨擊姿態，進一步指出小品文的現代性
歷程：

　　　　而落後的，風花雪月一派，雖偶而也發一兩聲對於
　　　　社會現狀的呻吟，大部分的時間，卻依舊耗在趣味
　　　　的消閒上，大概為求社會進步而淤積的血愈多，他
　　　　們愈益加緊得向趣味主義的頂點上跑，雖然他們也
　　　　有「不得已的苦衷。」所以，在新文學運動開始不
　　　　久，「但開風氣不為師」的胡適，就逐漸的失卻了
　　　　進步的氣氛，而周作人等也取些茶食，酒，鳥聲，
　　　　野菜，草木蟲魚，八股文，妖術等等的題材，孜孜
　　　　不倦的向下努力了。時代的齒輪進展的如何疾速，
　　　　而又是如何的殘酷，在這裡，可以使我們明確的認
　　　　識到。[62]

61　阮无名，〈序記〉，《現代名家隨筆叢選》（上海：南強書局，
　　1933），頁1-2。
62　阿英，〈小品文談〉，《夜航集》（上海：良友復興圖書印刷公
　　司，1935），頁8-9。

這段文字以周作人為批判對象，不滿一種「無目的」的趣味觀。與周作人透過日常生活知識，尋索啟蒙契機的小品文觀念不同。阿英的進步意識，顯然更密切與時代的變動性配合，小品文因而背負書寫時代的任務。惟阿英一方面將周作人指為「風花雪月一派」，看似強調思想情感的正確性，一方面卻又對其「不得已」的書寫姿態予以同情理解，說明在他看來，小品文的癥結處，並非在於社會意義的有無，而更在隱或顯的表述問題。這就是說，阿英縱使提示了一種以社會進步為主的現代性方案，但促成文體變遷的關鍵，或許不在單純的意識切換，而更在於如何抒情才能使小品文同時容納個人苦衷與社會關懷的情感內涵。

阿英從民國以來強調晚明小品「真」性情的內涵，衍生出新的詮解方式。透過江進之（1553-1605）評價中郎的尺牘觀，他以另類的「真精神」，擴衍小品的小、大議題：

> 朱錦文序《短札字字珠》，以書啟為長矛，尺牘為短兵。他說，在平原曠野上作戰，應該利用長矛，要是巉險阻隘的地方，是莫如短兵便，用各有所宜也。這和陳繼儒所說，「文亦何大何小，有一段真精神透映紙上，便是慧業，」理論上正有相似和聯繫之處。中郎諸牘，其惟一的特色，就是這「真精神透映紙上」，而把尺牘當作了自己作戰的武器。此進之所謂，「往復交駁之牘，機鋒迅疾，議論朗

徹」也。[63]

　　從阿英的引述脈絡看來，文之小、大，無妨真精神的流露。他有意避開以篇幅論小大的形式思維，敏銳把握了以精神、內容辨識小品的文體觀。同是標舉公安派的真性情，林語堂以性靈、身體強調自我，透過固守自我之小，對抗載道之大。阿英的真精神，不著意區別小大，旨歸於主體的作戰精神，既含有諷喻社會的「機鋒」，也不離「議論朗徹」的主體風貌，展現兼括二者的規模。

　　事實上，阿英的政治態度雖然激進，卻很早就認知現代小品文以自我為主的文體特性。1931 年他發表〈一九三一年中國文壇的回顧〉，總結文壇發展，便已界定出小品文的任務在於：「印在作者腦中的事物的描寫」、「內在的反映的傳達」與「作者所觀察的事物的主觀的評價」，[64] 初步看來，其實與周、林強調主體內在性靈的小品文論述並無太大歧異。在實際書寫上，他也頗有擺落一逕呼喊革命的論述趨勢，嘗試從藝術性的角度進行文藝批評，平衡早年激進的文章風格。這無疑與阿英 1926、1927 年的革命經驗有關。隨著軍閥勢力日趨強大，阿英在通緝、流亡上海、蹇居亭子間，乃至入獄的周折經驗中，不免發出「歷萬險而能生還，真

63　阿英，〈袁宏道尺牘全稿引〉，《海市集》（上海：北新書局，1936），頁54。

64　錢杏邨，〈一九三一年中國文壇的回顧〉，《北斗》，2:1（1932），頁19。

不知是第幾個再世！一切事物，觸目都有所感。子美詩云『驚定還拭淚』，這一句詩，真不啻是我們今晚生活的寫照啊」的感嘆，[65] 召喚傳統以自傷憐的意圖極為強烈，已經透露抒情風格逐步轉型的腳跡。

之後，他雖以「從個人主義的觀點到反個人主義」總結小品文的發展路徑，看似將自我截然排除於社會題材之外。但另一方面，卻也意識到無論風花雪月或轉向革命的小品文，其實「都不免是個人主義的」路徑，[66] 透露左翼文人的內在糾結與矛盾性。在晚明的探勘上，比起標榜小品的抒懷精神，阿英固然更著重開掘社會性價值。例如〈吃茶文學論〉（1934）、〈明末的反山人文學〉（1934）、〈袁中郎與政治〉（1934）等文，皆是在新興文學的階級觀點下，觀照晚明對貪官污吏、官逼民反或智識階級壞傾向等社會場景的書寫，從而推導出文人關心世道的面向。阿英系列的晚明關懷，顯然由魯迅的反抗思維演繹而來，反對周作人、林語堂遠離俗世、刻意提取雅趣做小品，乃至塑造山人名士精神，意欲呈現並修整既有論述的偏頗。

不過，即使如〈「西湖二集」所反映的明代社會〉（1935），斬截表露考察晚明政治社會的動機，也難掩阿英對晚明文人表露個體性情時的眷慕情懷。例如他雖標榜《西湖二集》「最優勝的，是廣泛的反映了明代的

---

65 轉引自錢厚祥，〈阿英年譜（上）〉，《新文學史料》，第 4 期（2005），頁109。

66 阿英，〈小品文談〉，《夜航集》，頁8。

社會，政治的腐敗」，[67] 但實際論述上，卻流連呈現
充滿牢騷抑鬱的文人形象，更著迷於作者「如何寫那一
時期的智識階級」，[68] 而非社會實相的寫實呈現。阿
英稱賞《西湖二集》的人物書寫，對小說描述鄭龍友狂
放不羈的形象，展露不可自拔的偏嗜。他評價小說對智
識階級的描寫：

> 周清原很會寫智識階級，多方面寫著他們的生活，
> 有正義感的，狂放的，循規蹈矩的，一直寫到那些
> 卑污的智識階級的攢營，拍馬，混蛋！他們的生活
> 是脫不了歷來的封建智識分子的生活各種型，沒有
> 什麼特殊足述的地方。這自然也是由於作者的封建
> 思想的關係，即使有「異人」也被割棄了。[69]

雖談小說，但對「異人」的好奇，頗契合取偏尚異
的小品精神。這段文字，與其說是對智識階級「生活各
種型」感興趣，未若說阿英更留心作者對人格諸相的書
寫，從而鑒察其與封建思想的關係。以異人思維做為封
建思想的對立面，則進一步揭示，晚明小品內蘊的反抗
精神，未必全然依附於揭露社會黑暗、書寫現實醜惡等
寫實性的形式筆法。透過思想情感、性情、人格風範等
個體之異的發現，也能獲得等值的書寫效力，其間透露

---

67 阿英，〈「西湖二集」所反映的明代社會〉，《文學》，5:5
（1935），頁885。
68 阿英，〈「西湖二集」所反映的明代社會〉，頁889。
69 阿英，〈「西湖二集」所反映的明代社會〉，頁890。

阿英對小品個體、主觀性價值的認同與內化。

　　從此層面回望阿英對周作人、林語堂論述的批判，他其實並未拋棄周、林以來強調真我的詮釋路徑。因此，他反思林語堂的筆調說，雖頗有偏誤，卻仍把握了「有話就說」、「斌媚天然，並非有意做作」等強調去假的小品精神。[70] 只是，在阿英而言，晚明小品先是一種作戰的武器，然後才是抒懷的寄託。既以社會為前提，便難免縮限自我表述的幅度。

　　相較於阿英的批判態度，郁達夫三十年代的小品文思考，傾向採取調和的立場。從整體看來，郁達夫始終與小品文主潮維持若即若離的關係，既有延續也帶有反思。這與他其時有意識反省抒情的界線有關。小品文論戰期間，郁達夫一方面標榜小品細、清、真的文體特性，指出「大約描寫田園野景，和閑適的自然生活，以及純粹的情感之類，當以這一種文體為最美而最合」，[71] 看似頗符應於強調主觀、超脫的小品文論述。但另一方面，他也開始思索能夠制衡情感的文章要素，提出以「智識」平衡情感的小品文方案。

　　事實上，郁達夫對於「智」的強調，頗受林語堂幽

70　阿英談論林語堂的筆調說，有從「形式」理解其小品文觀的偏誤。他認為，時人皆以筆調說，讚賞中郎尺牘的形式，但其尺牘價值應在自然達意的內容，並非能為特定形式所拘限。事實上，林語堂最初的筆調說，以閑適、自我等概念建立而來，強調的正是一種創作心境。惟定調閑適，後期多流於僵化，反而落入矯造危機。阿英之評價，或由此而發。詳阿英，〈袁宏道尺牘全稿引〉，《海市集》，頁55。

71　郁達夫，〈清新的小品文字〉，《現代學生》，3:1（1933.10），頁2。

默論的啟發。當論戰趨於尖銳之時，郁達夫不急於透過救國、社會、自我等大論述發聲，反而心平氣和分析幽默的智、情成分。他敏銳覺察到幽默做為新散文抒情利器的潛質。當林語堂著意向英法 Essay 索取外援，透過幽默表彰一種溫潤從容的人格情感，郁達夫反而提出幽默「是以先訴於智，而後動及於情」、[72]「要使牠同時含有破壞而兼建設的意味，要使牠有左右社會的力量」，[73] 突出諦照社會的現實性意義。

　　這樣的思考，是郁達夫對小品文論戰的回應，也是對自身創作歷程的修正。1932 年他談論理想的「散記」書寫，就提到：

> 散記清淡易為，並且包含很廣，人間天上，草木虫魚，無不可談，平生最愛讀這一類書，而自己試來一寫，覺得總要把熱情滲入，不能達到忘情忘我的境地，如日本芭蕉翁的奧之細道，英國 Richard Jefferies 的野外生涯。[74]

　　理想的散記，以「忘情忘我」為目標，頗有擺落主觀的意味。相較於二十年代，動輒以殉情為傷悼姿態，這裡雖仍懷揣熱情，卻頗展現出避免情感失度，乃至修

72　郁達夫，〈文學上的智的價值〉，《現代學生》，2:9（1933.6），頁4。
73　郁達夫，〈導言〉，《中國新文學大系・散文二集》（上海：良友圖書，1935），頁12。
74　郁達夫，〈序〉，《達夫自選集》（上海：天馬書店，1933），頁4。

正稍早論述風格的意向。早年留學日本的經驗，使他更有意識吸收小品文的東方資源，拓展三十年代以英法傳統為主的發展徑路。在他看來，晚明小品的體裁與日本的寫生文體甚為相似。松尾芭蕉（1644-1694）的記行文之外，郁達夫更欣賞齋藤茂吉（1882-1953）、阿部次郎（1883-1959）「清新微妙的記行記事的文章」，他同時連結《浮生六記》、《西青散記》等中國傳統著作，[75] 標榜一種以記體為主的小品體式，抉發兩者共同的記實性精神。不同於林語堂等，以 Essay 連結晚明小品，歸納出以某種紳士氣度為旨歸的精神。在郁達夫看來，散文或小品在中國自有傳統，未必需要牽合西洋資源。[76] 再者，Essay 經常失於滑膩，缺少東洋傳統的清麗氣質，[77] 郁達夫顯然在東洋民族傳統中，找到一種更具現實意義，又接近中國傳統詩學氣質的嫁接方法。

　　對寫實成分的覺知，孕育自郁達夫早年的左翼思維。在新談幽默的過程中，他突出社會性意義，卻不反對以幽默抒情，肯定其免去板滯的正向價值。這就透露，郁達夫試圖調和左、右對立的意識型態，摸索一種兼容兩者的小品文觀念。小品文論戰期間，郁達夫同樣回看傳統，新詮晚明小品。他認知傳統文學之「小」，經常指涉一種「無關大體」的消閒之作，[78] 公安小品

75　郁達夫，〈清新的小品文字〉，頁2。

76　郁達夫，〈導言〉，《中國新文學大系・散文二集》，頁3。

77　郁達夫，〈清新的小品文字〉，頁2。

78　郁達夫，〈閱書與閒人〉，《青年界》，10:1（1936.6），頁187。

正因「洗盡當時王李的大言壯語，矯揉造作」，[79] 而能獨樹一幟。這樣的理解，與周、林強調獨抒性靈，從而銳化小、大之別的做法頗為相似。

但另一方面，郁達夫對於明人筆記可以看出「明朝之所以不得不亡」、「百姓如何愛國」，[80] 也展現出偏愛。他不流連幽人韻事的記載，反而醉心舉國若狂的朝中情狀，從而能夠跳脫周作人、林語堂賞鑒式的晚明審美思維，拈出小品的實用價值。在他看來，民國以來晚明小品是以流行，正如晚明文人「受了高壓，不敢作悲歌慷慨的狂言，就只好竄入清疏淡雅的一流」，[81] 強調晚明與現代時勢的相似，揭示小品本身即含有反映時代的潛在要求。然而，既因「胸中的抑鬱不平之氣，無處是洩」，[82] 乃落筆做清雅超脫的小品。那麼晚明小品做為一種抑鬱的宣洩，其實仍是一種抒情文體，再度匯流於獨抒性靈的詮釋脈絡。

因而，在界定現代小品文書寫範疇時，郁達夫主張擴充小品文的功能。例如日記毋須擁有特定的結構與敘述脈絡，既能書寫自我，也能記錄社會。[83] 他進一步提示小品文的發展方向：

79　郁達夫，〈重印袁中郎集序〉，《人間世》，第7期（1934.7.5），頁11。

80　郁達夫，〈讀明人的詩畫筆記之類〉，《正氣》，1:2（1936.1.20），頁30。

81　郁達夫，〈讀明人的詩畫筆記之類〉，頁30。

82　郁達夫，〈讀明人的詩畫筆記之類〉，頁30。

83　郁達夫，〈再談日記〉，《文學》，5:2（1935.8.1），頁384。

現在中國的小品文，大家都以美國法國的 Essays 為
指歸，範圍覺得太狹一點。就是討論政治，宣傳主
義，小品文何嘗是不可以用的一種工具？

至於清談的小品文，幽默的小品文，原是以前的小
品文的正宗，若專做這類的小品文，而不去另外開
拓新的途徑，怕結果又要變成硬化，機械化，此路
是不通的。但是小品文存在一天，這一種小品文也
決不會消滅。清談，閒適，與幽默，何嘗也不可以
追隨時代而進步呢？譬如前人的閒適者坐轎子，今
人的閒適者坐黃包車之類。[84]

　　這段文字頗為精準照見周作人、林語堂小品文論述
的侷限。郁達夫有意修補 Essay 傳譯至中國後的窄化危
機，在他看來，小品文可以同時擔待社會政治與主體性
情的題材。他將「追隨時代」的進步動力，注入清談、
閒適與幽默小品文，企圖在個體表述與「時」俱進的雙
向更新中，帶動文體現代性的可能。

　　1935 年郁達夫主編《中國新文學大系・散文二
集》，提出「散文的心」的概念。他將「心」的演變，
視為促成散文文體由古典向現代移動的關鍵動力，特別
標舉現代散文對個人與個性的發現。[85] 一般認為，郁
達夫的「心體說」歸屬於周作人的言志體系。[86] 這樣

84　郁達夫，〈小品文雜感〉（1935），陳望道編，《小品文和漫畫》
　　（上海：生活書店，1981），頁29。
85　郁達夫，〈導言〉，《中國新文學大系・散文二集》，頁4。
86　范培松，《中國散文批評史》（南京：江蘇教育出版社，2000），

的說法不無此理，卻未必盡得其貌。畢竟，郁達夫強調
個性之際，也提醒理想的現代散文，必須挑起「預言者
的使命」，[87] 恐怕比詩、小說更具反映當下，預示將
來的能力。他主張一種融鑄人性、社會性與自然性的現
代散文：

> 現代的散文就不同了，作者處處不忘自我，也處處
> 不忘自然與社會。就是最純粹的詩人的抒情散文
> 裡，寫到了風花雪月，也總要點出人與人的關係，
> 或人與社會的關係來，以抒懷抱；一粒沙裡見世
> 界，半瓣花上說人情，就是現代的散文的特徵之
> 一。從哲理的說來，這原是智與情的合致，但時代
> 的潮流與社會的影響，卻是使現代散文不得不趨向
> 到此的兩重客觀的條件。這一種傾向，尤其是在五
> 卅事件以後的中國散文上，表現得最為顯著。[88]

　　散文的文體現代化工程，同時仰賴自然社會與自我
的新變。大系導言做為郁達夫小品文觀的總結之作，具
體展示左翼文人擺盪在「主觀－客觀」、「智－情」、
「小我－大我」間的游移姿態。他們既反省周作人、林
語堂過度強調性靈、自我，乃至缺乏社會關懷的論述侷
限，卻也不免一再陷落晚明小品所夾帶的抒情召喚，詭
祕地契接右翼論述。因而，從郁達夫的論述語脈看來，

　　頁77-98。

87　郁達夫，〈導言〉，頁10。

88　郁達夫，〈導言〉，頁9。

緊接而來的迫切問題在於，左翼文人孜孜求索的散文之心，是以何種形式內涵，完成演變的工程？當「心」做為現代散文的一種抒情隱喻，不再只是觀照內在主體，更緊密聯繫某種暴力、失落的現代性經驗，他們將在重提晚明小品的過程中，推導出何種屬於現代主體的變異之心？

二、晚明小品與憂鬱情結

1935 年郁達夫提出「散文的心」的概念，描勒出兼具個體性與社會進步的新文章格局。事實上，心的發現並非獨創。我們知道，魯迅早在〈摩羅詩力說〉（1908）就已提出「攖人心」的詩學理念，強調一種以暴制暴的非理性思維。做為摩羅詩人，魯迅突破詩學傳統、帶有反抗性的詩心，既內蘊對國族存續的憂患、激憤與焦慮，在伴隨帝國崩毀而生的末世感受中，也同時映照出頹廢、死滅、萬念俱灰的主體面向，揭示一顆充滿暗影的現代主體之心。[89] 郁達夫的心論，延續魯迅詩心的內在結構。他將憂患之心由詩引入文的領域，透過發憤以抒情的詩學脈絡，更新小品文的文體格局。初步看來，郁達夫採取的路徑，似與周作人取徑詩言志、詩緣情等詩學傳統，建構以個體性情為前提的現代小品文不同，揭示左翼文人另類的文體建設途徑。

身在「五卅事件以後」的三十年代，左翼文人的小

89　劉正忠，〈魔羅，志怪，民俗：魯迅詩學的非理性視域〉，《清華學報》，39:3（2009.9），頁440。

品文觀，頗展現出某種強烈的末世思維。惟不同於魯迅的末世情境，三十年代的左翼文人，在外族、政治、戰爭等多重威脅交相逼迫的國族情境中，再度臨近某種斷裂勝於延續的變動時刻。面對日漸深刻的政治對立，文壇言論空間緊縮，文人在嚴苛的審查制度與動輒得咎的政治壓迫中，不斷體驗到一種暴力經驗。當時，郁達夫研究屠格涅夫，鍾情於俄國政治環境的引介，便有自覺對照中國的意識。他談到 1848 年革命失敗後的俄國政治氛圍：

> 本來就在預謀著一網把那些文人打盡的政府當局，硬要拿這事情來加你以罪，那你又有什麼法子來解避呢？寫到了這裡，我就不得不聯想起目下流散在我們自己周圍的那一重褐色的暗雲，唉，一八五二年的專制政府治下的俄國，一九三三年的××××治下的×× ！[90]

以俄國觀看中國，郁達夫的感喟，透露對專制暴力的無奈。「褐色的暗雲」固然暗指變亂時局和暴力威脅，卻也未嘗不是指涉陰鬱籠罩、難脫陰霾的主體形象。末句以符號堆疊替代文字表述，親自示範某種斷裂後的失語性書寫。

在返視晚明的過程中，他們更敏感於發現橫暴的歷

---

90 郁達夫，〈屠格涅夫的「羅亭」問世以前〉，《文學》，1:2（1933.8.1），頁238。

史場景。比如郁達夫心繫受到政治高壓，而「不敢作悲歌慷慨的狂言」的晚明文人。[91] 阿英做為 1928-1934 年查禁著作最多的作家，更專注掘發晚明文人對官逼民反、貪污等腐敗之事的抑鬱牢騷。他們流連晚明文人某種不得已的尷尬心緒，實則在回看傳統的行動當中，昭示了自身有話想說卻難以明言的現下處境。橫在左翼文人內心那一幢幢「褐色的暗雲」，並非歷史暴力的重演，而是一種現代性的創傷。

由暴力而來的傷害感，勢必誘發對於死亡的恐懼。左翼文人新詮晚明小品，同右翼文人關注文人的處事哲學。但不同於右翼論述泥於晚明文人高古的雅趣培養，左翼文人的晚明小品詮釋，更立意探索文人如何存全一種起碼的保身之道。1934 年阿英擺落過往的高調姿態，在晚明小品中發現一種「嘿與謙」的處世之道。他這樣詮釋小修（袁中道，1570-1624）的說法：

> 「嘿與謙」是什麼意思呢？袁小修給丘長孺的信說：「天下多事，有鋒穎者，先受其禍，吾輩惟嘿與謙可以有容」。是「嘿與謙」者，乃處亂世所以保身之道。禍由口出筆出，惟「嘿」可以避免之；再能「謙」，則人人覺得你和敬可愛，不生仇恨之心，禍更無由起。故作人處世，對於「嘿與謙」的哲學，是不能不細細地加以體驗。[92]

91　郁達夫，〈讀明人的詩畫筆記之類〉，頁30。
92　阿英，〈嘿與謙〉，《人間世》，第 1 期（1934.4.5），頁36。

　　阿英將「嘿與謙」視為一種保身之道，卻也反映其無處容身的內在感受。退避、和靜的主體形象，以低調而非高亢為原則，強調鋒芒收斂後的主體風姿。惟阿英標舉「不生仇恨之心」便能避禍，看似講究心平氣和的審美心境，實際上卻是充滿心有難言的抑鬱感受。

　　事實上，阿英不只一次提及在亂世中難以維持「嘿」的姿態。他雖呼籲復興晚明小品嘿與謙的哲學，在自保意識中，展現出對於難以保身的死亡恐懼與暗影。但也應當留意，阿英情感深層結構中的反抗性成分，如何加入並產生辯證關係。因而，嘿與謙在阿英的論述語脈中，更像是一種主體因應暴力、死亡的強迫失語，充盈有苦難言的沉痛、愁悶與憤慨，並非周作人、林語堂平和婉約的抒情徑路，而更接近魯迅「抗天拒俗」的摩羅氣質。這就說明，何以阿英提倡小修嘿與謙的同時，其實難以忘懷李卓吾「批評當世，痛快直率」、「以真情與人，卒至自陷」的悲憤之語。[93] 稱賞卓吾「誰不惡我」的氣節，顯然與和敬可愛的自我期許相悖，突出後者不得不的創傷感受。正是在這種不斷依違於「樂生－赴死」、「自保－自陷」、「喜我－惡我」之間，揭示一種誼屬現代主體的內在糾結。

　　三十年代另類的末世體驗，是引導左翼文人尋索晚明小品抒情途徑的關鍵。不同於右翼文人喜於調動公安三袁，左翼文人的晚明小品論述，更經常召喚明末清初的遺民群體，乃至各種與「末季」相關的時間性語彙。

93　阿英，〈字字珠〉，《人間世》，第 13 期（1934.10.5），頁56。

阿英在〈「西湖二集」所反映的明代社會〉（1935）、
〈草玄亭漫語〉（1935）、〈談往〉（1935）等文，都
展現對「末季智識份子」、「末季崩潰之勢」等書寫
時間秩序崩毀的晚明小品感興趣。在諸多談論晚明筆
記的小話文章中，阿英更耽溺梳理遺民小品的創作心
態與抒情模式，對「明亡不仕的士大夫階級」有相當
顯著的偏好。[94] 郁達夫留心明季文人隱含苦衷的「季
世」心緒，[95] 某程度上也透露其遺民意識與相關的文
化想像。

　　誠如高嘉謙指出：「二十世紀『遺民』更大的意
義，在於政治標籤消解以後，反而凸顯知識分子對正
統繼承與強調的弔詭」，[96] 左翼文人鍾情詮釋遺民小
品，自身就塑造了一種現代性意義下的遺民語境，與傳
統遺民論述產生對話空間。在一片新興與現代浪潮的洗
禮之下，左翼文人一方面內蘊革命與政治抱負，另一方
面卻回首明末遺民小品，追尋現代小品文的文體正統。
他們試圖設身遺民的政治處境，賦予小品強烈的政治性
想像。在遺民小品「誌憤」的書寫傳統中，寄寓自身的
政治激情與革命的反抗精神。

　　不過，將「小品」與「遺民」符號對接，除了回應
歷來悉知的國族大敘述外，也經常供納左翼文人寄存種
種身世之感，成為另類的精神原鄉。面對時間、政局、

94　阿英，〈談往〉，《青年界》，8:4（1935），頁37-39。

95　郁達夫，〈讀明人的詩畫筆記之類〉，頁30。

96　高嘉謙，《遺民、疆界與現代性：漢詩的南方離散與抒情（1895-
　　1945）》（臺北：聯經出版事業股份有限公司，2016），頁38。

暴力與死亡威脅，他們試圖在種種壓迫感受中，透過小品揣擬遺民心事，尋找足以翻譯當下生存處境的情感表述。阿英曾分析徐拙菴《懸榻編》的書寫心態：

> 周作人曾稱藝術為「避難的世界」，明亡以後，又不肯仕，徐拙菴當然也變成「藝術的難民」之一，山居不出，寫作詩文，以排苦遣悶。為避免文字禍，祇得捨「康莊」而就「小道」，這是無可奈何，千古同悲的事。這小道，也各人所走的不同，有的去做和尚，有的去修前代的遺民錄，有的混跡於「市井小人」之間，有的各處奔波拼命的看花，而徐拙菴卻獨自另走一條路，去研究生物，想到小生物群中去找人類。[97]

透過徐拙菴的「小道」書寫，體認明遺民無力改變現狀的無可奈何之境。阿英擺落稍早的批判態度，在「明亡以後，又不肯仕」的身分前提上，對周作人展現出同情的理解。經歷難以違抗的時局陰影，他跳脫早年相信革命保證美好未來的現代性承諾，以更冷靜的態度反觀自我，見證遺民群體「有『用世之心』而無『進身之路』」、[98] 受困時局難以掙脫的苦悶。相較於多數遺民小品「可以正面的看到許多遺民的哀思，很熱烈的抒情文字」，阿英更欣賞《懸榻編》洗盡激情，徒留「一

---

97 阿英，〈懸榻編——幾種生物的描寫〉，《海市集》，頁187。
98 阿英，〈「西湖二集」所反映的明代社會〉，頁886。

種無可奈何的寄託」的抒情境地。[99] 這樣的遺民召喚，
與其說是對國族喪亂的憑弔，不如說是一種慰藉。流連
呈現遺民不得已的尷尬情境，更像是阿英面臨自身志業
失落、棄守理想抱負的頹敗之感。

　　因而，阿英新詮晚明小品，經常在強調抗爭精神之
外，呈現文人面對時局的挫敗感傷，落墨憂思難抑的生
命情調。雖未必是耽溺，卻展現出某種傷悼動機，並從
中展示「小品」做為戰鬥武器之外，更是一種提供文人
安放自身的文體形式，遙接民國以來文人的舊詩衝動。
例如他談論袁中郎，固然提及「中郎對於當時政治的不
滿」，但在憤慨之外，他也從〈看月〉一詩，發現中郎
如何「感到了前途的黯淡，一腔的熱望，歸於灰冷」，
從而在詩中寄託失望憂鬱的心聲。[100] 這樣的詮釋材
料，既是一種自覺選擇，同時也朗見阿英對小品能夠寄
託情懷的潛在認同。

　　對於遺民標籤顯著的張岱（1597-1689）小品，阿
英也極為稱賞。不同於周作人對張岱的偏愛，不執著遺
民身分，耽其清新雋異、講究個人生活情調的小品風
格。阿英更喜標榜張岱的遺民性，著重詮釋其小品志氣
與寄託並存的面向，[101] 展示出認同的兩難與游移性。
他這樣分析陶菴的文：

99　阿英，〈懸榻編──幾種生物的描寫〉，頁193。

100 阿英，〈重印袁中郎全集序〉，《夜航集》，頁137。

101 針對張岱「世有受摧殘之苦，而反得摧殘之力」、「世不知我，
　　不如殺之，則世之摧殘我者，猶知我者」的氣節，阿英曾做此評
　　價：「陶菴為明遺民，其作此語也，其志可見矣，願讀者於意外
　　求之。」

　　至具體表現其遺民悲思者，當以夢憶為代表，王季
　重雖亦遺民，國亡後鮮有作，其卓然可稱大家雄視
　餘輩，吾謂祇陶菴與歸玄恭二人而已。……陶菴詞
　亦多寄託之作，其最足代表者為〈丁亥中秋念奴嬌
　寓項里作〉，錄之以代結束：
　兩餘十霽，見重雲堆垛，天無罅隙。一陣風來，光
　透處，露出半空鸞翮。涼冽無翳，玲瓏晶泌，人
　在玻璃國。空明如水，堦前藻荇歷歷。歎我家國飄
　流，水萍山鳥，到處皆成客。對影婆娑，回首問何
　夕可方今夕？當起當能虎邱勝會，真是銷魂魄。生
　公台上，幾聲冰裂危石。[102]

　　《陶庵夢憶》經常是民國文人眼中繁華落盡、清新
通脫的小品，阿英反而看見了遺民悲思。末段引入陶菴
詞，有意進一步探勘悲思的情感內涵。阿英顯然在選詩
過程中，寄寓了自我悲情。誠如張岱在「重雲堆垛，
天無罅隙」的季世，發出「家國飄流」的感嘆；阿英在
政局變動的三十年代，召喚張岱的遺民身分、流連其小
品夾帶的亂離愁緒，在「國已不國」的小品寫作心境
上，[103] 連結晚明與現代。一方面透露對傳統穩定秩序
的企盼與眷戀，另一方面也展現主體現下無所適從的憂
懼與自傷。
　　類似的鬱結，在郁達夫早年論述中也有所體現。不

---

102 阿英，〈瑯嬛文集〉，《海市集》，頁169。
103 阿英，〈談往〉，頁39。

同於阿英刻意強調遺民，以其所象徵的舊格式，探索晚
明小品政治抒情的內涵。三十年代的郁達夫，更著意透
過舊詩詞，探索晚明小品的抒情境地。不少學者已對郁
達夫創作中的傳統詩詞，進行多方考索與辯證。誠如前
述，1925 年郁達夫已在〈骸骨迷戀者的獨語〉中，將
強烈的懷舊心緒，託付於舊詩。〈文學上的殉情主義〉
更在召喚屈原之外，推舉李後主、黃仲則等「國破家
亡，限於絕境」之際的詩詞創作，標榜其「無處容身」
與「沉鬱的悲哀」，[104] 無不顯出郁達夫自覺透過傳統
格式，寄託充滿牢騷、憂悒與憤懣的抒情特性。

　　三十年代郁達夫的小品文論述，延續了早年的舊詩
衝動。他一方面將袁中郎、張岱、冒襄（1611-1693）
等人的小品，連結日本寫生文，提倡細、清、真的小品
文觀。另一方面，也將細、清、真的精神旨趣，進一步
比附傳統詩詞境界。他具體闡釋其中的內涵：

> 既細且清，則又須看這描寫的真切不真切了。中國
> 舊詩詞裡所說的以景述情，緣情敘景等訣巧，也就
> 在這些地方。譬如柳岸曉風殘月，完全是敘景，但
> 是景中卻富有著不斷之情；萬里悲秋常作客，百年
> 多病獨登臺，主意在抒情，而情中之景，也蕭條得
> 可想。情景兼到，既細且清，而又真切靈活的小品
> 文字，看起來似乎很容易，但寫起來，卻往往不能

---

104 郁達夫，〈文學上的殉情主義〉，頁4。

夠如我們所意想那麼的簡潔周至。[105]

　　在郁達夫看來，小品顯然可以勝任「以景述情」、「情景兼到」等舊詩抒情模式。他理想中帶有「真切」精神的小品，以傳統詩詞含蓄簡潔的美感為依歸，並未落入因「獨抒性靈，不拘格套」而流於清淺任縱的詮釋陷阱。從情感內涵的層面看來，郁達夫提取殘月、悲秋等意象，特意取譬於古典詩詞對於哀感氛圍的營造。這就說明，他感知傷、殘與悲情，並非全然來自西方浪漫主義、日本私小說[106] 或者日本和歌，[107] 更可能體認到此種情感內容，在中國其實自有傳統。

　　事實上，郁達夫嚮往的現代小品文的詩詞境界，並非都是帶有不平與哀意的身世之感。在回看傳統的過程中，他頗有借鑑晚明詩學觀念，建設現代小品文抒情模式的企圖。他提挈王士禎（1634-1711）的「神韻說」：

　　　不過在散文裡，那一種王漁洋所說的神韻，若不依
　　　音調死律而講，專指廣義的自然的韻律，就是西洋
　　　人所說的 Rhythm 的回味，卻也可以有；因為四季
　　　的來復，陰陽的配合，晝夜的循環，甚至於走路時
　　　兩腳的一進一出，無一不合於自然的韻律的；散文

---

105 郁達夫，〈清新的小品文字〉，頁3。

106 許子東曾探討郁達夫創作與日本私小說的關係。許子東，〈浪漫
　　派？感傷主義？零餘者？私小說作家？——郁達夫與外國文學〉，
　　《中國比較文學》，第 1 期（1985.8），頁228-384。

107 郁達夫，〈日本的文化生活〉，《宇宙風》，第 25 期（1936.9.16），
　　頁28。

於音韻之外，暗暗把這意味透露於文字之間，也是
當然可以有的事情；但漁洋所說的神韻及趙秋谷所
說的聲調，還有語病，在散文裡似以情韻或情調兩
字來說，較為妥當。這一種要素，尤其是寫抒情或
寫景的散文時，包含得特別的多。[108]

這段文字，強調一種以自然節奏為主的現代抒情形
式。即使如此，講究散文的神韻、情調、情韻，其實
仍是以「意境」為主的古典詩學精神。郁達夫連結西
洋 Rhythm 觀念，標榜「回味」的審美效果，與他借鑒
日本寫生文中的俳句精神有所共貫。在他看來，俳句
「專以情韻取長」，能夠在「清淡中出奇趣，簡易裡
寓深意」，從而創造出寫生、記行文中的餘韻餘情。[109]
現代小品文既借鑑寫生文，帶有一定的現實介入性。但
郁達夫更著意開發較為靜觀、超越的情感面向，透過
「餘韻」的藝術經營，獲得一種相對純粹的審美體驗。

1934 年郁達夫發表〈靜的文藝作品〉，以宣告姿
態表明對靜觀式詩學傳統的偏愛。他直白坦言對「清淨
遁世」散文的偏嗜，似有意將他的抒情觀，契入強調和
平、婉約、靜謐的右翼小品文論述。但另一方面，他還
是不忘揭露精神失墜、物欲蔽人的存在處境，抒發因現
代時間節奏改變而生的生存疼痛感。[110] 參酌他對晚明
小品清疏淡雅寫作風格的看法，這種看似平靜、無為的

---

108 郁達夫，〈導言〉，《中國新文學大系・散文二集》，頁2。
109 郁達夫，〈日本的文化生活〉，頁28。
110 郁達夫，〈靜的文藝作品〉，《黃鐘》，41（1934.1.15），頁7-8。

文章意境，其實同樣含藏主體「抑鬱不平之氣，無處是
洩」的負面感受。[111] 又如，他將林語堂的幽默態度，
視為避難之所。在他看來，幽默不只有柔情，有同情，
更有憐惜，有哀情，「兩種情懷，常常極自然地混合錯
綜」，[112] 來自厭世、悲觀、哀意的情緒陰影，仍舊籠
罩郁達夫小品文論述中的有情主體。

　　歸納來說，左翼文人在三十年代感受的種種斷裂經
驗，使他們在回望晚明小品的過程中，念念不忘晚明文
人乃至遺民群體的抑鬱情懷。他們從晚明小品尋索而來
的「文心」，雖經常與右翼晚明論述交互疊映，卻更充
滿暗影、灰冷、苦悶與憤激的情調，直接映照左翼文人
另類的生存現實與感受。阿英及郁達夫寄情於舊格式，
分別從遺民與舊詩詞，燭照晚明小品幽暗的情感切面，
從而衍生出充滿掙扎、游移與矛盾的抑鬱主體。然而，
也正是在「憂鬱－激越」、「哀意－柔情」、「低調－
高調」、「個體－政治」、「詩言志－發憤以抒情」之
間擺盪的姿態，突出左翼小品文充滿兩難的生命情調。

---

111 郁達夫，〈讀明人的詩畫筆記之類〉，頁30。

112 郁達夫，〈MABIE氏幽默論抄〉，《論語》，第56期（1935.1.1），
　　頁366。

第四節　談往：
左翼小品文的遺跡美學

一、遺址、舊詩與鬼域

　　1933 年阿英評價郁達夫小品文，曾提到：「郁達夫的小品文是充分的表現了一個富有才情的智識分子，在亂動的社會裡的苦悶心懷。即使是記遊文罷，如果不是從文字的浮面來了解作者的話，我感到他的憤悶也是透露在字裡行間的。他說出遊並非『寫憂』，而『憂』實際上是存在的。」[113] 將郁達夫小品文，上連唐代柳宗元寄孤憤於山水的遊記傳統，遙接士不遇的遠遊模式。事實上，阿英以左翼觀點為基礎的評斷，恐怕未能盡括郁達夫三十年代複雜多變的小品文風格與表述型態。

　　郁達夫在二十年代末期，已對遊記體式有所經營。1929 年〈感傷的行旅〉做為代表性的發端，延續早期風格，將一貫感傷、抑鬱與沉滯的情調，注入旅行書寫。做為「感傷的行旅者」，這個階段的郁達夫，無心品賞山水、享受悠閒，旅遊對他來說，更像是「上帝制定的懲罰」，帶有濃厚的放逐意識與自傷情懷。在實際書寫上，他一方面持續演繹《沉淪》風格，在「驕豔的肉聲」、「悲涼的弦索之音」與「絕望的喧闃」之中，[114] 探索美學現代性的發展空間。另一方面，他也

---

113 阿英，〈郁達夫〉，《夜航集》，頁64。
114 郁達夫，〈感傷的行旅〉，《北新》，3:1（1929），頁268。

透過左翼觀點書寫社會，留心「農工暴動的風聲」、「軍警們提心吊膽，日日在搜查旅客，騷擾居民」等官逼民反之事。[115] 在「暴風雨將到來」的二十年代末期，郁達夫既控訴當局暴行，也抒發內在驚懼，並從中轉化出塔影蕭條、悲秋、爛熟將殘的蘇州景致，[116] 頗為符合阿英認知的小品文型態。

　　小品文論戰期間，時局對立深刻，郁達夫趨避之心日切。同時，配合資本主義發達的消費生活，三十年代旅遊產業興盛，鐵路要道接連開通，地方政府有意透過文人遊記的宣傳作用，創造經濟效益。[117] 郁達夫三十年代密集的漫遊行程，許多是在官方資本介入的前提下展開。接受官方出資與半公務性質的出訪，不免使郁達夫產生「靈魂叫賣者」的自我焦灼，[118] 卻也保證了出遊的正當性與經濟資本。因而，當時的郁達夫，即使遭受失業與革命呼求的夾擊，但道德自主性的張力及其衍生的負疚感，似乎相較於二十年代顯得鬆弛，記遊比起早年，有更多風格開展的空間。郁達夫三十年代大量的遊記創作，儼然成為小品文論戰中的另類風景。因而，考察郁達夫論戰期間的遊記小品文，無疑是探照其小品文美學經營的關鍵視點。

---

115 郁達夫，〈感傷的行旅〉，頁274。

116 郁達夫，〈感傷的行旅〉，頁274。

117 吳曉東，〈旅遊產業的興起與中國現代「風景的發現」〉，《1930年代的滬上文學風景》（北京：北京大學出版社，2018），頁294。

118 郁達夫，〈二十二年的旅行〉，《十日談》新年特輯（1934.1.1），頁24。

　　事實上，郁達夫三十年代的旅遊心態，仍頗帶憂患
思維。即使受託出遊，乃至拒絕被納入「以寫我憂」
的遊記傳統，[119] 他仍暗地有種「去散散鬱悶的下意識
在」，[120] 透露精神解放的旅遊思維。惟這個階段的鬱
結，既來自動輒得咎的時局氛圍與強迫噤聲的審查制
度，情感不免因此轉入幽深。配合郁達夫創作歷程的進
境與對抒情的重新思考，在表述型態上，褪去早年浪漫
主義式的激情，轉化出更進階的抒情方法。不過，遊記
做為郁達夫用以「寄嘯傲」的體裁，[121] 仍然借鑑了晚
明記遊小品的抒情模式。我們知道，遊記做為一種記
體，含有顯著的古文性格。晚明文人跳脫柳宗元「鳴不
平」的書寫格式，乃至宋人夾議論於考據的理趣精神，
反而以講究主體性靈的小品態度做遊記，將其導向個人
化的文體，取徑超脫曠達的莊禪境界，帶來抒情與文體
的同步更新。

　　郁達夫的遊記小品文，也嚮往牧歌式的田園情調。
在他看來，自然景物宜於靜觀，有淨化人格之效：「欣
賞自然，欣賞山水，就是人與萬物調和，人與宇宙合一
的一種諧合作用」，[122] 頗有浪漫主義頌讚自然之美的
意念，卻融鑄了物我兩忘、物我合一等講究調和的傳
統美感模式。〈江南的冬景〉（1935）著意經營悠閒

---

119 郁達夫，〈自序「屐痕處處」〉，《人間世》，第5期（1934.6.5），
　　頁14。
120 郁達夫，〈二十二年的旅行〉，頁24。
121 郁達夫，〈兩浙漫遊後記〉，《太白》，1:8（1935.1.5），頁370。
122 郁達夫，〈山水及自然景物的欣賞〉，《申報・每周增刊》，1:3
　　（1936.1.19），頁68。

境界：

> 你試想想，秋收過後，河流邊三五家人家會聚在一
> 道的一個小村子裡，門對長橋，窗臨遠阜，這中間
> 又多是樹枝槎枒的雜木樹林；在這一幅冬日農村的
> 圖上，再灑上一層細得同粉也似的白雨，加上一層
> 淡得幾不成墨的背景，你說還夠不夠悠閒？若再要
> 點些景致進去，則門前可以泊一隻烏篷小船，茅屋
> 裡可以添幾個喧嘩的酒客，天垂暮了，還可以加一
> 味紅黃，在茅屋窗中畫上一圈暗示著燈光的月暈。
> 人到了這一個境界，自然會得胸襟灑脫起來，終至
> 於得失俱亡，死生不問了。[123]

　　這段文字以傳統水墨畫的點染方法塑造意境。悠閒
的美感來源，不只在於實質的農村背景，更來自一種清
淡、寫意的筆致。其中的景物書寫，不求寫實逼肖，僅
於擬態中求真。「暗示」的筆法，消解事物邊界，以
主體心境為主導，創造游刃有餘、意到筆隨的氣韻生動
之感。郁達夫以長短句的錯落配置，營造流水般的音樂
感，帶有柔情繾綣、娓娓傾訴的口吻。末段以超脫死
生、得失的主體昇華，凝聚曠達自適的生命情調，緊扣
晚明小品在山水中尋求遺世獨立的人格精神。稍後，郁
達夫書寫雪景，引入古典詩詞如：「柴門村犬吠，風雪

---

123 郁達夫，〈江南的冬景〉，《文學》，6:1（1936.1.1），頁11。

夜歸人」、「前村深雪裡，昨夜一枝開」等，[124] 營造
靜謐、恬淡、質樸的舊詩情境，頗契合稍早細、清、真
的小品文主張。

因而，山水景物顯然並非只是客觀的描寫對象，遊
記也非純粹的敘述性文體。在物我兩忘的感物模式中，
郁達夫顯然承接了晚明小品以山水投射人格理想的美學
路徑，景物經過個人化程序後，經常帶有主體情韻和審
美趣味。例如郁達夫書寫玉皇山便著迷其孤絕姿態：

> 牠的孤峯獨立，不和其他的低巒淺阜聯結在一道。
> 特立獨行之士，孤高傲物之輩，大抵不為世諒，終
> 不免飲恨而終的事例，就可以以這玉皇山的冷落來
> 做證明。
> 唯其太高，唯其太孤獨了，所以玉皇山上自古迄
> 今，終於只有一個冷落的道觀；既沒有名人雅士的
> 題詠名篇，也沒有豪紳富士的捐輸施捨，致弄得千
> 餘年來，這一座襟長江而帶西湖的玉柱高峯，志書
> 也沒有一部。[125]

玉皇山做為缺乏歷史的冷門景點，郁達夫在寄託中
賦予身世。公安派文人寫山水，善於比附美人與豔體，
以香奩氣息反禮法。郁達夫有意迴避自命風雅，反而流
於淺俗、輕佻的名士傳統，轉而以耿介孤高的志士形

---

124 郁達夫，〈江南的冬景〉，頁11。
125 郁達夫，〈玉皇山〉，《文學時代》，1:3（1936.1），頁43。

象，反對世俗價值，再度翻轉晚明小品的審美趣味。
「不為世諒」揭示無處容身的生存處境，「飲恨而終」
演繹了郁達夫典型的內在情感結構。玉皇山與其說是淡
遠，不如更接近幽冷，隱含懷才不遇的不平之氣與哀
意。但整體說來，這類以「寄嘯傲於虛空」為主的遊記
小品文，強調遺世、超脫與任放，雖然含有現代抒情成
分，卻旨歸平和、閑靜的傳統美感情境，文體演變的張
力與軌跡似較不顯著。

　　真正透顯現代氣息的，是郁達夫書寫「奇景」的小
品文。在他看來，旅行本身就含有脫軌離常的本質，
內蘊「好奇思異」的旅者之心。[126] 以好奇態度書寫遊
記，頗合乎晚明文人標榜奇、癖、偏的小品心態。惟做
為易感厭倦枯燥的現代主體，郁達夫的好奇，更建立在
對治、反抗「生命之流單調平滑」的基礎上，[127] 精神
本質已在現代機械生活情境下發生變遷。在奇景書寫
上，郁達夫頗受徐霞客（1587-1641）、王思任（1574-
1646）的啟發。但不同於徐霞客之好險，「直視即目，
非有意藻繪為文章」的記實筆法，透過較客觀的科學眼
光，記錄山川險峻之勢與主體的涉險經驗。郁達夫小品
文中的「奇景」，更接近王思任「入鬼入魔，惡道岔
出」、[128]「悖理違情，走入魔道」的美學風格，[129] 未
能為清麗全然概括。

---

126 郁達夫，〈二十二年的旅行〉，頁24。
127 郁達夫，〈二十二年的旅行〉，頁24。
128 錢謙益，《列朝詩集‧丁集第十二》。
129 錢鍾書，《談藝錄》（北京：中華書局，1984）。

　　奇未必險，險也未必帶來奇的審美體驗。郁達夫筆下的「奇」感，往往並非觸發於雄偉、陡峻、巍峨等地理之勢，而是來自主體某種難以言說的詭秘體驗，通常帶有森冷強烈的鬼魅氣息。例如他書寫至拜經台故跡看日出的經驗：

　　一陣陣的冷風，一塊塊濃霧，儘從黑暗裡撲上我們的身來；燈籠上映出一個霧圈，道旁的樹影，黑黝黝地呈著些奇形怪狀，像是地獄裡的惡鬼，忽而一陣大風，將雲霧雲障吹開一線，下弦的殘月，就在樹梢上露出半張臉來，我們的周圍也就灰白白地亮一亮，一霎時霧又來了，月亮又不見了，很厚很厚像有實體似的黑暗粘霧之中，只聽見我們三人的腳步聲和手杖著地的聲音；寒冷、岑寂、恐怖、奇異的空氣，緊緊包圍在我們的四周，弄得我們說話都有點兒怕說。路的兩旁滿長著些矮矮的娑羅樹，比人略高一點，寒風過處，樹枝樹葉儘在息列索落的作怪響；自華頂寺到拜經臺的三里路，真走出了我們的冷汗，因為熱汗是出不出的，一陣風來穿過胴體，衣服身體，都像是不存在的樣子。[130]

　　這段文字以夜行為主，書寫主體被黑暗重重包覆的恐懼感受。郁達夫擺脫既定的行文節奏，不著意書寫日出帶來的光明、希望與期待，反而以怪、異、惡、鬼為

---

130 郁達夫，〈南游日記〉，《文學》，4:1（1935），頁122。

詩意來源，創造諸多詭異乃至非理性的意象鍵結，刻畫出某種希望盡失的「地獄」變相。滿佈行文的「濃霧」迷障，顯然模糊了虛實界線，成為主體出入虛實的憑藉。月光明、滅，做為切換開關，在「實體似的黑暗粘霧之中」企及某種超現實體驗，營造出森魅幽冷的異質空間。

以詭異感受為主的奇景書寫，經常將郁達夫小品文中的主體引領進入某種狂迷狀態，充滿「瘋人一樣」的想像與夢囈。[131]〈雁蕩山的秋月〉（1934）便透過夢境出入虛實，書寫恍惚迷離的觀景感受：

> 既不見火，又不見人，周圍上下，只是同海水似的月光，月光下又只是同神話中的巨人似的石壁，天色蒼蒼，只餘一線，四圍岑寂，遠遠地也聽得見些斷續的人聲。奇異，神秘，幽寂，詭怪，當時的那一種感覺，我真不知道要用些什麼字來才形容得出！起初我以為還在連續著做夢，這些月光，這些山影，仍舊是夢裡的畸形；但摸摸石欄，看看那枝誰也要被他威脅壓倒的天柱石峰與峰頭的一片殘月，覺得又太明晰，太正確，絕不像似夢裡的神情。[132]

「不知道要用些什麼字」說明驚悒幽深、超出尋

---

131 郁達夫，〈雁蕩山的秋月〉，《良友》，第100期，1934.11.9，頁22。
132 郁達夫，〈雁蕩山的秋月〉，頁22。

常，以致難被賦形為文的情感。月光、天色、石欄、山
色與殘月，其實仍容納了不少古典遊記小品的意象，惟
山水所引發的情感，不再能為不覺可愛、目眩神醉、花
光如頰等傳統的山水情韻所範限。代而起之的是，充滿
暗影、畸形、威脅的月光山色，主體置身其間，反有血
肉之軀遭受重重壓迫之感。與其說是賞嘆自然偉麗，不
如更像是抒發充滿怖懼、顫慄的可怕愉悅。從語言表現
看來，密集的斷句營造破碎不全、近似夢囈的語言碎
片，雖不致邏輯割裂，卻展現出精神緊繃、迷亂驚悒，
乃至逼近顛狂的主體狀態。

　　當然，郁達夫也並未拋卻遊記龐大的史學傳統。他
書寫遊程、地景，亦不忘多方取徑志書、傳統詩文、社
會掌故乃至傳說，以考證為前提，務求將地域文化知識
融入個體抒情。但不同於徐霞客遊記，針對地勢山川、
風俗人情進行科學考索，又或劉同人（1593-1637）
追溯地景遷移的歷史本末。郁達夫更著意搜索奇蹤異
聞，舉凡托夢奇蹟、靈異考、神明感通乃至鬼怪報應等
現象，[133] 均是他的考證範疇。搜羅怪迂論述的史學趣
味，顯然顛破宋代以來錄見聞、辨真偽的遊記體式，更
在繼承晚明以小品記遊的基礎上，擴充史學內涵，乃至
重新納入述異志怪的傳統資源。在書寫風土民情上，郁
達夫也跳脫傳統頌讚沉醉的語氣，喜於以揭露的口吻，
拆穿人性黑暗面。例如他寫杭州人：「意志的薄弱，

---

133 詳郁達夫，〈臬亭山〉，《好文章》，第 4 期（1935.3.27），頁
　　100。郁達夫，〈南游日記〉，頁123。郁達夫，〈龍門山路〉，
　　《學校生活》，第 101 期（1935.4.5），頁9-10。

議論的紛紜；外強中乾，喜撐場面；小事機警，大事糊塗；以文雅自誇，以清高自命；只解歡娛，不知振作」、「游惰過日，擺大少爺的樣子」，[134] 與其說是基於社會憂患的勸說，不如說是藝術上的刻意揭露。透過譏刺筆法，掀開醜惡、不堪、狡猾的性格面向。從異事乃至不為人知的人性揭露，都強化了地景之奇，映顯現代主體探求詭祕、幽微情感的抒情路徑。

在眾多地景類型當中，郁達夫小品文尤其展現對遺址、故跡的偏愛。1936 年南下福建前，郁達夫談及出行動機，就提到：「想南下泉漳，去看一看倭寇的故壘及前明末世的遺蹤」，[135] 透露憑弔明季符號的追懷之思。奇景風貌之詭、異，經常連結遺址的頹敗、荒廢與殘破，在「撫今－追昔」的遊程當中，形塑時移勢往、憂悒傷懷的主體情感。〈揚州舊夢寄語堂〉（1935）就書寫揚州的破敗景象：

> 可是不知為了什麼，寺裡不見一個和尚，極好的黃松材料，都斷的斷，拆的拆了，像許久不經修理的樣子。時間正是暮秋，那一天的天氣又是陰天，我身到了這大伽藍裡，四面不見人影，仰頭向御碑佛像以及屋頂一看，滿身出了一身冷汗，毛髮都倒豎起來了，這一種陰戚戚的冷氣，教我用什麼文字來

---

134 郁達夫，〈杭州〉，《感傷的行旅》（成都：四川人民出版社，1996），頁99。

135 郁達夫，〈繼編論語的話〉，《論語》，第 83 期（1936.3.1），頁513。

形容呢？

回想兩百年前，高宗南幸，自天寧門至蜀岡，七八
里路，盡用白石鋪成，上面雕欄曲檻，有一道像頤
和園昆明湖上似的長廊甬道，直達平山堂下，黃旗
紫蓋，翠輦金輪，妃嬪成隊，侍從如雲的盛況，和
現在的這一條黃沙曲路，只見衰草牛羊的蕭條野景
來一比，實在是差得太遠了。當然頹井廢垣，也有
一種令人發思古之幽情的美感，所以鮑明遠會作出
那篇《蕪城賦》來；但我去的時候的揚州北郭，實
在太荒涼了，荒涼得連感慨都教人抒發不出。[136]

　　這段文字透過多層次的對比，凸顯遺跡的雙重性。
揚州做為飽含歷史意義的舊都，同時濃縮了兩種時間軌
道：既記錄「往昔」的舊中國榮光，也昭示破碎傷殘的
「現在」景貌。首段書寫斷井頹垣的暮秋之景，再度
營造郁達夫善寫的「陰戚戚的冷氣」氛圍，將歷史推入
森魅情境。次段一反稍早風格，轉入往事書寫，堆疊金
粉輝煌、繁華奢靡的朝廷榮景，高揚充滿穩定秩序、正
統風華的歷史面向。因而，遺跡既是價值崩毀的「鬼
域」，充滿藏污納垢的歷史暴力與幽黯，卻同時也是充
滿誘惑、能夠容納主體美好想像的欲望之所，反覆驗證
某種正統的復興，揭示現代性各種弔詭的辯證。

　　事實上，郁達夫透過遺跡，大發思古之幽情的路數

---

136 郁達夫，〈揚州舊夢寄語堂〉，《人間世》，第 28 期（1935.5），
　　頁4。

並不新穎。歷來諸多遺民記行文字，亦多在古蹟憑弔的
思古行動當中，抒發充滿政治性意義的情感。郁達夫
演繹這樣的追懷方法，在過遊遺民舊址、衣冠塚的歷
程中，抒發熱烈的感傷情緒。[137] 但結構模式已發生質
變，遺民之思不再源於舊朝制度的崩毀，也並非三十年
代現代派文人從西方轉介而來的都市性格。左翼文人對
日常節奏崩壞的普遍體驗，更來自「這幾年來，兵去
則匪至，匪去則兵來，住的都是城外的寺院」的國族危
機與強迫噤聲的暴力暗影，[138] 是一種誼屬現代的流離
形式。

　　不過，更關鍵的顯然不在「思古」結構的變遷，更
須探及幽情的內涵演變，如何帶來郁達夫遊記小品文的
更新。回顧上引文字，郁達夫末段由斷井頹垣，聯想至
《蕪城賦》，其實揭示了某種以殘敗、斷片為主的文體
現代性潛能。這就是說，遺跡固然是鬼域，卻可能從中
衍生另類詩意，故而才有《蕪城賦》以壇羅虺蜮、木魅
山鬼、肌鷹厲吻等恐怖意象為主的抒情模式。郁達夫小
品文中的山水書寫，便更進一步取徑這樣的抒情方法，
有意識深入主體更為幽深、怖懼的內在狀態，從而賦予
審美觀照。因而，主體目擊頹敗殘破的末世之景，固然
引發時移勢易、荒涼的感慨，卻不再耽溺早年頹廢單調
的感傷形式，反而對戰慄、驚懼、惶惑的恐怖體驗展現
出更多興趣。這樣的情感，對於晚明小品講究清幽、靜

---

137 郁達夫，〈揚州舊夢寄語堂〉，頁5。
138 郁達夫，〈揚州舊夢寄語堂〉，頁4。

謔的文體精神來說，顯然未足以擔待。

　　從文體的角度而言，這或許也能說明，何以郁達夫明明有豐富的舊詩創作經驗，卻多以小品文的形式書寫山水、自然。山水詩自有其傳統，郁達夫不專注此類體裁而選擇「遊記」，更多可能是遊記自有其「文」的傳統與敘述功能，便於鋪展旅遊行程、主體觀察，乃至寫生記實的山川描寫。但對於身處現代的郁達夫而言，小品與舊詩雖具類似的抒情特質，卻更須因應主體內在日益幽微、曲折乃至不可翻譯的情感歷程。相較之下，「文」或許更易於擔待現代主體複雜情感的經營，舊詩因而成為另類「遺址」，雖有鬼魅般的抒情召喚，卻也不免映照出難以應付新時代的文體魅影。小品文做為兼具詩的抒情與文的敘述傳統的文類，顯然成為郁達夫三十年代遊記散文首要的文體選擇。

二、善本、舊書舖與廢墟地帶

　　阿英三十年代的小品文以文藝批評為主，抒懷並非其擅場。不過，〈城隍廟的書市〉（1934）、〈海上買書記〉（1935）、〈西門買書記〉（1936）做為少數聚焦自我之作，是考察阿英三十年代散文創作的重要作品。這三篇文章呈現了政治高壓、言論自由緊縮的時代裡，阿英由前瞻激情到懷舊傷感的情感轉折。與著眼社會階級的左翼論述或革命大敘述不同，這三篇文章擺落觀照社會的創作包袱，專注書寫個人的「訪書」經驗。其中的題材，擷取自零碎記憶、破碎的情緒體驗以及城市角落的小人物、小生活，以不合時宜的聲音姿態，喃

喃低訴幽微複雜的心緒。以私人經驗為主，由高亢而低
調，阿英反過來演繹了周作人、林語堂一系的小品文風
格，偏離某種內建於左翼文人情感結構的道德制約。

　　阿英透過這三篇文章，發思古之幽情，在行文中羅
列各式傳統文化遺跡。和郁達夫寄情於壯遊不同，阿英
將全副的懷舊情感，都寄存在尋找舊書、殘本、善本等
珍罕著作的行動當中。他並未另尋超脫獨立的自然空
間，更著意在城市中，尋索不起眼的舊書店，燭照各個
歷史幽黯的角落。透過舊書舖、書市、地攤的串連，建
構出另類的上海城市空間，與其說是展現他對書的愛
好，不如說更像是他鍾情於城市的有力驗證。

　　〈城隍廟的書市〉以上海城隍廟為中心，向外輻
射訪書的腳跡。城隍廟做為「中國的城隍，外國的資
本」，[139] 具有雙重性：

> 要是你把城隍廟的拐拐角角都找到，玩得幽深一
> 點，你就會相信城隍廟不僅是百貨雜陳的商場，也
> 是一個文化的中心區域，有很大的古董鋪，書畫碑
> 帖店，書局，書攤，說書場，畫像店，書畫展覽
> 會，以至於圖書館，不僅有，而且很多，而且另具
> 一番風趣。對於這一方面，我是相當熟習的，就讓
> 我來引你們暢遊一番吧。[140]

---

139 阿英，〈城隍廟的書市〉，《現代》，4:4（1934.2.1），頁779。
140 阿英，〈城隍廟的書市〉，頁779-780。

　　城隍廟既是百貨雜陳的商場，也藏有通向舊時間的
秘道。阿英像是班雅明筆下的漫遊者，穿梭城市街道，
預備展開無所事事的遊逛。但是，他並未受到百貨街道
的現代誘惑，反而轉入幽深的拐角，在繁榮的城區裡，
發現另一個囤積歷史舊物的廢墟空間。末句以在地者的
口吻，自矜於對上海風俗掌故的熟悉，進而強勢主導遊
觀的節奏，有意營造老練世故的行文風格。

　　這樣的世故姿態，經常以溫婉柔和的勸說口吻，成
就一種看透世事、不易受世俗價值牽累的主體形象。在
這篇文章中，他以勸戒、提出建言的姿態，再三規勸耐
住性子回看舊事物的必要：

> 你可以耐下性子，先在這裡面翻；經過相當的時
> 間，也許可以翻到你中意的，定價很高的，甚至訪
> 求了許多年而得不著的，自然，有時你也會化了若
> 干時間，弄得一手髒，而毫無結果。可是，你不會
> 吃虧，在這「翻」的過程中，可以看到不曾見到，
> 聽到的許多圖書雜誌，會像過眼雲烟似的溫習現代
> 史的許多斷片。[141]

　　平淡、旁岔的語句，看似娓談自身經驗，其實道出
某種先見的憂患。阿英以個人經驗，洞察浸淫在上海現
代化風潮的都市人，在翻檢舊書的過程中，都將感到時
間的消耗與浪費，甚至努力卻得不著的徒勞感受。他既

---

141 阿英，〈城隍廟的書市〉，頁780。

是過來人，同時也是預言者，一方面展現若無其事的輕
鬆作派，另一方面卻念念不忘提及時間流逝的事實，彷
彿自身承認、昭告翻舊書是多麼不合時宜的行動，涉及
阿英對道德感的思索。世故與其說是超脫，不如說是保
護外殼，內藏主體超而未脫的時間憂懼。

因而，阿英雖然耽溺訪書帶來的樂趣，但面對大量
金錢與時間的消磨，經常透露不安的情緒拉扯。在他看
來，買書是「大苦的事」，隱含矛盾心態：

> 舊書的價格都是可觀的，其高者有時竟要佔去我一
> 個月或兩個月的生活費。為著智識慾，不得不束
> 起肚皮來買，為著一家老小的生活，卻使我無有法
> 買。而癖性難除，一有閒暇，就不免心動，要到舊
> 書店走走，在經濟危機一天深似一天的今日，瞻仰
> 前途，我真不知道最近的將來，究竟如何是了！[142]

這裡流露一種明知不可為而為的罪惡感受。前半段
思考前途與將來，在認知生活、家庭、社會責任的前提
下，重省「癖性」的正當性，頗有向正統道德價值回歸
的趨勢。然而，後段強調癖性難除，即使明知不合時
宜、看穿「更窮困的日子是放在眼前的」，[143] 仍要持
續耽溺一己的任性姿態，便做出了個人選擇。但阿英似
乎缺乏周作人、林語堂堅持自我的膽量與信念，末段再

---

142 阿英，〈海上買書記〉，《青年界》，4:4（1935），頁103-104。
143 阿英，〈海上買書記〉，頁104。

度產生動搖，抒發對生命難測的惶惑不安與侷賽為難的感受。

這樣的主體書寫，我們容易聯想到晚明小品以癖好、病態、偏頗彰顯個性的作法。阿英一方面延續以癖為美的價值轉換，但另一方面，「癖」的情感結構卻有變更，不單純只為刻意高揚主體、對抗載道思維，更有源自個人生命與現代生活模式的憂患思慮。不同於晚明文人玩賞古物時的自安自適、平靜沖淡，阿英小品文在回看遺跡的過程中，激生出對穩定生活喪失的憂懼，時時與看似平淡自適的情感相互辯詰。從文體演變的角度而言，情感變遷顯然帶來詩意轉變，由「依附－顛覆」價值兩難所衍生的憂悒，晉升成為新興的美感對象，蓄積了小品文的現代性潛能。因而，剝除阿英小品文的世故表象，內在充滿了憂思、傷懷、躁動與不平。他將這種壓抑感受，全數傾注於舊書尋訪的歷程。細部考察這三篇文章，便可發現，阿英經常書寫滿懷熱望尋索舊書，輾轉周折卻終歸「什麼都得不著」的懊喪經驗，徘徊於求之不得的氣惱與失落。

〈海上買書記〉就相當仔細書寫受騙經驗，並從中展示出患得患失的主體形象。阿英記錄他從自認找到珍本的快樂，到得知受騙上當後，遭受強烈打擊的心境轉折，專注著墨不甘受騙的氣憤心情。他這樣書寫大夢清醒的時刻：

從幾個人的話裡，我懂得他們在串的，是一齣什麼戲。我氣憤得很，我要他們把藏起的拿出來。鬧了

> 很久，沒有結果，他們一口咬定是原缺的。我深悔
> 當時為什麼不數一數。我明知道他們要留著這十八
> 頁書，將來好敲我一回竹槓。我懊惱得把定洋要了
> 回來，我說：「我不買了。」．
> 約有三星期，我再去那裡，重行抽出這部書來看，
> 缺頁果然補上了，書價已經漲高了兩倍。我忍不
> 住的質問他們：「明明是原來的，朱筆圈也前後一
> 樣，你們為什麼這樣的騙人！」他們不說什麼，仍
> 是一口咬定是以重價配來的。[144]

　　這段文字書寫雙方僵持不下的場面。但更關鍵的
是，執著拿回缺頁的背後，是不斷累積的情緒展演。這
裡的受騙，徹底推翻稍早保證不會吃虧的自恃與矜誇。
阿英反覆調動氣憤、深悔與懊惱等情緒語彙，在「我再
去那裡」的復返行動中，驗證難以釋懷的情緒積累。

　　阿英顯然揭露了斤斤於商業欺騙、不諳市場規則的
主體真實。在僵持場面中，突出不願吃暗虧卻不得不屈
服的窘迫形象，既滿載憤懣不平，也流露易受情緒干擾
的天真。情緒的反覆積壓，終究要「忍不住」破出，最
終必然導向段末的激動質問。語言上來說，阿英從衝破
平和的談話態度，轉入兼容反抗與破壞的雜文語調。末
段的質問，與其說是堅持要求滿意的解釋，不如說更像
是一種憤怒的宣洩。其中的主體不放過罪惡行徑，試圖
以揭露的筆法達到批判目的，透過衝突、火爆、激切主

---

144 阿英，〈海上買書記〉，頁100。

導新的美學風格。

　　不過，阿英在現代資本主義都會中，抒發價值崩毀
的感受，未必總是充滿戾氣。憤怒做為抑鬱爆發的最終
形式，並非阿英小品文單一的情感光譜。於此之外，尚
有更具餘地的感傷與憐惜之情，時時縐合於耗盡心力搜
索舊籍的懷舊行動當中。在進步發達的資本主義時代，
舊事物無疑是老舊、破敗、荒涼與衰退的象徵。無人顧
及的舊書攤藏身於現代城市，幾乎宛如地理上的廢墟。
相對於慕異好新的時尚風潮，阿英不斷凝視傳統遺跡，
投注心力於殘本輯佚，在各種「斷片」中寄託繁華落盡
的感慨。〈西門買書記〉便藉商家不識傳統舊籍之事，
抒發知音難尋的孤獨感：

> 也有一兩家兼售古書了，但他們不認識貨，開價往
> 往是胡天胡地，就是遇到殘本，也視若拱壁，實
> 際上並不是什麼難得到的本子。我每次到了那裡以
> 後，總會有第二個念頭襲來，不景氣是到了城隍廟
> 的舊書攤了。從那裡走到廟前，燒香拜佛的人，也
> 會使人感到日漸的少，沒有往日那樣的望盛。世有
> 城隍廟的張宗子麼？我想寫《城隍廟夢憶》，現在
> 也是到了時候了。[145]

　　身處進步浪潮洗禮的上海，阿英體驗到的卻是城市
衰敗、文化凋零的末世氣息。他自比遺民，揣摩張岱書

---

145 阿英，〈西門買書記──城隍廟的書市續篇〉，《海市集》，頁76。

寫陶庵夢憶的心境，抒情氛圍濃烈。阿英揭示難以恢復
往昔榮光的現實境遇：「上了板門而招牌仍在」的舊
書舖，[146] 終究只能是慘敗的遺跡。即使感傷浩歎，他
仍甘願陷落在黑暗的歷史裂隙，沉湎破碎、不完整、斷
裂的舊書餘骸。在追尋古籍「善」本的執念中，試圖抓
住任何一點象徵「美好」的可能——即使破片終究只是
完整的假象。由此看來，阿英現代小品文所展示的文體
型態，顯然不同於公安派乃至周作人、林語堂一脈，滿
足於某種自我神話的小品文風格。他在恢宏的史家視野
上，衍生出左翼文人以暴力、暗影召喚抒情的另類途
徑，並在三十年代的小品文論戰中，展示情感多層次的
張力。

＊　　＊　　＊

　　做為五四左翼文人，阿英、郁達夫在三十年代的小
品文論戰中，紛紛接續魯迅反省性靈的姿態，在充滿殺
氣的晚明圖像中，尋索現代小品文的書寫體式。他們一
方面從新興文學強調社會、集體的觀點出發，指出周作
人、林語堂以來，過度標舉自我、缺乏社會關懷的論述
侷限，賦予現代小品文反映時局的實用價值。但另一方
面，他們難以抗拒個體抒情的召喚，在大我與小我、激
昂與感傷、憂患與偏安之間，不斷與右翼小品文論述產
生疏離而又疊映的關係。

---

146 阿英，〈城隍廟的書市〉，頁782。

　　阿英、郁達夫以暴力、動盪、離亂的社會角落，標榜晚明小品的寫實精神，卻也透過苦悶、牢騷、抑鬱、不平的現代情感經驗，新詮晚明小品不得已的矛盾情感。在實際的抒情表現上，我們關注左翼文人的懷舊敘述，提舉出阿英、郁達夫善於談論過往，透過各種傳統文化遺跡的凝視，紓解某種懷舊衝動的小品文型態。在現代性浪潮襲捲的三十年代，他們拾掇舊文化餘骸，卻經常表現出對傳統文化既感到落後，又無法拋卻的游移情感。我們發現，左翼小品文的情感糾結，早在二十年代就已有雛形。時值三十年代小品文論戰，左翼文人面對時局的高速變動，展現出更加銳化的情感矛盾。

　　阿英、郁達夫小品文所呈顯的精神風格，其實遠比歷來將其定於左、右的二元論述，來得複雜許多。尤其在情感內涵的開拓上，左翼文人並非總是呼喊蒼白、單調、激昂的革命情感，也並非總是喋喋不休地批判社會。除了有陷落憂患、懷舊的感傷時刻，更不避諱嘗試入鬼入魔的現代實驗。充滿匕首、投槍的尖銳風格，或許未必全然來自痛擊罪惡的姿態，更來自內蘊於他們情感結構中的巨大矛盾。因而，左翼小品文中的主體，固然與周作人、林語堂的從容形象截然不同，卻也與現代派文人陷溺都市，享受悠游非理性情感的狀態有別。他們筆下的有情主體，懷揣深刻的憂患驚懼，將潛伏情感底層的自我懷疑、否定與消解，俱深化為某種衝突與裂變的形式，最終形成高亢而充滿破壞性的雜文風格。

　　從文體更新的層面來說，左翼文人擺落晚明小品以清新雋異為主的精神風格，頗為借鑑明末遺民的抒情模

式，有意深鑿憂鬱、憤怒的情感面向，開發小品現代性
的潛能。惟在情感表述方法上，更透過憤世嫉俗、怒
天罵地的極端形態，與既嚮往進步又耽溺舊傳統的游移
性，打開抒情範疇。在左翼文人看來，小品文既能寄託
牢騷與狂言，也可以無聊的囈語獨白，逼近精神迷亂緊
繃的現代感受。

第五章　小品的另類建構：沈啓无的健康美學

　　從周作人、林語堂到施蟄存，乃至左翼文人一路考察下來，我們可以發現兩個趨勢。其一，小品論述有顯著的「現代」發展，對美學現代性的探索，尤其具有關鍵意義；其二，從傳統小品的新詮看來，周、林、施三者雖各有側重，但整體上都頗為強調「真」精神的提煉，以此建構現代小品文的「真我」美學，這個脈絡可視為周作人以降的小品論述主流。左翼文人即使強調社會性，亦未放棄表達真實的個體情懷。然而，這個看似顛撲不破的真我論述，看似極其自然合理，會否也有失效、攻破的可能？這也引發我們思考，倘若失去真我，現代小品文應以何種主體內質加以抽換，才能企及現代？透過沈啓无做為淪陷區附逆文人的爭議性位置，及其與周作人關係的離合，我們得以深入觀察，民國以來的「真我」小品觀，由承衍、變調乃至分化的軌跡。

　　做為周門四大弟子，歷來對於沈啓无的研究多聚焦1944 年的破門事件。當時，周作人認定沈啓无向日方檢舉他為中國「老作家」，因而發出「破門聲明」，與之決裂。周作人其時一反沖和作風，在報刊大幅渲染沈啓无做為徒弟的種種不義形象。針對這場事件，沈啓无前後僅以〈另一封信〉（1944）和著名詩作〈你也須要

安靜〉（1944）予以回應。由於整體事件幾乎僅有周作人的單向聲音，加以沈啓无個人史料不豐，破門表面上是弟子叛門的不光彩事件，實際卻是一樁懸而未解的歷史公案。針對「破門事件」進行的歷史考索，已有相當成果，沈啓无的文學創作本身反而較少受到關注。[1]一般認為，他的文學觀念與創作，多是模襲乃師的文學路向，難以形成個人風格。[2]

　　論者的評價其實不無此理。沈啓无的文學創作，以

1　歷來對沈啓无的探勘頗為欠缺，既有論述多針對其人其事或破門事件進行考索。其中，以黃開發對沈啓无生平、著述的系列研究，最具代表性。在重印《近代散文抄》的契機之下，他取得關鍵史料，奠定重要的研究基礎。詳黃開發，〈重印《近代散文抄》序〉（2005），沈啓无編、黃開發校，《近代散文抄》（北京：北京聯合，2018），頁3-14。黃開發，〈關於《沈啓无自述》〉、〈沈啓无自述〉，《新文學史料》，第1期（2006.2），頁58-85。黃開發，〈沈啓无——人和事〉，《魯迅研究月刊》，第3期（2006.3），頁57-65。稍後，高恆文透過「沈啓无與周作人關係」的視角，重新解讀相關史料。該文將沈啓无文學創作納入參照，旁引其他周門弟子著述，系統性開拓了論述空間。惟聚焦周、沈關係梳理，較未能突出沈啓无創作的文學史意義。高恆文，〈謝本師：「你也須要安靜」——沈啓无與周作人〉，《現代中文學刊》，總18期（2012.6），頁23-35。本章在既有的研究基礎上，進一步深化沈啓无的散文研究，期能掘發其在現代小品文建設歷程中的意義。

2　在相關研究當中，多呈現「揚周抑沈」的傾向。論者對沈啓无的評價，也難以脫離周作人框架。2006年黃開發就曾歸納：「見識與格調都是追隨周作人的」、「他過於依傍周作人的門戶，始終缺乏自己的風格」。2009年北京魯迅博物館編纂《苦雨齋文叢》，將沈啓无納入周作人框架，孫郁在序中也提及沈啓无「其文深染苦雨齋筆意，連句法也亦步亦趨」。2012年高恆文透過相對細密的文獻，進行對比論證，更認為沈啓无諸多文學觀念是「私下裡抄襲」、「不能說是巧合」，從而歸結：「他的文章從文體到語言、思想，一直難脫周作人窠臼」、「似乎仍將走不出周作人長期影響的濃重陰影」。由此更加奠定沈啓无處處模襲周作人的基本印象。黃開發，〈沈啓无——人和事〉，頁65。孫郁，〈序〉，北京魯迅博物館編，《苦雨齋文叢》（瀋陽：遼寧人民出版社，2009），頁2。高恆文，〈謝本師：「你也須要安靜」——沈啓无與周作人〉，頁23、26、34。

散文為大宗。三十年代他響應高揚「自我」的晚明小品論戰，卻不斷復述周作人的話語和風格。北平淪陷後，他書寫官樣文章，多方引用他人論述，似乎終究走不出自己的道路。惟其創作歷程，橫跨現代小品文從北平到上海、從戰前到戰時、從晚明到六朝，其間經歷主體位置的多重轉變，在小品論述的建構歷程中，佔據關鍵位置，未進一步辨析，可能忽略沈啓无散文自身的發展脈絡，簡化文體變化的軌跡。因此，考察沈啓无在多重倫理境遇下「自我」觀的變化與經營，對於小品文體的新變與遞承，或有意義。

　　本章將不特意為沈啓无的模襲現象辯護，惟通過較細密的文獻比對、分析，探討他如何詮釋晚明乃至六朝文章的「主體」美學，從而架構現代散文另類的源流論，找到現實中安放自我的美學取向。在討論範疇上，聚焦於晚明小品論戰期間（1934-1935）與淪陷時期（1942-1944）的散文創作，具體分析其自我觀的內涵與表現。沈啓无的散文溯源論，大體在 1935 年前後，有逐步從晚明向六朝位移的趨勢，初步看來似與周作人的溯源歷程頗有暗合，其間卻牽涉更多自我觀念的分裂與變化。是故，本章嘗試以沈啓无與周作人繁複的離合關係（小品論述、人格、學術思想、美學風格）為基礎視角，分析沈啓无自我認知歷程的多重轉化，以此照見周作人以來「真我」小品觀的演變。

第一節　模擬周作人：
早期小品文的自我書寫

一、以懶為閒

　　沈啓无初期的散文創作，寫於三十年代早期。當時他畢業於燕大未久，已累積兩年的教學經驗。相較於同輩文人，他的創作生涯起步較晚。這時期散文，集中發表於《駱駝草》與河北女師出版刊物《朝華》，揭示他早期知識與性情並行的文章格調。題材上多以家鄉經驗為主，著意經營憶舊懷鄉的風格。例如〈卻說一個鄉間市集〉（1930）和〈關于蝙蝠〉（1930），都是從漂泊者位置，懷想村居者生活，將思鄉之情寄託於客觀細緻的情態描寫。這是典型的京派風格，操作手法容易使人連結周作人〈故鄉的野菜〉（1924）。但情感揭露更直白淺近，[3] 文章立意抒情，卻摻雜大量的敘寫與對話，頗有借鑑小說筆法的意味，呈現初期散文的稚嫩筆調。

　　他關注晚明小品，亦始於 1930 年，正是周作人晚明論述漸臻成熟的階段。〈談談小品文〉（1930）做為

3　〈關于蝙蝠〉（1930）以「啓一豈」為名義，前後登載沈啓无與周作人的對談文章。沈啓无延續此前基調，前半以傳說和生物學知識談蝙蝠，營造客觀理性的氛圍，後半段則表露思鄉的心跡。文中塑造了善於懷鄉的感性主體。蝙蝠實是興情的媒介，以此誘發時移物遷的感慨。雖句句未言「我」，但情緒濃滿而不掩藏，感傷纖弱的主體形象因而突出。周作人該文的「附記」，以抄錄本事為主，既無太多評論，對沈啓无的情感揭露亦不多做回應，已略具文抄式散文的規模。兩文並陳，初步顯出兩者呈現「自我」的隱微差異。啓一豈，〈關于蝙蝠〉，《駱駝草》，第13 期（1930.8.4），頁6-8。

先聲，應是他當時受周作人影響，在河北女師開設小品
文班時的授課教材。[4] 該文幾乎全盤導入周作人論述，
除了鎖定載道與言志對立的框架，也歸納出「現代－明
清－六朝」的文學史圖像。[5] 與其說是沈啓无「我常常
想」的源流圖譜，[6] 未若說更像是對周作人階段性成果
的總結。[7] 1930-1934年間，沈啓无於各大學游走任教，
雖無實體創作，卻根據課堂講義，編成《近代散文抄》
（1932）。做為民國以來的首本晚明小品選，該書打出
「寧作我」的口號，自信宣告劃時代的編選旨趣，固然
具開創意義。但該書銜續「中國新文學的源流」講演
（1931）而來，仍明顯表現出回應周作人文學趣味，並
實踐其理論框架的動機。[8]

　　零星的晚明論述，直到晚明小品論戰期間，才有大

4　沈啓无，〈讀書「崇實」談〉，《大學新聞》，3:11（1935.5.14），
　　頁2。

5　其无，〈談談小品文〉，《朝華》，1:6（1930.6.15），頁1-23。

6　其无，〈談談小品文〉，頁22。

7　這種「導源」論述與圖像，最早在周作人1926、1927年於燕大
　　開設「近代散文」課程時就已提出。詳周作人，〈與俞平伯君書
　　三十五通〉，《周作人書信》，頁161-162。

8　就當時出版情況而言，《近代散文抄》之發行、評價皆與周作人
　　緊密牽繫。例如周作人出版《中國新文學的源流》，書後即附沈
　　啓无《近代散文抄》之目錄。尤炳圻（平白）則於沈啓无目錄後
　　附記：「周先生講演集，提示吾人以精澈之理論，而沈先生《散
　　文抄》，則提供給吾人以可貴之材料，不可不兼讀也。因附錄沈
　　書篇目於此」，從出版形制與書籍評價來說，都頗有視《散文
　　抄》為輔助材料的意味。平白，〈附錄二：沈啓无選輯近代散文
　　抄目錄〉，《中國新文學的源流》（上海：上海書店，1988），
　　頁140。錢鍾書評價《散文抄》認為：「沈先生搜輯的工夫，讓
　　我們讀到許多不易見的文章」，重視該書的「輯佚」價值，更勝
　　於「理論建設」。中書君，〈近代散文鈔（兩卷）〉，《新月》，
　　4:7（1933.6），頁137。

幅發展。伴隨新興左翼勢力逐漸湮滅自我的趨勢，沈啓
无大量與晚明相關的文章，幾乎全數發表於《人間世》
與《文飯小品》，聲援上海論戰的意圖頗為強烈。這些
文章雖以客觀論述為主，卻時有表現自我的傾向。例如
代表作〈刻印小記〉（1935），即以大量的「我」為表
述中心：

> 印章之中有一種叫做閒章，「我」很是喜歡，覺得
> 頗有意思……
> 捉筆寫此小文，這也只是「我」個人的愛好……
> 「我」只覺得他的題畫殊劣……
> 至于他的刻印，更是霸氣，頗與其人年歲不相當，
> 亦為「我」所不喜……[9]

　　自我表露相當直截明朗。看似對刻印、小文、題畫
進行評價，其實是透過對「小擺設」的細膩觀察，凸顯
時人所病的面向，彰顯主體的有暇心境與賞玩性格。短
小的篇幅中，壓縮多個以「我」為主詞的句子，句式本
身卻無太大變動，帶有刻意經營的意味。
　　但比起其他海派文人對於「晚明」時具創造性的解
釋，他的晚明論述，更多是照搬周作人觀點，於理論建
設的大旨上未能說是有新意。例如反覆標榜晚明文人獨
抒性靈、自有獨至、自娛、佳趣等自我觀念，[10] 皆是

9　沈啓无，〈刻印小記〉，《人間世》，第 21 期（1935.2.5），頁26。
10　上述批評語彙在沈啓无此階段文章當中，幾乎篇篇可見。囿於篇
　　幅，不俱錄。

周作人論述體系下早已熟爛的批評概念。在形式上，他以「讀書隨筆」為名目，透過大量摘抄文獻，架構晚明的文學趣味。文章營造出來的知性與客觀效果，也明顯是對周作人《夜讀抄》風格的模擬。

　　大致看來，我們似可承認，晚明小品論戰期間的沈啓无，有意標舉自我，卻對周作人的風格、論述皆有模仿。但我們仍須配合他實際的創作情況，辨析同以晚明為模型的「自我」圖像，究竟如何建構起來。換句話說，沈啓无所理解的晚明小品及其導出的新散文模式，是否真的就是周作人的版本？事實上，沈啓无看似承接周作人晚明論述與新的小品筆調，有意在表現性情的基礎上，建構出知性主導的文章風格。但恐怕於此二者，都未必觸及核心。先不論沈啓无對周作人文章作法的仿擬，本身就已違離「獨抒性靈」的精神要旨，因而落入「格套」。他對周作人散文知性風格的認識與表現，也相對機械與片面。

　　以文抄體散文而言，沈啓无更傾向以求證精神為基調，透過書籍見聞、版本考訂、文獻鉤稽等方式鎖定命題。比起廣博通達的「愛智者」，[11] 他似更傾向塑造「藏書家」的自我形象：

11　周作人在自述《夜讀抄》風格時，曾引述信件〈與俟君〉：「自己覺得文士早已歇業了，現在如要分類，找一個冠冕堂皇的名稱，彷彿可以稱作愛智者，此只是說對於天地萬物尚有些興趣，想要知道他的一點情形而已。」這裡隱約區分出「文士」與「愛智者」的差異。此處抄引，說明《夜讀抄》乃以個人興趣知識為主要風格，隱含通達天地萬物的自我期待，有意以此打造愛智者的自我形象。周作人，〈後記〉，《夜讀抄》，止庵校訂，《周作人自編文集》（石家莊：河北教育出版社，2002），頁202。

曾見紀氏家藏本隱秀軒集，即沈春澤校梓本也。內
有紀曉嵐題記云：「公安意矯滄溟琅琊之弊，而
入於俳諧，又一變而之竟陵，詩道遂不復振，人但
知竟陵之衰，而不知公安一派實有以先之也。此歸
愚先生語也，附識於此。」按上文亦見於明詩別裁
集，仍是正宗派看法，自朱竹垞以下，都是跳不出
這一路。[12]

　　這裡的晚明論述，建構於藏本知識。「正宗派」等
言，是復述周作人話語。但周作人的學識基礎與實質的
五四經驗，往往能於文獻中寓褒貶，即使「中綴少量按
語」，亦能顯出剪裁後的個人風格。沈啓无末段按語，
算不上是獨見，以讀書趣味而言，更難說是個人性情。
但他將「自我」綁定於書籍閱讀經驗，以此串連主體的
「所見」與「亦見」，彰顯藏書、見聞豐富的自我形
象，實已對周作人的知性風格進行一種片面限定。
　　事實上，沈啓无這時期的散文，雖多以「我所見過
的」、「我藏的」、「我所知」等話語，營構出飽滿的
學人形象。但他的知識面向與表現，遠未及周作人廣博
與活潑。例如文章內文獻與按語、知識與性情的配置，
往往呈現比重不協調的弊病。尤有甚者，如〈珂雪齋外
集游居杮錄〉（1935），多段獨立文獻經常連續串接，
按語則一併置於前後，整體看來相對生硬與單調。[13]

12　沈啓无，〈閒步偶記：（一）記隱秀軒集〉，《人間世》，第13期
　　（1934.10.5），頁42。
13　沈啓无這時期談論晚明小品，也喜援引「正宗派看法」，論證晚

文章作法實稱不上是高明，時有割裂文意的傾向。惟按語中的性情表露，較之崇揚理性、刻意壓抑情感表現的周作人，更為直接與大膽。

　　以考據、求證、版本考索等元素，創造文章的知性成分，實與沈啓无的學院背景甚為相關。相較於其他周門弟子，五四期間的沈啓无顯得保守穩靜、缺乏激情。[14] 他的新文學歷程起步甚晚，就讀燕大時期（1925-1928），才正式接受洗禮，雖「受教周氏，又常與俞平伯先生等往來談學」，[15] 卻鮮少在刊物上發表言論。在他而言，終日埋首圖書館求索知識、樂讀苦幹的生活，[16] 才是更切實的大學經驗。周作人在學院中談晚明，傳授言志思想，雖是個人趣味的延伸，更歸納於關鍵的歷史經驗。沈啓无一方面固然接受周作人的晚明系統，二方面從時間點來說，卻也是周作人宣告

　　　明人格之獨立。從他當時發表在《人間世》的 5 篇文章看來，就有 3 篇是以紀曉嵐為引述對象（〈媚幽閣文娛〉、〈帝京景物略〉、〈閑步偶記〉）。密集的重複現象，說明學問面向單一。引述「四庫全書詆毀晚明文人」的歷史事實，做為正宗派代表論述，其實也稍有取捷徑之嫌，未能準確觸及晚明的邊變意義。

14　二十年代的俞平伯與廢名，相對活躍。例如俞平伯在〈與佩弦討論「民眾文學」〉（1921）、〈詩底進化的還原論〉（1922）等文，強調打破空想、文學應「向民間去尋新方向」和主張「詩的平民性」，相對激進的態度，即顯出受五四思潮影響的痕跡。五四時期的廢名，也有猛進的一面，例如〈「偏見」〉（1925）、〈猛進雜誌通信〉（1925）等文，以思想革命的激情，宣告「我們要的是健全的思想同男子漢的氣概」，態度比當時的周作人更加激進。俞、廢二人在二十年代即已累積不少新文學經驗。相較之下，沈啓无的新文學歷程起步明顯偏晚，缺乏實質的論戰經驗與文學創作。在同時期的苦雨齋群落而言，可說相對沉默而無作為。

15　沈啓无，〈讀書「崇實」談〉，《大學新聞》，3:11（1935.5.14），頁2。

16　沈啓无，〈讀書「崇實」談〉，頁2。

「閉戶讀書」轉向沖淡的時候。這就是說，沈啓无二十
年代末對晚明的吸收，乃至三十年代大談晚明，都已與
周作人存在顯著的時間差。

　　因而沈啓无三十年代談論性情，卻專寫近於述學的
文體，與其說是周作人論述的延伸，未若說「晚明」更
像是他挪用周作人人格典範的媒介。他連結晚明與周作
人，將晚明人自適自足的人格特性，接上周作人閉戶讀
書的塔中形象，以此做為他散文中的自我基調。他雖反
覆強調晚明小品與正宗派的對立，卻可能未必真正理解
周作人從「十字街頭」走來的歷程，對晚明的吸收與小
品文自我精神的開發，相對比較片面。

　　在文抄體散文相對有限的自我表露下，沈啓无在述
學之外的性情表現，也呈現相對窘礙的傾向。他這樣表
白自我：

　　　我常常把我的日子消磨在這種地方。往往出門半
　　日，在亂書堆裡翻得眼烘烘的，結果卻一無所獲，
　　失望嗎，不，絕不，我自有一種喜慰。或遇此等
　　時，得到一兩本醉心的書，則我將悠悠然地踱著回
　　家，遍路的心，彷彿天地之大，趣味只在掌中。夫
　　人情之所最不易得者，豈不就在趣，既得趣，便難
　　撒手，所以我的看閒書逛地攤子趣味，越過便也
　　越發濃厚起來了，我且懷著這個意思直至年老既
　　而不衰。[17]

─────────────

17　沈啓无，〈媚幽閣文娛〉，《人間世》，第 2 期（1934.4.20），

　　這裡以人情之難得，勾勒喜好閒趣的主體樣貌。上文有意搬演周作人喜讀閒書的形象，書寫「我」對書攤流連，乃至沈溺不可自拔之情。但沈啓无此時書寫系列「閒步庵」隨筆，大舉標榜閒適自我，突出「小閒適」的面向，[18] 在當時的歷史現場而言，恐怕更多是受到林語堂的影響。[19]

　　沈啓无的閒適概念和自我設定，顯然經過了「京海互轉」的程序。他以周作人的讀書形象為基礎，深耕林語堂的閒適格調。在實質表現上，他連結閒與懶，試圖以「懶」之主體狀態，進一步深化閒適的自我形象。他似乎有意強調自己懶的個性：

> 予性嬾，偶讀書，聊以自娛，大抵走馬看花，亦復少有別趣。[20]
> 我想我這人大抵有時很懶。……現在我知道我有時

頁32。

18　周作人曾將閒適區分為「小閒適」與「大閒適」兩種型態。他引述俞理初之言，說明「小閒適」的面向乃是「流連光景，人情所不能無」。「大閒適」則以陶淵明為代表，強調看微生死的曠達態度。沈啓无此時的文章，顯然更接近前者，也是當時林語堂等有意選擇的閒適面向。周作人，〈自己的文章〉，《西北風》，第 10 期（1936），頁44。

19　高恆文即認為，晚明小品論戰中，周作人、廢名等京派諸人，其實有與林語堂及其小品文主張劃清界線的意味。在此視角下，沈啓无與海派的關係其實相對密切。高恆文，〈謝本師：「你也須要安靜」——沈啓无與周作人〉，頁26-29。又如沈啓无〈記王謔菴〉一文，將「諧謔」與「滑稽」連結，從而附記「今言應曰幽默也」，也明顯透露他受到林語堂幽默風潮的影響。沈啓无，〈記王謔菴〉，《文飯小品》，第 2 期（1935），頁15。

20　沈啓无，〈閒步偶記：小引〉，《人間世》，第13期（1934.10.5），頁42。

確乎很懶，往往因此誤事。倒愈是自己願意做的
事，亦愈發遲遲不肯著手，不知究竟是甚麼緣故。
我曾經起了一個別號叫做懶禪，實在含有聊以解嘲
之意，廢名居士聞之，卻口頭送我八個字，「常勤
於事，以懶參禪。」這一下子捺實了，我真的倒起
一種慚愧之情。[21]

　　在他看來，懶並非無所作為，更傾向是一種心境與
態度。廢名指出了沈啓无在「懶－勤」間的雙重狀態，
已敏銳描勒沈啓无後期的自我特性。只是這個階段的沈
啓无，顯然更喜展現懶於應世的存在面向。相較於梁實
秋，著力將懶進行價值顛覆與美感轉換，賦予懶積極性
意味，從而彰顯主體喜好與個性，[22]沈啓无這裡呈現
的主體狀態，更安於向來被視為負面的價值體系。他將
自我之懶，視為是自娛和解嘲的謔料，利用負面的主體
形象，製造文章諧謔的美感趣味。
　　誠如前述，悠閒做為一種主體心境，在周作人處並
不單指讀書，在林語堂而言，更隱含強烈的主體建構意
味。沈啓无接合兩者，進一步開發以懶為閒的自我形
象，於論調上雖有發揮，卻無法脫離厚重的象牙塔及其
有意塑造的學人形象。1935年，沈啓无發表〈讀書「崇
實」談〉，歸結寫散文應當重視思想、學問、生活與行
為，可視為這階段創作思想的成果。這種談法同樣並非

21　沈啓无，〈珂雪齋外集游居柿錄〉，《人間世》，第31期（1935.
　　7），頁18。

22　梁實秋，〈饞〉，《饞非罪》（哈爾濱：北方文藝出版社，2014）。

獨創，惟他進一步說明：

> 至於讀書方法，最好自己先體驗，這樣才有「真
> 味」產生，再領教「有識」者。……寫要注重實際
> 生活，寫散文要有內容，思想貫澈，腳踏實地的
> 「多寫」，要靠自己啓發自己才有望。[23]

　　這裡點明生活、經驗與知識的重要性。但更關鍵的
顯然在於，在「經驗」之外，散文「真味」的美學表現
資源，也賴於一種特殊的知識成分。這與其時動輒以性
情、抒情或社會等大概念，迎擊晚明小品論戰中尖銳的
「自我」論題，大旨雖似，操作卻更具體明確。——即
使對當時就已漸僵化的自我論調來說，未必帶來實質上
的開拓。

二、少年慕老

　　1934-1935年晚明小品論戰期間的沈啓无，對於周
作人的模仿是相對全面的。做為初入文壇的三十歲新
人，他似乎缺少革命激情，雖擁有少年身體，卻更喜模
擬周作人談「老」。周作人的老觀，有其建構歷程，
這時的他，已褪去激情，逐步走向老退的存在處境。[24]
沈啓无這階段談論晚明，也多移用前輩與後輩、老與少
等概念，牽引周作人論述，著力將自我置入老年情境，

23　沈啓无，〈讀書「崇實」談〉，頁2。
24　劉正忠，〈魯迅、周作人和老〉，《清華學報》，新49:3（2019.
　　9），頁505-544。

深化「老」的美學批評。

　　他經常以「師友」視野，對晚明文人進行群體性劃分。例如他評論《媚幽閣文娛》，不單純以思想流派進行歸納，而以非師即友的眼光，架構出老輩和朋輩的晚明文人結構。[25] 稍後，他評價《游居柿錄》，除了關心歷游文章，更注意到「師友往還見聞」的記錄，[26] 其間多透露他對晚明師友間往來談學的嚮往。該文特別記載袁小修與阮集之的前、後輩關係，推論「那時阮集之很攀附他們這班人，後來及至自己闊起來了，對于這些前輩先生便已不放在眼裏」，[27] 頗有站在後輩立場，為小修平反的意味。這種師友觀念，在久居學院的沈啓无而言，不只是客觀評價，更隱含他對師友關係的想像與期待，牽涉他對老、少關係的思索。

　　誠如前述，在探索晚明自我的議題上，沈啓无往往不憚繁瑣，抄錄足彰生活與性情的文獻。從載錄情況看來，他固然透過自娛、賞玩等面向，說明晚明文人重視自我。但他也經常著墨晚景生活，透過對老、病、死的生命察照，彰顯晚明主體的性情流露。例如他談論《媚幽閣文娛》，即對編者鄭超宗的生平記述有所關注。在有限篇幅內，沈啓无簡略帶過其人不見正史但磊落豪俠的零星文獻，卻詳載野史中描述鄭超宗慘死的情況。隨

25　沈啓无這樣評價《文娛》：「總計文娛初二集以內所選各家，大抵非師即友。老輩文章要以倪元璐王季重陳眉公董其昌這幾個人的比較多。朋輩則徐世溥譚友夏萬時華楊文驄的文章選錄也不少。」沈啓无，〈媚幽閣文娛〉，頁34。

26　沈啓无，〈珂雪齋外集游居柿錄〉，頁21。

27　沈啓无，〈珂雪齋外集游居柿錄〉，頁23。

後加入按語：「這想必是元勳恃才傲物，處之不得其
當，然而所謂 mob 這東西自來之不足為訓亦于此可證
了」，[28] 透露他詳引該條文獻，除了補偏的用意，更有
意透過鄭超宗之「臨死」，凸顯晚明文人本性流露的主
體特性，從而標榜其性之偏。

〈珂雪齋外集游居柿錄〉（1935）更明顯呈現出沈
啓无對晚景生活的關注。該文先是鋪排小修記錄中郎病
死前光景的相關文獻，卻未置一詞，隨即進入大量的
書籍版本考訂。在大幅進行知識跑野馬後，才扣回文章
主調：

> 游居柿錄第五卷以下，中郎死後，親友日漸凋零，
> 文章也逐漸悲涼蕭瑟起來，蓋小修雖比兩兄享年，
> 而其晚景卻亦不免很是落寞了。[29]

這裡進行揭露，有種推翻前半以中郎為主體的意
味。這樣看來，文章前半看似專注鋪陳中郎晚景，實是
立於小修位置，透過中郎之將死，凸出小修性情。沈啓
无將兩者並寫，彰顯手足情感之餘，更是強調小修的
「觀看者」位置，透過瑣碎記錄，側面呈現小修觀看中
郎晚景的心境。參照此處引文，後者或更合於行文脈
絡。也就是說，中郎的死前、死後，橫跨小修由中年漸
入晚年的階段，沈啓无的操作方法，等於連貫呈現小修

28　沈啓无，〈媚幽閣文娛〉，頁34。
29　沈啓无，〈珂雪齋外集游居柿錄〉，頁22。

從「觀看」的哀痛之情，乃至「自身」面臨晚景時的落
寞心境。

　　沈啓无談論晚明文人，鎖定晚年階段。在他看來，
晚年階段似更易見主體情感的流露。[30] 事實上，三十年
代周作人真正的興趣焦點，已在六朝而非晚明。他之談
論老，乃與他反覆標榜陶淵明之看徹生死、平淡自然同
步建構起來，從而導出「六朝」做為老淡美學的範式。
沈啓无受周作人影響，關懷晚年生活，卻將其與「自有
一種活氣，即使所謂狂」的明朝人連結，[31] 反而歸納出
一種帶有少年意氣的晚年主體形象。這與周作人當時刻
意驅逐情感，以謹慎節制、保身安命的態度，建構出枯
淡的晚年主體實有距離。

　　但在將晚景議題帶入審美範疇的過程中，沈啓无
其實引渡許多周作人的談法。他這樣談論詩人的審美
境界：

> 少年看煞衛玠，中年傷於哀樂，及老也，閒看兒童
> 捉柳花，詩人一生大抵有此三種境界。所謂文章造
> 於淡，蓋亦是漸入佳境，但又須由淵塞磨練中來，
> 最終纔得自然有深味。[32]

30　又如沈啓无評述《帝京景物略》，即以「嗜癖備至，老而彌
　　篤」，描述清初陶筠厂、許又文對該書之喜愛。頗有以「老」強
　　調嗜癖、愛好之情日深的意味。沈啓无，〈帝京景物略〉，《人
　　間世》，第 6 期（1934.6.20），頁31。

31　沈啓无，〈媚幽閣文娛〉，頁32。

32　沈啓无，〈閒步偶記：（二）〉，《人間世》，第 13 期（1934.
　　10.5），頁42。

　　前半論詩，後半延伸至文章範疇。以「年歲」談藝術境界，是周作人當時喜用的談法，「造於淡」的晚期風格，也是移用周作人論老年文章應當「簡練淡遠」的主張。惟沈啓无似更傾向以「情感」的階段性歷程，說明風格變化的潛在動能。首句話語皆有本源，[33] 在他看來，少年與中年相對接近，而以獨具風采情韻的六朝主體為依歸，屬「淵塞磨練」的階段。「及老也」做為轉折語，暗示主體境界的遞進與翻新，錨定於講究自然、深味與閒淡的宋人心境。

　　實際上，三十年代沈啓无主要談論晚明，但也零星論及六朝。這當然與周作人其時的興趣轉移有關。但沈啓无這個階段論六朝，多是晚明論述的延伸。他雖以「狂」和「情致風韻」，分別建構晚明與六朝的主體特性，[34] 其實都是強調思想人格之獨立。實際的散文創作中，兩者也經常互融。例如他有意營造的「樂讀」形象，即是結合陶淵明「少學琴書，偶愛閒靜」的清淨生活與晚明文人的「自娛」性格。[35] 這與周作人壓抑晚明的反抗性，轉而談論「苟全性命於亂世」的六朝，專心強調老淡的晚境美學不同，而顯出沈啓无多方組合、

33　按此處「看熱衛玠」之語，以西晉美男衛玠受人仰慕為喻，取其風采奪目之意。「傷於哀樂」出自《世說新語・言語》，原文以謝太傅和王右軍之對談，暗示情感與藝術提煉的關係。於此援引，應是強調「中年傷於哀樂，與親友別，輒作數日惡」的深情之境。及至「閒看兒童捉柳花」，取自楊萬里〈閒居初夏午睡起〉一詩，方有洗盡淵塞磨練的中年情感，從而看徹世事的閒暇意味。

34　沈啓无，〈媚幽閣文娛〉，頁32。

35　沈啓无，〈閒步偶記：小引〉，頁42。

移接後的複雜構造。在他的語脈下，六朝既有平淡的老年特質，同時也有講究情采的少年風韻，未必能為前者全然概括。

沈啓无以少年姿態談老，從身體與心境的角度，其實皆未能與當時的「苦雨齋老人」等而論之。沈啓无當時喜談老淡之美，看似與周作人相近，其實經常透露少年意氣與鋒芒。例如他與周作人都談《老老恆言》，著重點卻相當不同：

> 由于我偶讀老老恆言，見其講散步一條頗可喜，文曰，「散步者，散而不拘之謂，且行且立，且立且行，須得一種閒暇自如之態，盧綸詩白雲流水如閒步是也。……此養神之道也。散步所以養神。」用散步來養神，我倒不大理會，但喜盧綸這個句子作得好，遂欣然以之名庵，卻亦未必有此等閒趣。[36]

這裡詳引講散步的內容，關注焦點其實只在盧綸詩。首句「頗可喜」的口吻，模仿周作人習用的壓抑腔調，營造出「我」對《老老恆言》有限度、有選擇的接受。末尾據此做更進一步的自我揭露。相較於當時已漸入老年的周作人，著意透過《老老恆言》談養老之道，尚且年輕的沈啓无雖嚮往閒散的老年趣味，卻對散步做為一種養神、養老之道「不大理會」，呈現出心神易受干擾、喜愛名目的性格形象，流露青年血氣。

36　沈啓无，〈刻印小記〉，頁27。

　　在藝術造境上，沈啓无標榜蒼老風格。在〈刻印小記〉中，他讚賞壽石工刻印的「練熟」表現，認為那是一種「不炫怪、不矜巧，自成一種圓潤氣象」的老成境界，[37] 看似講究褪去藻麗、技巧的平淡美學。但他旋即提到：「練熟還生，運以蒼老，這種境界他還沒有達到」，[38] 說明沈啓无其實並不停留老淡之美，更強調「還生」的工法，以求達到一種「在人想中，在人意外」的藝術造境。[39] 又如他評價劉同人《帝京景物略》，引述張岱〈琴論〉，認為劉氏記山水能「語妙天下，練熟還生，而以澀勒出之」，[40] 更進一步將還生的風格，具體指向澀勒的語言提煉。

　　我們知道，「練熟－還生」的風格，其實未必整齊對應於「老年－少年」的文章氣性。例如在周作人而言，他也講究澀味、苦澀等文詞效果，並將其與「蒼老」的概念連接。[41] 在沈啓无的語脈中，生、澀等概念，也經常進入主體美學的領域，並與他其時將晚明小品，逐步上推至六朝文章的過程，同步建構起來。他這樣評價韓愈古文：

37　沈啓无，〈刻印小記〉，頁26。

38　沈啓无，〈刻印小記〉，頁26。

39　沈啓无評價《帝京景物略》，在篇首讚其「練熟還生」，篇尾又引述鄭超宗對《帝京》的評述：「每摹畫一事一物，在人想中，在人意外，令人叫絕，不可名言。」合併看來，其間的邏輯應是練熟而在人想中，又因還生而能在人意外，從而達到妙不可言的境界。沈啓无，〈帝京景物略〉，頁31。

40　沈啓无，〈帝京景物略〉，頁29。

41　詳劉正忠，〈魯迅、周作人和老〉，頁528。

> 拿韓愈的文章和上下一比，不但他不及六朝人的華
> 贍，甚而也不及明朝人的澀麗，六朝文章是有性
> 情詞藻的，所謂文生情情生文的這種寫法。……我
> 又常常納悶，覺得中國散文經過韓愈這種古文運
> 動，本來應該走上成功的道路，因為他是有組織有
> 目的的……。[42]

以「情」為內在動力，透過「華贍」、「澀麗」的
主體特性，連結六朝文與晚明小品，共同視為韓愈古文
的對立面。參照周作人之「澀」，經常指涉粗糙不滑的
特性，這裡與講究濃密、甜滑的「麗」相結合，頗具違
和感，卻也透露與周作人風格的分歧。

其實澀、麗未必不容。在他看來，晚明之「麗」與
六朝之「華贍」應是接點。惟看似標舉華美，實是透過
詞藻，強調晚明與六朝主體共通的情感特性。換句話
說，相較於「有組織、有目的」的古文，晚明小品與六
朝文章，正是在主體無組織、無目的的情感表現中，營
造出「晦澀」的美學效果。廢名談論六朝文章，曾提及
「亂寫」的概念。[43] 沈啓无據此，進一步點出晚明與
六朝主體的內在「騷動」性，其實有些現代消息。單就
六朝而言，沈啓无之「澀」，更傾向取資駢文華美的特
性，而非以陶淵明以平淡樸實為基調，從而營造出來的

---

42 沈啓无，〈談古文〉（1936.10.9），《苦雨齋文叢：沈啓无卷》，
  頁128。

43 廢名曾謂：「六朝文是亂寫的，所謂生香真色人難學也」，暗示
  主體在非理性狀態下，反而更易達本色與真實。廢名，〈三竿兩
  竿〉（1936.10.5），《苦雨齋文叢：廢名卷》，頁22。

「澀味」與「簡單味」。在此層面上，沈啓无反而迴護了當時為周作人有意摒棄的「綺麗」（少年）風格。[44]

從實際創作看來，他對情感的表現，較之冷靜、謹慎、講究思維的周作人而言，也更為袒露與直截。例如他談論夢中作詩：

> 生平在夢中做詩，此尚是破格，醒時不覺欣然喜之，且喜詩中乃有一種禪味。「若使春光可攬而不滅兮，吾欲贈天涯之佳人，」彷彿太白當年，也有一種悲歡之感。夢中之春，好花應是常在。[45]

前半段尚是周作人的話語風格，後半卻引述李白〈愁陽春賦〉。還原李白該作，詠物與抒情先後鋪排，仍是六朝小賦的體製。[46] 但在這裡，沈啓无只取李白賦中的情感成分，抒情目的相當明確。雖是傷春悲秋的感傷主體，而非昂揚的盛唐氣象，卻也與周作人壓抑內斂，不喜豪放而「對於太白少有親近之感」的老淡情懷有所區別。[47]

綜合說來，沈啓无在詮釋晚明的過程中，營造出藏書家、學人、老人等自我面貌，傾向在周作人的散文論調下，發展海派的「小擺設」系統。他最初對新散文自

44　周作人，〈談文〉（1936.7），《苦竹雜記》，頁203。

45　沈啓无，〈閒步偶記：（三）〉，《人間世》，第13期（1934.10.5），頁42-43。

46　許東海，〈論李白賦對六朝文風的因革〉，《第三屆國際辭賦學學術研討會論文集》（臺北：政治大學文學院，1996），頁309。

47　周作人，〈顏氏家訓〉（1934），《夜讀抄》，頁111。

我概念的認知，可說是多方理論資源鍛接後的成果。儘管標舉「寧作我」的主張，卻很難真正找到獨立論調。從這時期的自我構造看來，知性與抒情、尚淡與崇麗、老年與少年等多組概念，往往同時濃縮，從而呈現出較為混亂的主體位置與狀態。這種表現模式，反映出探索的軌跡，尚未能說是定型。

第二節　附逆者的愛國論述：
假道學或真精神？

一、從晚明到六朝：
反個性與大我精神的另類建構

隨著國族情勢日緊，沈啓无的散文創作迎來轉型階段。北平淪陷後，他選擇追隨周作人，滯留北平。1939年，偽北大文學院成立，周作人出任院長，他擔任中文系主任，頗為積極參與文學團體與官辦活動。[48] 1942年更應「日本書學報國會」之邀，赴日參加第一次「大東亞文學者代表大會」。沈啓无似乎完全跳脫戰前自我，不再流連象牙塔內安靜讀書的形象，驟然選擇以不合時宜的姿態入世。

在文章風格上，沈啓无此時行文，頗多展露篤定、自信的鋒芒。相較前時穩靜、謙和的基調，態度更為

48　根據黃開發的史料鉤稽，沈啓无除了參與汪政府組織的「日本觀光團」，更先後出任「偽華北作家協會」評議員、「中國文化團體聯合會」籌委。黃開發，〈沈啓无──人和事〉，頁59-60。沈啓无這個階段密集進入「群體」、參與官方活動，頗有預備打入華北文壇核心的意圖。

激切。例如同樣評論柳宗元遊記，先前尚讚柳文「深遠」，將其與中郎同觀。[49] 到了〈談中國記游文章〉（1937），卻將柳文與韓愈並提，認為其中的古文臭味，不僅令人「可憎」，更論定柳文「在記游文中要算是下品」，[50] 嫌惡之情溢於言表，評價近於批判而不留餘地。這裡其實已經透露風格轉變的端倪。

沈啓无 1937-1939 年間的創作數量相對稀少，談小品的方式，大抵仍是前時路徑。一般對於沈啓无的關注，多易因「破門事件」及相對活躍的後期行徑，遮蔽此階段文獻呈顯的重要轉折意義。事實上，細部比對文獻即能發現，沈啓无 1939 年發表〈無意庵談文：山水小記〉及 1943 年〈談山水小記〉，都是〈談中國記游文章〉（1937）的刪修之作。雖是「舊文重刊」，卻兩次都經過改易。其中，〈無意庵談文：山水小記〉（1939）的改動幅度最大，說明正經歷風格論述劇烈變動的轉型期。

就實際論述看來，沈啓无對於文人「主體」風格的關注，就有明顯從晚明轉移至六朝的傾向。最初 1937 年的文章當中，他已透過「剝去復古派的頭巾」、「反禮法的態度」、「各人的個性最分明」等概念，從表現自我的角度，提出晚明「頗有點近於六朝」的溯源

49　沈啓无，〈帝京景物略〉，頁29。

50　啓无，〈談中國記游文章〉，《新苗》，第 15 期（1937.5），頁7-8。也許意識到言詞過於果斷激切，沈啓无在〈無意庵談文：山水小記〉（1939）中，即將「要算是下品」的說法，以較婉曲保守的方式，更易為「不能算是上乘之作」。言詞細節之更動，在兩篇文章中時有所見。

論，[51] 可視為前行小品觀念的延續。到了 1939 年，他仍肯定晚明主體「率性任真」，卻附以「矯枉過正，難免神經過敏」的評價，甚至認為紀曉嵐之批評其實有些「正可以翻過來看為是」，[52] 說明他的晚明論述已發生質變。他同時將文章範式大舉轉移至六朝：

> 我平常懷著一個意思，覺得我們現在寫散文，對於
> 過去有兩種途徑應該避免再走，第一即是八家系統
> 的古文，第二是道學家的束縛思想，二者之中無論
> 有了哪一種，散文前途必有很大的障礙。……我們
> 可以利用六朝的手法來寫新散文，我們也可以利用
> 外國文學上的美麗辭句及其技巧，還有那些中國過
> 去舊詩詞在新詩裡面不能容納的，反而在我們新散
> 文裡面都有他的發展餘地。[53]

這裡先以「思想」連結晚明與六朝主體，後又從「文學性」的角度區分二者。美麗辭句、舊詩詞元素與外國手法的提法，雖可能受到廢名六朝論述的影響，時間點上也未及現代派諸人敏銳，卻也說明此時的沈啓无，對於小品主體的認知，已注入新的詩意體驗。小品在晚明的自我表述之外，更須講究六朝的美感經營。在沈啓无看來，這種「顏色之感」的呈現，不只是訴諸文

---

51 啓无，〈談中國記游文章〉，頁7。

52 啓无，〈無意庵談文：山水小記〉，《朔風》，第 5 期（1939.3.10），頁61。

53 啓无，〈無意庵談文：山水小記〉，頁61。

辭效果，更落實到主體層次，要求在華麗中「處處見出作者的性情」。[54]

〈六朝文章〉（1943）持續闡明「以六朝手法寫新散文」的觀點。他認為辭藻、典故使六朝「作用成功一種美術」，而文人態度正是「誠於聲色之中」，[55] 再次強化辭藻與個性的鍵結，使辭藻不流於「失真」。但更關鍵的在於，以六朝華彩為美的價值選擇，其實也同時排除了部分晚明小品的特質。我們知道，晚明小品正因審美轉變，牛溲馬勃、俚語白話俱能做為自我表述的材料。沈啓无的選擇，說明白話散文「塑造詩語」的新時代要求，試圖挽救晚明乃至五四以來，因過度表述而流於輕淺的缺失。但也是在這個層面上，逆轉晚明文人主體以自然、甚至瑕疵為美的精神面貌。

事實上，淪陷初期的沈啓无，並未隨即落入為日宣傳的文學圈套。他由晚明專談六朝，獨取「藻麗」和文字技術，反而頗有在言論緊縮的淪陷區文壇，爭取藝術自主的意味。1942 年他提出振興文壇之策，就認為當前文藝太狹，主張把範疇「放得廣泛一點，使他不至於因壓縮而單調枯槁下去」，以此伸張自主性。[56] 除了發表官樣文章，他也並未放棄「小」文體的書寫。例如系列的「閑步庵書簡」，視此類「尺牘」為「不涉世務」

54　啓无，〈談中國記游文章〉，頁8。

55　沈啓无，〈六朝文章〉，《風雨談》，第 6 期（1943），頁5。

56　沈啓无，〈十一、對於振興華北文藝界之見解為何〉，《國民雜誌》，2:7（1942.7），頁51。

的寄情文體。[57] 又或大談「晦澀」，指派「意象」、「辭藻」做為散文進步的途徑，[58] 持續以美學現代性的相關議題，在淪陷區文壇爭取自主空間。

沈啓无的聲勢，伴隨他出席第一次「大東亞文學者代表大會」逐步看漲。此後他漸入華北文壇核心，協助進行多項宣傳工作。1942-1944 年間，他一方面周旋於汪政府官員群體，一方面以「傳統文學的再認識」為綱領，發表多場演說。在文化指導的原則之下，這個時期的六朝論述，有幾處較為關鍵的轉變與發展。首先，仍以「藻麗」標舉六朝文風，但轉而分析風格塑成的脈絡，並歸結於時代動亂。其次，跳脫「性情沉湎」的論述模式，援入社會意識，在國族與自我交纏的現代情境中，重構六朝的主體詮釋。其三，辭藻的美學意義減弱，轉為主體面臨「存在危機」時的表現。

〈中國文學的特質〉（1942）即認為，六朝人看似文學獨立，實是立身與行道的巧妙調和。他這樣談論六朝個體與社會的關係：

> 六朝人喜歡寫閒適的綺麗的文章，正是一種時代反映，因為在實生活裡面不能得到滿足，於是才在

57　〈閒步庵書簡鈔〉前後收錄十六封書信，刊登於1944年。但沈啓无自言實際的書寫時間：「大半已經是兩三年前的筆墨了」，宜以1941-1942 年間的書寫心境觀之。沈啓无，〈閒步庵書簡鈔：十六〉，《文學集刊》，第1期（1944），頁65。這種寄情心態，亦見沈啓无，〈閒步庵書簡〉，《風雨談》，第 2 期（1943），頁10-12。

58　沈啓无，〈閒步庵書簡鈔：一〉，《文學集刊》，第 1 期（1944），頁55-56。

　　自然界的景物裡，在人世間的聲色裡，從藝術上求
　得安慰。這種情形，越發在紛亂的時代越表現得明
　顯。大概、人生的途徑，如得不到正常的發展，不
　流於悲觀，則流於放縱，有的人高蹈隱逸，有的人
　極端享樂。[59]

　　這裡的「閒適綺麗」並非由文藝的角度給予肯定，
而是指涉某種存在處境。辭藻做為文學技術，在審美之
外，更是主體「求安慰」的生存手段。相較於前時，連
結晚明從而標舉六朝文人的「風度情韻」，這裡反而呈
現出混亂、失序、頹靡的主體狀態，是典型現代主體的
精神樣貌。這種詮釋轉變，說明現代主體在戰爭危亂的
國族處境中，發生了自我意識的變化。

　　沈啓无雖代入社會因素，但他以調和姿態，重組六
朝的主體位置，仍有爭取個體自由的意味。稍做回顧，
我們可以發現，這種「不滿足－求安慰」的補償論述，
在三十年代晚明小品文論戰中，也經常被用來與左翼論
潮抗衡。周作人就曾認為小品文的興盛，「必須在王綱
解紐的時代」，[60] 往後林語堂等，也多透過「牽涉到
祖國的慘變撼動亂」、「文明在瘋狂政治思想的洪流中
的毀滅」等語，[61] 配套談論小品文的個體自由。他們
並非不談社會，而是撇開談論個體責任，專注強調社會

59　沈啓无，〈中國文學的特質〉，《中國留日同學會季刊》，第 1 期
　　（1942.9），頁3。

60　周作人，〈周序〉，《近代散文抄（上卷）》，頁4。

61　林語堂，〈論談話〉（1934），《一夕話》，頁116。

對於自我的壓縮與拋棄，反而呈現高揚自我的意識。沈
啓无在某程度上，也對六朝文人靡麗的自我表述型態進
行辯護。

　　但相較於三十年代文人，沈啓无也並不停留於此。
他雖未放棄文人的自主性成分，並重申他的主張與「近
來的新說法，什麼文學必須附有某種使命，並不一
樣」，卻指出「中國讀書人缺少擔當事業的精神」，進
而提倡今後的文學，應是從人文主義的基礎上，發揮
「大我」的精神。[62] 在他看來，保有藝術心境與擔當
事業的精神，顯然得以並行不悖。但更關鍵的是後者，
他昭示沈啓无在現代情境下，對自我的認知已產生偏
移，也展示了他乃至附逆文人群體，在現代國族憂患所
啟動的道德困境中，試圖表述自我的另一種聲音。

　　1943 年沈啓无應邀擔任《文學集刊》主編，更加
深入淪陷區文壇核心。當時，周作人正從教育督辦職務
下台，在華北文壇地位漸失。沈啓无幾乎不再談晚明，
卻未放棄論述六朝。他一方面持續深化六朝社會性與文
人主體的關係，一方面同步提出文學發展的方案。在
「自我」的論述上也有所進境，更加專注發揮現代的大
我精神，逐步放棄小我式的表述。例如他反覆加入時
代、環境要素，強調主體與現代文明密切聯繫，[63] 方
能書寫「適應現在需要」的文章。[64] 在精神內涵上，

62　沈啓无，〈中國文學的特質〉，頁4。

63　沈啓无，〈對於中國文學的再認識〉，《國立中央大學週刊》，
　　第 97 期（1943.5.3），頁5。

64　沈啓无，〈文化與思想〉，《新亞》，6:6（1943.6.1），頁57-

則進一步將這種「與時俱進」的現代思維，連繫儒家講究現世與實際的思想，從而轉化出一種「為民族謀生存謀利益」的「唯儒」精神。[65] 這其實已經接近重視自我與他人關係的儒家傳統自我觀，[66] 惟激生自現代情境，傳統的文化底蘊固然已發生質變。

沈啓无該年談及作家的「個性」，直契現代小品文議題銳處，甚至產生反個性的解構意味。他這樣解釋「作家有個性」：

> 其實一個人至多有一百年的年齡，而還要去掉教育的時間二十年，個性能有多少，⋯⋯一個偉大作家的個性，便是一方面承繼古人的文學遺產，一方面加入現今的時代觀念中的個人生活，⋯⋯越是偉大的作家，便越多吸收古代的傳統，再用一種新的時代精神溶化之，而造成一個時代的完成。[67]

沈啓无將個性與時代的關係，導入新舊辯證的課題。論旨看似抽象宏闊，但參照前述文獻，這裡的概念其實皆有所限定。他要求在儒家傳統（文學遺產）的基

58。沈啓无稍後的文章更指出：「文章的內容，實在以時代為背景，和當時的政治經濟息息相關」，稍早對「個體」先要性的提倡，幾盡覆滅。沈啓无，〈中國新文學的背景和特色〉，《中大周刊》，第 99 期（1943.5.17），頁3。

65　沈啓无，〈中國新文學的背景和特色〉，頁3-4。

66　譚國根曾指出，五四以來文人對「新自我」的建構，是一種對儒家論述與集體性論述的揚棄。譚國根，《主體建構政治與現代中國文學》（紐約：牛津大學出版社，2000），頁38。

67　沈啓无，〈對於中國文學的再認識〉，頁6。

礎上，發揮國族存續（現今時代觀念）的憂患精神。此時的沈啓无，似已在群、我議題上，做出妥協或選擇，其間強調的是具有大我情懷的主體面貌。時代責任先於個人，個體表述的最終目的，指向「時代的完成」。

綜合說來，淪陷時期的沈啓无，在多重倫理困境中，透過晚明小品與六朝文章的延續、割裂，展現出自我認知歷程的轉變。他發展出的「反個性」論述，對於五四以來，牽合「晚明」與「小品」兩概念，從而推導出現代小品文主我、主個性的精神內蘊，實已進行推翻，呈現出與三十年代差異極大的論述風景。在晚明以小品指涉相對於春容大篇的文體而言，小品的「私我」精神讓位，更加介入公共領域進行雄辯。沈啓无由小我轉向大我的過程，固然可能更接近一種消解倫理困境的儀式。但也是在這個層面上，見證「自我」意識的現代轉化，已帶動小品文體觀的變遷。

二、變異之我：病體中國與健康論述

沈啓无以「大我」精神，重構三十年代「以自我為中心」的小品格調。事實上，經由戰爭引動的小、大轉換，應是當時多數文人普遍的心境歷程。當時，在國族危難的情境下，新、舊議題再度浮上檯面，迫使文人重估舊傳統與舊形式的效益，進而摸索出合乎民族大義的新形式。惟相較於正統抗戰文人，沈啓无及其他「附逆文人」群體，同以民族精神，擁護舊文學傳統的姿態，

實存在更複雜的自我辯證課題。[68]

　　1943 年 8 月，沈啓无出席第二次「大東亞文學者代表會」，南北奔洽文學團體的「聯合戰線」計畫，更加積極投入汪政府的宣傳工作。這個階段的文章，幾乎以大我精神為主導，接近批判式的雜文風格。他經常劃分出自我與他者的界線，透過對他者的貶抑，強化自我性格。他這樣評價未能執行「文化工作責任」者：

> 在這樣新時代之下，要完成當前的歷史任務和使命，決不是那些不肯犧牲不負責任，敷衍了事，祇知個人的自私自利，貪婪卑污，一般機會主義者，偽自由主義者，甚至於市儈主義者之流，所能擔荷勝任的。他們都是墮落份子，他們沒有改造環境的毅力和決心，反而被環境把他們造成無恥。[69]

　　對任務與使命的知察，是儒家典型的「角色自我」。這裡批判資本主義體制下的個人主義，認為他們只知鑽營個人利益，缺乏偉大的奉獻精神。針對這群自私貪婪者，沈啓无進行負面化書寫，將其歸類為卑污、墮落、無恥的時代「渣滓」，並視為有待排離的他者。

　　這種對國人的貶抑式書寫，在沈啓无散文中，往往

68　高嘉謙即曾指出，通敵者由於與時行的抗戰路線不同，他們對家國興亡的憂患情感，頗類易代之際的遺民精神。高嘉謙，〈風雅・詩教・政治抒情：論汪政權、龍榆生與《同聲月刊》〉，《中山人文學報》，第 38 期（2015.1），頁66。

69　沈啓无，〈再認識，再出發〉，《國民雜誌》，4:7（1944.7），頁9。

與對國族的「自貶」相互伴生。例如他批判國人「沒有
認清文化上的責任」、「妨礙文化運動」，同時讚揚日
本的國民精神，認為他們「完全以報國為職志」，正因
挾帶「優越的特質」，終竟造成「日本的文學比中國前
進」的局面。[70] 其中便帶有揚日抑中的國族意識。在
他看來，當時的中國是空洞浮誇、落後凋敝的，[71] 相
比透過維新，成功帶來進步的日本，中國顯然有待革新
與蛻變。

　　在國族感受上，沈啓无明顯呈現一種焦慮感與憂患
意識。他進一步把這種自貶模式，具體化為負面的身體
感。〈對於中國文學的再認識〉（1943）即將「五四運
動」身體化，以病體形象塑造五四以來的中國樣貌：

　　五四運動好像一個人吃了巴豆大黃把肚子瀉得一
　　空，但把元氣瀉光了，身體支持不住，趕快去買外
　　國的針藥注射，針打得不對勁，一條性命也就這樣
　　嗚呼了，為今之計，應得把適合國人體格的滋補
　　品，慢慢調理，才得身體強健。[72]

以「腹瀉」為喻，說明五四時代的改革無能。在他
看來，五四運動不僅並未完成革新，更將中國推向亡國
處境。以負面的身體經驗敘述中國，容易連結晚清文人

70　沈啓无氏，〈1. 關於大會的印象 2. 強化出版機關建議〉，《中國
　　文學》，1:1（1944.1），頁38。
71　沈啓无，〈文化與思想〉，《新亞》，6:6（1943.6.1），頁60。
72　沈啓无，〈對於中國文學的再認識〉，頁6。

的「東亞病夫」情結，及相關的民族主義論述。[73] 惟沈啓无的病態意識，更根源於現代情境，在大東亞視域下，發展負面的國族情感。

以「病」為詩意對象，對主體進行一種審美觀照，是晚明小品常見手法。但在這裡，沈啓无以「國族」之病為新對象，顛覆小品以「自我」為主的精神價值。他站在醫者立場，以批判口吻對病進行揭露與診治，且以身體強健的「健康」狀態為最終導向。相較於晚明主體，安於病、癖、疵的性格狀態，在以病為美的價值逆轉中，建立小品精神。沈啓无藉由醜化與他者化，將病重新納入負面的價值體系，以此建構現代主體的國族意識，更新小品自晚明以來的特殊趣味。

沈啓无此處批判，亦有針對性。他將國族的屈辱象徵與五四語境互連，在今昔對比中，架構出五四做為「舊中國」的他者情境，強化「我」與「五四文人」的區隔。對於五四的反省檢討，在三十年代文壇就有跡象。但在沈啓无而言，其實頗有「取代」前輩之意。誠如前述，五四和三十年代的沈啓无，相對沉默穩靜，對比後期行徑，可說無甚作為。前後期的自我顛覆，未必是對現實環境的被動配合，而更可能是一種有意選擇。

回顧三十年代沈啓无，在師友關係上，學問襲自周作人，成就也不如其他弟子。就當時的晚明小品論戰而言，他在北平採取遙觀姿態，始終並未深入論戰核心。

73　相關研究詳參楊瑞松，〈想像民族恥辱：近代中國思想文化史上的「東亞病夫」〉，《政大歷史學報》，第 23 期（2005.5），頁1-44。

這就是說，無論在苦雨齋群落或是革命場域，沈啓无都相對處於「壓抑」姿態。[74] 待及北平淪陷，沈啓无以「附逆」姿態入世，固然是不合時宜的選擇，卻可能是重新取得自我主導權的另類途徑。他將前期的壓抑感受與國族受辱意識連結，從而亟欲推倒五四，建立以「我輩」為中心的新時代。[75] 隨著1944年他進入核心，權力達於生涯頂峰，終究透露出圖利與投機的野心。[76]

反觀他對自我的認知，卻未因此落入負面狀態。他對國族的否定情緒，並不停留於厭棄與抱怨，而是從中轉化出昂揚奮發的「愛國者」形象。負面的國族感受，經常伴隨象徵健康的醫者心態而來：

---

74 余光中評價戴望舒時，曾指出三十年代詩人的共同困境：「早年難以擺脫低迷的自我，中年又難以接受嚴厲的現實，在個人與集體的兩極之間，既無橋樑可通，又苦兩全無計。真正的大詩人一面投入生活，一面又能保全個性，自有兩全之計，但是從徐志摩、郭沫若到何其芳、卞之琳，中國的新詩人往往從一個極端跳到另一個極端，詩風『變』而未『化』，相當勉強。」余光中的討論範疇雖不涉附逆文人，但若以個體、集體關係演變的角度擴大來看，其實頗具參照性。余光中，〈評戴望舒〉（1975.10），《青青邊愁》（臺北：純文學出版社，1977），頁160-161。

75 沈啓无當時行文，頗能見這種誇大語氣。如他認為：「談詩當還是我輩的事情」，其間顯然不再是三十年代的謙虛形象，甚至接近大放厥詞的「自大狂」。沈啓无，〈閒步庵書簡鈔：十一〉，《文學集刊》，第1期（1944），頁62。

76 例如沈啓无當年談論「改善出版機關」的建議，指出「紙張」和「經費」兩大問題，最後卻歸結中日合辦的出版機關，最大毛病在於「主持人事的人，不得其人」，透露他其實是對權力與資源分配的情況有所不滿。這裡揭露淪陷區文人的派系鬥爭，也側面呈現沈啓无角逐權勢的野心。又，根據黃開發考察，沈啓无與周作人在第二次東亞文學者代表大會（1943.8）前後，就已因為《藝文雜誌》與《文學集刊》的出版問題，發生齟齬和分歧。此二刊物皆由「新民印書館」出版，周作人其時為社長。沈啓无意有所指的對象為何，是否與此事互有關聯待考。沈啓无氏，〈1.關於大會的印象 2.強化出版機關建議〉，頁39。

時代的巨潮，應該積極的把這些渣滓盪滌出去，次
一步也應該讓他們沈澱下來，總之沒有再讓他們泛
濫混沌的必要了。錯誤，糾正，再認識，再出發。
這是盡瘁謀國者的實踐態度，也就是他們始終一貫
的責任。[77]

　　對比時代的渣滓，盡瘁謀國才是理想的主體精神。
沈啓无標舉「愛國」做為新的個體價值，錨定其內涵應
是積極、實踐並具有責任感的健康形象。做為一個愛
國者，有義務掃蕩「氾濫混沌」的社會黑暗面，隱含
「我」對光明的熱切期待。他進一步援引孫中山論述，
認為愛國的具體行動，應是發揚「民族固有道德」，理
論與方法都頗為明確。在他看來，這個相對完整的方
案，正是為了對治五四反傳統所造成的「沒有中心的混
亂現象」。[78]
　　我們知道，五四文人之反傳統，其實並非「沒有中
心」。他們推翻載道傳統，實是強調個體自由，樹立以
言志為核心的價值體系。因而他們重新詮釋晚明，拈出
自我，做為現代小品文的新範式，也正因不避混亂、失
序的情感狀態，方展示出主體在現代情境下，充沛複雜
的精神動能。沈啓无的「反五四」論調，在批判中帶有
建立新價值的意味。對於「中心」的渴求，其實透露現
代主體遭遇意義喪失的虛無感受，翻轉五四文人由晚明

77　沈啓无，〈再認識，再出發〉，《國民雜誌》，4:7（1944），頁9。
78　沈啓无，〈再認識，再出發〉，頁8-9。

小品歸納而來的主體認知模式（反權威、去中心），卻也收縮進入單一與絕對的價值訴求。

事實上，晚明小品亦多有以「正向」價值標榜個性之作，不全然為負面主體所概括。如小修描述李卓吾之「好潔」，即歸納出「惡近婦人」、「性愛掃地，數人縛帚不給」、「衿裙浣洗，極其清潔」、「拭面掃身，有如水淫」等具體行徑，[79] 充分展示「潔癖」的狂人形象。黃繼立曾指出，卓吾之喜潔具雙重性意涵。上述的清潔行動，看似是對污穢、骯髒身體的抗拒，但實際上也是在反覆的淨化儀式中，形成近乎「強迫症」的病體徵狀。[80] 換句話說，卓吾之「病潔」，固然以骯髒為病，但更關鍵的是，「潔淨」做為正面價值，因過度執著而成「病」的面向。

我們知道，小品之「小」在晚明原指涉時人較不提及的面向。例如文人以卑污自居，過往不入詩文的要素，俱納為新的詩意對象。後人據此，在晚明文人與傳統悖離的趨勢中，歸納出小品的反叛性。但李贄排拒骯髒，以「高潔」自持，卻是由「大」處著眼，在「黎明即起，灑掃庭除」的運作秩序中，強調透過整潔而修身的觀念，接近傳統志士仁人的儒者修養。[81] 他是以能

79　袁中道，〈李溫陵傳〉，《珂雪齋集》，卷十七，頁720-721。

80　黃繼立，〈「病體」重讀「李卓吾」——「棄髮」與「潔癖」中的身體經驗〉，《文與哲》，第17期（2010.12），頁241。

81　晚近學界討論「晚明」議題時，漸有重新反省以反傳統、反禮教、反叛性等概念，理解晚明文人是否適切的論調。他們以五四文人動輒牽引晚明進行類比為出發點，提出晚明文人其實深具傳統的禮教思維。代表性論述如龔鵬程《晚明思潮》，即指出晚明文人「克己復禮」的性格傾向，認為他們不僅肯定儒家傳統道德

充分展現個性的環節，即在好「潔」而成「癖」的過程。也就是說，「潔」固然是「持」的表現，倘不加節制、過度修持，亦可能流於放縱，反而落入偏執的陷阱。但也正是在「淫」的精神上，方回歸主體層次，展現出狷介的偏狹性情，從而契合小品的精神旨趣。

按此脈絡，卓吾這種「骯髒－潔淨」的雙重辯證，看似很能輕易對應沈啓无「病體－健康」的論述架構。但晚明標榜「潔」的正向意義，實則未脫離表彰主體的範疇。反觀沈啓无的健康論調，卻帶有濃厚的假道學意味。他以愛國重鑄戰時體制下的自我價值，將主體與國族密切聯繫，在強烈的集體意識中，發展出進取高亢的主體論調。他拒絕晚明小品中孱弱、低調的主體形象，也與卓吾的「主體回歸」歷程相異。雖有魯迅的好戰性格，卻抗拒進入非理性的精神狀態，傾向依附某種外在的強大秩序。沈啓无透過國族與傳統道德的共謀串連，在現代情境中，儼然復興了一套「父」的律法。

在〈一般宗教論〉（1944）中，他辨析宗教與政治的糾葛，重新定位主體位置。存全自我的價值意義失效，須加入集體的「我們」，方能導出存在意義：

> 宗教家，總是不可過於固執，須要把信宇略為收縮一收縮，務期與國家的政治相合一纔好，……愛國，愛同胞，這絕不是壞事，所以宗教絕對不可反

教化，更內化為自我的道德理想。他們對於輔佐朝廷的君臣之禮，也並非採取反抗態度。龔鵬程，《晚明思潮》（臺北：里仁書局，2004）。

對，尤其在戰爭的時候，宗教更不可不同國家底政
治採取合一的步驟，而以全力協助國家，……，既
有大東亞戰爭之發動，所以我們以好教徒好國民
底資格，均須以全力協助，這就是我們的責任之
所在了。[82]

看似談論宗教與政治，其實強調了符合政治正確的
理想自我。宗教做為自我性靈的隱喻，當其與政治衝
突，妥協不僅輕易且合乎倫常，更不須經過抗爭。在他
看來，將自我全力投入國家結構，才是負責的健康表
現。「好國民」的定向價值，實是對個性的大規模鏟滅
與淨化，既消解多元，也導向正面意涵。

事實上，沈啓无淪陷區後期的文學活動，雖以家國
論述為主導，但也並非全然覆蓋。例如 1944 年他出版
《文學集刊》第 2 期，便提到散文的發展：

散文作家無妨有意地求其深遠有實質，保持個人特
色，自求發展，不標榜，不仿效，也可再打開一
面窗子，放些國外的新鮮空氣進來。掌故筆記之類
又何嘗不可以提倡，要緊的，得為新文學去開展，
不幸乃為古文去張目就不是什麼好現象了。本輯所
刊各篇，或稍古樸，或稍愉快，或稍親切，或稍柔
婉，各有風格……。[83]

---

82 沈啓无、楊丙辰，〈一般宗教論〉，《新民聲》，1:10（1944.
  5.15），頁19。

83 編者，〈後記：關於散文部分〉，《文學集刊》，第 2 期（1944.

反對「古文」以強調個性，文章取柔婉、親切的風格。這裡儼然又是小品論調，可見沈啓无其實尚有另一種自我的發聲姿態。1944年，沈啓无先後出版詩集《水邊》（與廢名合出）與《思念集》，將詩歌視為是「求得寧靜」的「感情寄託」，[84] 不僅觀照自我，更頗具一種低迴之致。凡此，雖皆流露沈啓无底層的幽微心事，但這個階段的「我」，仍建立在家國論述，以大我精神為主導。

　　歸納而言，淪陷時期的沈啓无，雖是附逆姿態，精神生活卻卻是得意的。他雖在淪陷區極力擁護傳統文學，隱微曲折地進行自我確認，但對於做為「通敵者」的身分，其實鮮少表達羞恥感受。[85] 他透過晚明而六朝的詮釋與推演，一反三十年代的迂靜形象，在淪陷區大力舒展高調的愛國情懷，逐步構成「反小品」的新主體論調。這種健康意識，雖指向個性的消解，卻也反面建構出現代主體特殊的存在處境。

　　4），頁211。

84　開元，〈題記〉，《思念集》（漢口：大楚報社，1945），無頁次。

85　淪陷區時期沈啓无的日本心態，是相對高亢激昂的。他樂於參與各種中日文化團體的歡迎會，多次表達「聽到不少議論，深深為之感奮」、「認識了日本之文學者的態度真摯與熱情。本人非常感動」、對於誠懇從事工作者感到「親近」與「欣喜」。沈啓无，〈文化與思想〉，頁56。沈啓无，〈友情的親近〉，《華北作家月報》，第8期（1943.8），頁2。

第三節 陽剛主體的美學經營

一、搏鬥面具：力動之美

紀果庵當年談及沈啓无，曾描述：「我由詩篇的風格推斷，以為他一定是屬於肺病型的頎長瘦削的江南才子，那知這回在中央大學第一次遇見，卻是滿面健康色的丈夫，面唇上又矗矗頗有髭，馬褂穿得很整齊，如果不說是教授，倒頗可算一位簡任官吏了。」[86] 這樣的觀察，勾勒出沈啓无嚴整、持重的生活態度與個人形象。透過服飾裝扮，果庵對沈啓无的「健康色」，進行多層次的觀照，稱道其剛正穩重而不輕浮的樣貌。「剛強」的主體形象，幾乎是沈啓无淪陷時期的基本寫照。

1944 年 3 月，周作人透過刊物的對比連結，推導出沈啓无檢舉他為「老作家」的具體事證，隨即進行連串的打擊行動。他以「中山狼」為喻，[87] 營造徒弟反噬師父的陰狠形象，[88] 並公開發表「破門聲明」。周作人一反向來作風，罕見流露「浮躁凌厲」的性格面向。事件之後，淪陷區文壇幾乎一面倒向周作人陣營，對沈啓无採取批判嘲諷的態度。[89] 事實上，針對周作

---

86 果庵，〈沈啓无印象〉，楊之華編，《文壇史料》（上海：中華日報社，1944），頁159。

87 周作人，〈遇狼的故事〉，《古今》，第45期（1944.4.16），頁10-11。

88 知堂，〈文壇之分化〉，《雜誌》，13:2（1944.4.13），頁192。

89 唐弢當時即以「老虎與貓的把戲」為喻，看待這場師徒糾葛。他嘲諷沈啓无雖有猛虎架勢，卻仍是貓的徒弟，沒有學會上樹的本領，就急想撲殺眼前的貓。他更論定沈啓无之叛門，是登龍之際，亟欲取而代之的權勢心態，與一般因學術思想差異，而造成師徒分道的模式不同，頗有貶低之意。從洛，〈「破門」解〉，

人的指控，沈啟无也反常採取沉默的姿態。除〈另一封信〉屬正面迎擊，便僅剩詩作〈你也須要安靜〉，隱微傳達抵抗的心聲。他在該詩中，架構出「你－我」的對話情境：

　　你的話已經說完了嗎
　　你的枯燥的嘴唇上
　　還浮著秋風的嚴冷
　　我沒有什麼言語
　　如果沉默是最大的寧息
　　我願獨抱一天岑寂 [90]

　　你、我看似處於對話情境，實則膨脹著「你」滔滔不絕的雄辯形象。「我」在這裡以沉默現身，呈現縮小、孤獨、無語的壓抑狀態。「如果」做為假設語氣，隱含「我」對於選擇的疑慮與不確定感。在有限度的肯定中，流露「我」實際上不安於沉默的心聲。
　　破門事件後的沈啟无，難免陷入低潮。由於周作人的多方封鎖，沈啟无幾乎斷絕所有在北平淪陷區的生路，僅能依靠變賣書物維持基本生活。[91] 面對權力、生計與理想的多重失落，他發出「中年憂患，顛倒在亂

　　《萬象》，3:11（1944），頁93-94。事實上，當時淪陷區也並非無人聲援沈啟无，「偽華北作家協會」柳龍光、陳魯風等，都曾發表過相應的支援論述。黃開發，〈沈啟无——人和事〉，頁62。
90　啟无，〈你也須要安靜〉，《中國文學》，1:5（1944.5），頁45。
91　沈啟无，黃開發整理，〈沈啟无自述〉，頁72。

離流浪裡認識我的身外世界」的感嘆，[92] 透過大量的新
詩創作，寄託低迴的情緒。破門事件顯然削弱了稍早昂
揚熱烈的氣象。1944 年 10 月，他終究離開北平，南下
投靠南京的胡蘭成，勉強在胡處接辦《苦竹》雜誌與
《大楚報》，卻再不具過往意氣風發的情態。

事實上，沈啓无這個階段的文章，相較前時雖頗見
低迴之致，卻未落入淒冷感傷的情調。即對〈你也須要
安靜〉再稍做回顧，該詩雖以「安靜」為題，在首段製
作沉默主體，後半卻頗有顛覆的意味：

> 是的，我是改變了
> 我不能因為你一個人的重負
> 就封閉了我應走的道路
> 假如你還能接受我的一點贈與
> 我希望你能深深愛惜這個忠恕
>
> 明天小鳥們會在你頭上唱歌
> 今夜一切無聲
> 頃刻即是清晨
> 我請從此分手 [93]

推翻前半段的自我懷疑，這裡的語調果決堅定。上
段勾勒意志剛強的主體形象，對於「我」所選擇的「道

92　開元，〈題記〉，《思念集》，無頁次。
93　啓无，〈你也須要安靜〉，頁45。

路」懷有強烈信心。這裡的「我」，一反前時的壓抑姿
態，重新取得主導權，轉而立於高姿態，給予「你」贈
與和忠恕。下段預支未來，對「明天」寄予盼望。「今
夜」縱使「無聲」，但黎明「頃刻」即來。瞬間性的時
間語彙，帶有主體的樂觀判斷，不僅說明外在世界的如
常運轉，也宣告「我」將不因此停滯。

　　充滿生命力動感的朝氣風格，顯然仍是沈啓无自我
形象的經營主軸。《南來隨筆》四則做為破門後最具代
表性的作品，論述中夾帶觀點而不失文學性，是觀察沈
啓无美學經營的良好視角。透過自然風物的情態，展現
生命的力動之美，是沈啓无經常運用的主體審美模式。
他傾向透過生命力的「動態」呈現，抒發強健、奮發的
審美感受。例如他評價《苦竹》的雜誌封面：

　　　肥而壯大的竹葉子，佈滿圖面，因為背景是紅的，
　　　所以更顯得洋溢活躍。只有那個大竹竿是白的，斜
　　　切在畫面，有幾片綠葉披在上面，在整個的濃郁裡
　　　是一點新翠。我喜歡這樣的畫，有木板畫的趣味，
　　　這不是貧血的中國畫家所能畫得出的。苦竹兩個字
　　　也寫得好，似隸篆而又非隸篆，放在這里，就如同
　　　生成的竹枝竹葉子似的。[94]

　　這裡經營濃郁盈滿的色彩效果。肥、狀、大、滿的
視覺體驗，建構出壯闊雄健的審美空間。原屬意境外的

94　沈啓无，〈南來隨筆：三〉，《苦竹》，第 2 期（1944.11），頁12。

題字則納入畫面，將其比為「生成的」竹葉，在「似－而又非」的往復來回之間，呼應「洋溢活躍」的動態美感。他以「貧血」的身體感為喻，反向說明「我」對飽滿、健康風格的偏愛。

我們知道，晚明小品中的山水與日常事物，往往是文人表達自我、託寓情感的重要載體。在意境塑造上，晚明文人更加嚮往纖細空靈的藝術境界。例如李流芳題「紫雲洞圖」，描述「洞石甚奇，而惜少南山秀潤之色，然境特幽絕，遊人所罕至也」，[95] 即以靜態的山水描摹為主，「秀潤之色」指向以秀為美的主體趣味，營造幽獨淡遠之致，整體情調空靈雋永。沈啓无散文中的主體美學，顯然已發生質變，有意開發一種力動而非靜觀、雄渾而非清秀的審美趣味。

沈啓无散文中的描寫對象，經常具有音樂性。這種律動感，滲透進入語言文字，營造出詩意氛圍。他這樣描寫對「苦竹」的愛好：

> 「夏日之夜，有如苦竹，竹細節密，頃刻之間，隨即天明。」這真是一首好詩，表現日本人樸實的空氣，……中國詩裡有「雨止修竹間，流螢夜深至」的句子，空氣也好的，只是單薄一點，不如這夏夜苦竹，是從生命發出來的，有一種單純的力動的美。我沒有看見過苦竹，也許見過而不認得，竹細節密這一句，給我一個輪廓的認識，夏夜詩人的情

95　李流芳，〈西湖臥遊冊題跋：紫雲洞〉，《檀園集》。

感，從這一句而表現完全，細密的，頃刻的，然而
當下卻是一個完全，隨即天明，也正是一個完整的
光輝。[96]

這裡將日本與中國詩對比排列，實已做出選擇。與
其說是沈啓无對日本人樸實性格的嚮往，未若說是對詩
中所展現「力動的美」有所傾慕。事實上，在他看來，
中國詩也在「止－至」之間，創造出節奏感。惟相較
日本詩在「頃刻」、「隨即」等語彙中，進行瞬間性的
場景切換，顯然力度不足。這就牽涉主體感知模式的差
異。再者，中國詩止於「夜深」，強調耽美、流連的精
神形象。日本詩由「夏夜」而「天明」，經沈啓无詮
釋，反而洗盡歷來對光陰短暫的哀嘆，帶有對光明的期
待，掩藏騷動的生命氣息。後半段將這種「動感」延伸
至行文，透過舒緩與爽脆俐落的斷句配置，營造起伏流
動之感。文中先是說明「我沒有看見過」苦竹，隨即又
以「也許見過」進行翻案，在「反－成」、「往－復」
的連斷之間，營造出思維隨時變動的主體形象。

對於轉瞬即逝、過眼雲煙之物的動態把握，是現代
主體特有的時間觀念與感知模式。沈啓无善於發揮瞬
時、當下的能動性，要求敏銳迅速地反映外在世界。相
較於晚明文人以細膩悠緩的步調品味生活，更傾向透過
一種靈動、果斷乃至迅猛的感知方法，捕捉生命所展
示的「力」的美感。例如同以「苦竹」為題，陸樹聲

96　沈啓无，〈南來隨筆：二〉，《苦竹》，第 2 期（1944.11），頁12。

（1509-1605）〈苦竹記〉的寫法就相當不同：「每當
溪谷巖陸之間，散漫於地而不收者，必棄於苦者。而甘
者至取之或盡其類。甘者近自戕，而苦者雖棄而猶免
於剪伐。」[97] 比起說明苦竹生命堅韌，實更關注苦竹之
「苦」。陸樹聲大幅渲染「為世所棄」的面向，著墨苦
竹之不幸、賤棄與無用，無疑是為「取苦棄甘」的價值
翻轉進行鋪陳。但關鍵的是，主體透過「好苦」的特殊
趣味，展示了獨立超群的人格特色。這是典型晚明小品
取偏、擇奇的感知型態與表述方法。但在沈啓无而言，
已不再成為主導，而更傾向在快速變動的現代情境中，
建立新的觀物模式。

　　沈啓无對「力動」之美的強調，使其散文中的主
體，經常帶有前進、奮勇的進取形象。《南來隨筆》於
亂離情境寫成，固然在「南來」二字，納藏憂患的遺民
心事，文章中更能見低沉的主體狀態。[98] 但是，比起流
連在傷逝情緒中不可自拔，沈啓无更著意展現不輕易遭
受摧折的強韌光彩。他這樣念想留居北平的時光：

　　北京也是缺水的，沒有波瀾壯闊之觀，然而有樹
　　木為點綴，鬱鬱森森，籠蓋千門萬戶，在風塵勞
　　碌之中，僅有這綠的慰貼，和明亮，人生也就不

97　陸樹聲，〈苦竹記〉，施蟄存編，《晚明二十家小品》。

98　《南來隨筆》中，他這樣記錄剛到徐州的心境：「第一使我感覺
　　到的，就是天氣，彷彿天是向下沉的，中午的陽光柔黃黃的，夾
　　在塵埃裏，空曠的心，微微有些低壓」，即在溫暖的景物氛圍
　　中，流露細微的低迴情緒。沈啓无，〈南來隨筆：一〉，《苦
　　竹》，第 2 期（1944.11），頁11。

怎麼太寂寞了。[99]

北京缺水，興發寂寞之感。但筆鋒一轉，旋即切入綠意盎然的景色書寫，色調飽滿明亮。看似書寫外在風色，實是內觀生命，通過視線轉移，呼應主體心境的昇華與超越。「僅有」做為節制語氣，突出主體易於自得的心態，轉而賦予寂寞容易打發的特性。在收束感傷情緒之際，也同時擴張了前進、樂觀的自我形象。

將主體置於抵抗情境，是沈啓无美學建構的基本模式。這種操作手法，有助力量感的呈現。透過壯闊場景的凝視，彰顯出陽剛的性情面向。他這樣說明自我的理想：

> 一個人有著廣大的慈悲，在時代的面前，沒有所謂屈服，他可以低眉，可以俯首，偉大的愛是活在別人的生命裡，偉大的藝術也是不滅的，永生的，不像一隻蘆葦輕易在暴風雨裡就被摧折的。[100]

這裡架構出頗為雄渾的場域，再度搬演個體與時代的角力。在他看來，個體的意義，建設在與時代永無止息的拼搏過程當中。沈啓无選取奮鬥與不屈的形象，演繹「力」的美學脈絡，透過對時代的強力介入，詮釋主體能動性，重構晚明小品偏向靜觀與抽離式的

---

99 沈啓无，〈南來隨筆：一〉，頁11。
100 沈啓无，〈南來隨筆：四〉，《苦竹》第 2 期（1944.11），頁12。

美學精神。

二、轉秋回春：悲秋主體的拋棄與更新

　　沈啓无強調瞬間性的觀物模式，從而發展力動的審美體驗。事實上，對於當下感知的書寫，雖能與外在世界迅速連結，但在藝術經營的層面上卻頗有侷限。感知的立即性捕捉，可能使表述容易流於輕率淺易，而未及深刻。以沈啓无的審美視域而言，對於力的程度把握，因此成為難題。沈啓无的力動之美，是否可能流於「暴力」，反而造成藝術性的損傷？進一步我們要問，若沈啓无對此有所意識，他將如何進行調和？

　　《南來隨筆》階段的沈啓无，在探討自我表述的論調上，有所開展。他雖喜標榜富於力的形象，卻反對空洞的感知內容。在他看來，「生活的姿態，即使描成種種形形色色的圖案，生命還是得不到解放，因為沒有昇華作用」，[101] 這就是說，對於生活的感知，雖來自立時性的感官體驗，卻必須超越純粹感官聲色的經營。

　　這樣的說法，初步看來頗有回歸內在生命、調和稍早論調的意味。他拈出「感情」，做為昇華程序的必要手段：

> 虛空的美，若無感情，終歸要疲倦的，所以只能沉
> 入枯寂。枯寂的人生，世界是窄小的，他只能造
> 成自己的格律，用自己的理性築成樊籬，自己不願

---

101 沈啓无，〈南來隨筆：四〉，頁12。

意衝破，也不願意被人家衝破，沒有智慧的靈光，
只有嚴肅的知識是可怕的，人生到此，是要硬化了
的，要僵化了的，不是平靜，而是死滅。[102]

　　理性的揚棄，伴隨抒情的重建。但與其說是回歸主
體，強調個人抒情，未若說更像是對周作人文章風格
的反撥，[103] 同時也是對三十年代自我的拋棄。在他看
來，理性容易導致枯寂，感情才能滋養豐盈生命。關鍵
的是，「感情」看似做為一種內在動力，而非理性客觀
的表述，實際卻仍導向對外在現實的「介入」。他之排
除理性，乃認為理性將造成自我之封閉。他反對耽溺在
自己構築的窄小世界，仍是傾向直面人生，在特定時代
情境中建構自身情感。

　　這樣的抒情論調，著意將主體投入「大」生活。相
較於晚明文人，專寫小生活趣味，有意透過「小」面向
的開掘，鞏固個體世界，沈啓无反而納入「異己」成
分，使主體邊界趨向模糊與不穩定。他進一步錨定抒情
手法與內涵。在評價張愛玲的文章中，他認為：

---

102 沈啓无，〈南來隨筆：四〉，頁12。

103 胡蘭成1944年10月，就曾透過破門事件，對周作人進行類似評
　　述。他在同情沈啓无的情感基礎上，指出：「清堅決絕的理性的
　　世界是不存在的，卻是理性的世界與感情的世界在最高處結合為
　　一，作成人間的智慧。周作人因為太理性了，所以缺乏人生味。
　　看他喝苦茶，聽雨，看雲，對花鳥蟲魚都寄予如意，似乎是很重
　　人生味，其實因為這人生味正是他所缺乏的。人生味不是給你去
　　體味的，有作為的人是相忘於人生味，有如魚之相忘於江湖。有
　　作為的人可以是作家，但更可貴的是他本身就是作品。」胡蘭
　　成強調「有作為」的「介入」性格，有其特定的思想立場，卻可
　　與沈啓无這裡的論調相呼應，更呈現出此段話的影射性。江梅，
　　〈周沈交惡〉，《苦竹》，第1期（1944.10），頁21。

生活對於她，不是一個故事，而是生命的渲染。沒
有故事，文章也寫得很美。因為有人生做底子，
所以不是空虛的浮華。她不像西洋厭世派，只寫
了感覺，在他們手下，詞藻只做成「感覺的盛
筵」。……她走進一切的生命裡去，……所以她的
文章是溫暖的，有莊嚴的華麗，也有悲哀，但不是
慘傷的淒厲，所謂「眾生有情」，對人間是有著廣
大愛悅的。[104]

透過「感覺」與「感情」的區隔，對抒情進行限
定。這裡排除現代派小品文的抒情路徑。在他而言，
現代派諸人以大量的感官書寫，填補意義與表述的困
境，[105] 導致抒情內涵流於空洞，是精神虛無的表現。
他抵制海派文人以幾近暴力的方式反映主體感官，也反
對普羅乃至大眾文學對寫實的暴露。無論是「大肆鋪
排」詞藻，或表現「慘傷的淒厲」，都傾向暴力而有失
節度。

沈啓无跳脫個體抒情，以「眾生有情」的精神更新
小品的抒情內涵。在他看來，若要對治流於暴力的寫
法，就須將抒情的內涵導向「溫暖」、「莊嚴」與「愛
悅」的中庸基調。他拉升主體層次，反覆重申東方的美
學範式，應是「健康的，成熟的，明麗而甯靜的」，[106]
強迫進入秩序，以一種特定的、對於美好的想像，彌補

---

104 沈啓无，〈南來隨筆：四〉，頁12。
105 關於現代派小品文抒情模式的建構，詳本書第三章。
106 沈啓无，〈南來隨筆：三〉，頁12。

個體自由的缺陷。

　　就實際書寫情況而言，沈啓无重新編碼歲時物候系統，透過感知模式的更新，轉化傳統的抒情型態。他這樣描寫秋天：

　　想不到我把我的秋天帶到南京來過了。我住在我的
　　朋友家裡，朋友的家住在一個背靜的小巷子裡。我
　　喜歡進門靠西墻根的一排紅天竹，密密的叢生著一
　　簇簇的紅果子，纍纍的快要墜下來了，真是生命的
　　一個沉重。[107]

　　這裡強調「我的」秋天，頗有以秋天張目自我的意味。他從色調入手，透過鮮活的紅天竹，翻轉秋天色澤盡失的枯黃情境。一排、一簇簇等量詞的添加與修飾，則開展視覺空間，擴張顏色的渲染效果。藉由果實「密密叢生」與「纍纍」樣貌的描寫，拆解了秋天在歷來典故裡蕭條、零落的既有思維，重新賦予秋天滋育生命的潤澤形象。

　　在身體感知的層面上，他把握健康、成熟的美學主張，偏向展示溫潤明朗的秋天經驗。例如他書寫對秋天溫度的感知：

　　客廳前面是方半畝大小的一片草地，隨意生長一點
　　野花，卻無大樹遮蔽天日，這小園，我感覺它有

---

107 沈啓无，〈南來隨筆：一〉，《苦竹》第 2 期（1944.11），頁11。

樸素與空疏之美。沒有影子的太陽，晒滿全院，坐
在客廳裡開門一望，草地的綠仿彿一擁爬上台堦似
的，人的眼睛也明亮起來了。[108]

這是晴明的秋天圖景。透過花草任意繁衍的姿態描
摹，持續發展生機勃發的秋天思維。這裡的「空疏」之
美，雖描勒出無所遮蔽的壯闊視野，卻不指向夐寥疏寥
的淒寂境界，而是承接暖陽的場所，用以延伸、擴展溫
暖的身體感受。

沈啓无顯然賦予秋天新的思維情感，轉化傳統以
「悲秋」為導向的套路。與夏天頃刻、細密的情感不
同，在他看來，「秋天的氣象」是屬於「健康的，成熟
的，明麗而甯靜的」，[109] 是生命力動的全幅展現。事
實上，從晚明小品看來，文人主體固然也曾發生觀物模
式的變遷。但對歲時景色的書寫與把握，仍不脫傳統
傷春悲秋的模式。例如衛泳描寫秋天：「金風瑟瑟，
紅葉蕭蕭，孤雁排雲，寒蟲泣露，良用淒切」，[110] 即
衍用萬物凋零、感傷悽惻的抒情模式。祁彪佳（1603-
1645）則記：「惟是冷香數朵，想像秋江寂寞時，與
遠風寒潭共作知己」，[111] 描寫秋之幽冷獨絕，標榜個
性。譚元春（1586-1637）更明確談到：「凡秋來風物、

---

108 沈啓无，〈南來隨筆：一〉，頁11。
109 沈啓无，〈南來隨筆：三〉，頁12。
110 衛泳，〈閒賞：秋〉，劉大杰編，《明人小品集》（上海：上海
　　古籍出版社，1995），頁47。
111 祁彪佳，〈寓山注：芙蓉渡〉，《明人小品集》，頁63。

水月、枕簟、衣裳、砧杵、鐘梵，其清響苦語，——搖人」，[112] 連結系列的秋天風物，建立苦澀飄搖、淒涼冷清的情感系統與身體經驗。

　　但沈啓无善寫秋天陽光盈滿的景物氛圍：「秋天的陽光是可愛的，他把果子晒得成熟，晒在人身上，又溫暖又親熱，也像快要成熟似的」，[113] 雖是秋意，反而營造出春陽照拂的氛圍情境。這裡的主體，顯然已跳脫傳統文學的悲秋、苦秋經驗。沈啓无延續稍早論調，在健康、積極的自我意識中，深鑿可愛、親熱的面向。透過轉秋「回春」的程序，小品主體一反歷來病態、慵懶乃至懷舊感傷的精神面貌，轉而建構出光明樂觀、富有生命熱情且不輕受折損的美學形象。

＊　　＊　　＊

　　戰前到淪陷時期，沈啓无經歷自我認知歷程的劇烈轉變。他推翻三十年代迂靜穩定的學人形象，以附逆姿態，積極周旋於淪陷區文壇與官場。一方面透過晚明與六朝詮釋的共貫、分離，重組五四以來的小品源流，一方面藉由多重的小、大辯證，發展大東亞視域下的自我論調。他以「愛國者」的樂觀自許，抽換晚明小品強調的「真我」精神，在實際書寫上，他滌除病態、衰弱的特質，反抗頹廢，以強健、盡責的陽剛形象，重塑晚

---

112 譚元春，〈秋閨夢戍詩序〉，《明人小品集》，頁201。
113 沈啓无，〈南來隨筆：一〉，頁11。

明小品中狂狷的自我樣態。我們發現，沈啓无的愛國情懷，具有雙重性。他基於一種拋卻自尊的病態視野，在負面的國族感受上，呈現出變異，遠較正統抗戰散文，以正面樂觀的態度敘述中國，更為複雜。

事實上，沈啓无的論述看似極端脫軌，甚至不合情理，卻仍頗有脈絡可循。進一步說來，他在淪陷區強調愛國、民族救亡與強健主體，固然帶有不少偽飾成分，最終難以納入周作人一脈的小品論述。但另一方面，如若暫且擱置實質內涵的差異，強調國族、興亡與集體，其實頗與左翼的觀照視域暗合。

惟不同於左翼文人，他的家國意識與情懷，反映在愛與自貶間流離的矛盾情緒，展示附逆文人的認同困境。他在淪陷區頻繁以捍衛傳統價值的姿態發聲，甚至高舉忠孝、仁愛、信義、和平的舊式道德，與他的附逆行徑構成極大張力。這些不斷「復返」的行動，構成附逆文人反覆確認身分的途徑。雖導向拋卻個體自由，卻也因此勾勒出主體隨時瀕臨破解的不穩定狀態。論調上雖是「反小品」，實是以特殊倫理境遇下的現代感受，新詮晚明乃至三十年代小品的自我議題。

我們無法迴避，淪陷區的沈啓无具有權力野心。文章中的矛盾情感，可能是一種有意的「媚日」策略。他強調愛國，卻反覆重申大東亞的理想。在進步、樂觀與光明的自我結構中，其實隱含強烈的載道與宣傳意味。嚮往積極進取的「健康」意識，反映現代人渴望「意義」的存在處境。他反對「小品」喃喃自語的「無聊」

語境，[114] 傾向依賴乃至迎合討好外在的強固秩序，可能更接近一種對虛無感的消耗與抵抗。

胡蘭成當年評述破門事件，曾憶及與沈啓无的談話：「我又想起了啓无。前些時他在南京，和我說起周作人：『我喜愛的是寫澤瀉集以前的周先生，明朗而親切。』言下很感慨似的。想了一回，又說：『周先生就是冷，不像魯迅的熱。這大概和出身有關係，魯迅是長子，從小就什麼事都得他出面，吃的苦多，所以剛強，好鬥，他的一生和人相處，總是廝拚得難解難分。周先生呢，是弟弟，擔風險的事輪不到他，所以和平。』」[115] 周作人《澤瀉集》（1927）寫於宣告「閉戶讀書」前，此後便走向與外界隔絕的沖淡形象。「明朗親切」與「剛強好鬥」勾勒出以周氏兄弟為代表的兩種小品文風格，看似態度不同，在這裡其實都是強調積極「介入」的性格。

沈啓无小品文中的自我，不同於其他附逆文人，時而在文章中寄託家國亂離的遺民愁緒。他反對耽溺式的情緒表露，拒絕書寫感傷低迴的情感內容。他後期著意發展「力」的美學，看似更接近魯迅的戰士形象。但他無意深鑿底層自我，比起魯迅透過潛意識開掘幽暗面向，不避諱書寫深不可測的「黑暗」之心，沈啓无的「文心」更為明朗、光亮，經常流露主體奮發向上的積

---

114 若我們回顧，可以發現，當年對「老作家」的反動，正是肇端於「中國某老作家，有甚高地位，而只玩玩無聊小品，不與時代合拍」的指控。知堂，〈關於老作家〉，《雜誌》，13:2（1944），頁179。

115 江梅，〈周沈交惡〉，頁20。

極盼望，卻也顯得輕淺而缺少個性。

　　就文體變遷的層面看來，沈啓无切斷晚明以來「小品」與「自我」的強韌鍵結，頗有將「假」道學內化為「真」我的意味。他翻轉晚明小品違離世俗的基本精神，展現出從俗性。他筆下的自我，更能因應不同倫理境遇，進行「意識」與「位置」的隨機切換。光明、樂觀的自我表述，依附於特定的外在價值，反而落入複製與虛矯的情感套路。小品中的自我因而帶有強烈的「表演」性。事實上，自林語堂開拓閒適精神，小品文的自我經營漸趨窄化，就已透露「表述」流於「表演」的惡趣味。四十年代的沈啓无，強調自我對時代的立時性反映，將面具化的自我表述形式推向極端。小品的「真我」精神處處受到挑戰，反而走向「健康主體」極力排斥的空洞和虛無。但也因此，建構出現代小品文主體邊界模糊不穩的精神特性。

第六章　結論

　　在新文學建設過程中，相較於詩、小說頗多借鑑西方資源，摸索通向現代的文體模式，散文取徑西洋的呼求雖亦不曾斷絕，卻始終與本土資源有千絲萬縷的交纏關係。民國以來對小品的重提，提供我們從本源探索現代散文構成的線索。本書以「小品」為關鍵詞核心，考察民國以來，小品如何做為一種流動性概念，在時代語境變遷的前提下，發生多層次的意義翻轉與新變，最終體現為文體現代性變革的關鍵脈絡。

　　不同於過往比較傳統小品與現代散文的接受、傳承和異同，本書試圖重返歷史現場，提出掩沒於現代性單一進程論述底層的演變肌理，重新將文體的遷變意義，置於時代語境脈絡，具體考察小品概念在民國語境中所產生的歧義性，究竟如何被建構起來。歸納而言，本書希望回答，民國文人對傳統小品的重提，及對小品觀念、美感內涵的闡述與新詮，如何介入現代散文的文體建構歷程，轉化出更符合現代情境與現代思維的小品觀念，並帶來現代散文新興的文體模式與美學更新。

　　因而，從周作人最初的小品源流方案，到左翼諸人的反省一路考察下來，我們發現，民國文人多數以舊學起家，革命初期雖不免帶有反傳統的激烈情緒，卻從未真正放棄古典與現代的辯證實驗，惟在三十年代晚明小品論戰的政治語境當中，透過文人對晚明小品與現代小品文的各式觀念間架，展現出多重的交涉關係。其間呈

示的意識流變、風格互轉與精神的疊映分裂，其實遠比現代散文繼承晚明小品的趣味、風致，或現代散文重視幽默遠勝晚明小品的評價，[1]更為複雜。民國以來的源流論，為我們開闢新的研究路徑，卻也為我們帶來層層遮蔽。

新文學運動以來，對晚明思潮就頗有關注，但晚明小品與現代散文的創意連結，還是周作人居於首功。周作人根據西方文明歷程，架設出載道與言志對峙的框架，試圖推翻依附於封建制度的舊價值。透過對立古文及小品，周作人以晚明小品的反禮法精神，提出現代散文表現「個性」的基本調性，成為三十年代論述發展的重要基礎。我們可以發現，在政治時局緊張的三十年代，文人對小品的理解、新詮，經常圍繞如何表述自我與國族、集體與個體的關係而展開，成為一種意識型態的可用話語。林語堂對「小」所蘊含「避大」的反叛意義，就有敏銳認知，更有意識深化晚明小品的反抗精神。他提取自我、身體和物件，新詮晚明小品的性靈思想和自娛思維，以基於現代情境的享樂型態，做為價值翻轉的基礎，反撥國族興亡的新時代道德，也更新晚明小品以悅情適性為主的內在審美模式。身體的強行介入與物的更新，轉化傳統小品「借怡於物」的癖好書寫，

1　歐明俊《現代小品理論研究》頗具博覽現代小品理論文獻之功，是現代小品文研究較能回到材料基礎的論著。但一方面，歐明俊對材料的採集相對集中、整全，卻也流於片面，難以顧及理論之外的其他文獻材料，未能真正回到歷史脈絡。另一方面，從上述評價看來，可以知道他仍傾向從理論接受的角度，來談傳統小品與現代散文的關係。歐明俊，〈現代小品淵源論〉，《現代小品理論研究》（上海：上海三聯書店，2005），頁185-226。

並落實為感官經驗的細微鑒察，以身體舒適經驗的閒
談，回叩平和溫婉的傳統美感模式。

　　林語堂以閒談的小品文風格，貼近現代的美感模
式。不過，即使強調「宇宙之大，蒼蠅之微」皆是話題
範疇，[2] 而可「任心閒談」，[3] 但不談救國、講求閒
適，還是對小品文進行了限定，不免落入單調與僵化。
施蟄存的現代派經驗，顯然帶來了轉圜契機。他夾帶豐
富的都市新感性而來，以飽含現代情緒的「感觸」，重
新闡釋小品的「性情」觀念和晚明「識真」的美學內
涵，企圖消解論戰中小品文與雜文的二元對立。在林語
堂「性靈即自我」的前行開拓上，施蟄存頓然轉入內在
念想，挖掘幽暗的異化情感。他以病態、妄想、冥念等
非理性書寫，擴衍晚明小品的病癖模式。對於倫理界限
的不斷挑逗、犯禁，既難以強行納入周、林的美學脈
絡，也是繼周、林之後，又一次開出小品現代轉折。

　　左翼文人的小品觀，做為一種擴充與整合，是晚明
小品論戰不可或缺的聲音。他們看似從新興文學立場，
反對周、林以來強調性靈的小品論述，質疑以「自我」
做為小品文心的合理性，更著意從晚明小品書寫社會暴
虐和顛沛流離的面向，尋找與集體、社會、階級等新興
文學觀念契合的接點。我們發現，左翼的政治標籤，經
常容易掩蓋文人情感結構的複雜性。實際上，他們不僅
在小品論述上，頗與右翼觀點相應，也難以抗拒個體抒

2　林語堂，〈發刊詞〉，《人間世》，第 1 期（1934.4.5），頁2。
3　語堂，〈論談話〉，頁23。

情的召喚。在大我與小我、激昂與低迴、熱烈與憂鬱之間，左翼文人的游移姿態和情感表現，遠比向來劃分的左、右二元思維更複雜。他們連結遺民小品，在國族情緒與身世之感交互伴生的現代感受當中，摸索出現代小品文以憤怒、憂鬱、感傷為主的生命情調。

從周作人到施蟄存，我們可以發現，即便各有側重、理解不同，但民國諸人基本上都提煉了晚明小品的「真」精神，來做為現代散文表現「真我」的美學基礎。聯繫三十年代嚴苛的政治語境，「說真話」雖有難處，卻可能反向成為一種詩意資源，主導最重視個性的現代小品文發展。即使如左翼文人強調積極的社會性，看似重新落入載道、宣傳的小品觀念，卻其實未曾棄絕現代小品文表達真實自我的呼求。

不過，沈啓无的特殊案例，卻伴隨他與周作人的離合關係，絕好地展示了民國以來的「真我」小品觀，由延續到裂變的軌跡。做為一個附逆者，沈啓无以健康明朗的愛國論述，排除晚明小品表現病、癖、疵的不堪成分，以反個性、反黑暗與反感傷的假道學精神，踏破民國以來小品與自我的觀念聯繫，在宣傳文字中實踐另類的「從俗」性，再次翻轉小品向來以「悖俗」為主的人格風範。依附外在價值而隨機變換的主體意識，體現為面具化的自我書寫，將小品的自我表述模式推向表演，呈現出虛假的惡趣。沈啓无爭議性的書寫位置與型態，無疑挑戰了民國以來小品觀的主潮，以裂解自我的極端形式，摸索另類的美學徑路。

我們可以發現，民國文人對小品概念的重提與論

述，始終緊繫文人當下的生存感受而展開。他們一方面
從傳統資源尋找現代契機，一方面也在不同的論述切面
中，不斷映照自身的倫理境遇。誠然，對於小品的新
詮，展現出文人自覺採納文章傳統的寬容心態。但是，
基於傳統的重構，也仍然為傳統帶來破壞性，某程度上
其實頗為契接錢玄同、胡適等人，聲討舊文章、向舊文
學捉妖打鬼的精神趣味。也就是說，在「文」的領域，
文人雖不採取決裂姿態，卻未必遠離五四以破壞為革新
的心理結構。但也正是因此，我們得以深入其間的矛盾
張力，照見散文文體轉型的複雜性。因而以小品為核
心，本書嘗試處理傳統小品的美感資源，如何介入現代
散文的文體建構歷程。在重層的概念疊映與疏離關係
中，本書鋪展出一條在漢語散文豐厚的傳統基礎上，開
發新文學通往現代的文體發展脈絡。

　　惟現代散文承接龐大傳統資源，卻也有所變更。跳
脫銜續性的視角，我們仍須回歸文體本質的思考：究竟
何謂現代散文？換句話說，散文之為現代的斷裂性何
在？表面看來，現代散文以表彰個性、真我為訴求，意
欲與正統權威進行對抗，似與晚明小品沒有太大區別。
然而，當周作人重提「詩言志」標榜現代小品文，將表
述自己的性情，做為言志的新內涵，實已對傳統詩、情
做出反省。三十年代文人接續由生物性本能、非理性的
妄想，乃至凝視罪惡與創傷等層面，開拓「志」的內
涵，摸索新的「言」說方式，更進一步體現出民國文人
對情感樣態的新感知。這就是說，現代散文與傳統小品
固然皆以「情」之本體或詩性價值為文體核心，但在情

感內涵、詩質及表述模式上皆產生質變——現代散文敢於推翻倫理界線，刻意以犯禁為革新，整體呈現出一種踰矩、過度、非理性、叛逆乃至指天罵地、怒氣沖天的情感樣態。既有別於婉約敦厚的傳統抒情內質，也不屬於以載道為正統的古文體系。民國文人通過內在真實欲望的揭露，釋放最真誠的自身感受，試圖以此建立現代的自我身分，在新型態的自我表達中，重新定調了「真我」的價值取向。

因而，散文文體向現代過渡的動力，就未必全然依賴新舊語體轉換的歷史趨勢，而更關涉「感覺」的集體演變。進一步而言，以白話書寫的散文，不必然能顯出現代的精神，三十年代文人對情感型態的多面向開發，意更在體現他們如何透過感覺結構的更新，試探現代散文邁向文學性的可能，其間涉及對美學內涵的思索及相應的形式創構。

從批評語彙的使用來看，晚明文人和三十年代文人呈現出類似的美學視野。例如神韻派詩人「興到神會」的詩學理念，就經常進入現代小品文的美學體系，成為民國文人的評價尺度，頗具超文類與超時空的特性。但是，不同於神韻詩人追求清新、超脫、縹緲的美學境界，旨歸空寂悠遠的禪悅心境。民國文人對「興到神會」的詩學召喚，更接近一種開發「新情感」的理論動力，為其進入幽黯未知的情感領域提供火種，並不以形上的美學目的為歸。是以，小品文在民國之為「小」，雖含有逃大的精神意義，但與晚明將「神韻」上綱為一種精神主張，從而對情感型態、語言文字做出規範，有

顯著的區別。「小」未必指向傳統的詩性內涵,可能更多來源於文人對小品體制短小的想像與認識。在這個層面上,顯出小品文因應新興物質媒介而生的現代意義,有些商品性的味道。但也可能因此派生出某些特定的表述模式或人格面具,反過來壓抑個性精神的展現,使原初標榜自我的文體精神,流於自我宣傳式的類型化表述,失卻以「小」開發新個性、新情感的旨趣。

　　經過本書的討論,我們可以發現,現代小品文與傳統詩學內涵具有諸般匯通的可能,唯有不斷回到觀念脈絡演變的進程,探問民國文人如何選擇性地進行吸收與轉化傳統,才能開啟本質的文體思索。因而,散文之為現代,鑑定依據不在於要求展現個性,或比較個體情感解放的程度,而在於民國文人對傳統情感內質進行變更的過程中,體現出何種生存感受或現代人特有的精神結構。現代散文踰矩或過度的情感型態,反射出禁錮感與渴望出逃的時代心靈暗影,正如文人立處新時代,仍然冀望幽靈復返,展示了猶疑徬徨的存在處境。當他們召喚舊傳統,試圖對當下世界進行拮抗與對話,終究不免照見失落與死亡,發現傳統文章格式難以負載現代人幽微、精緻的情感複雜性。但也正是在此侷限與斷裂點上,散文之為現代的突破口將可能應運而生。

　　三十年代的晚明小品論戰,做為一種觀念共時對話的場域,提供觀察小品概念演變的絕佳視點。但關於小品與現代散文的文體辯證關係,還藏於諸多隱而不顯的觀念載體當中。例如「近代散文」進入學院制度,成為專門的學科分類,以及散文的「溯源」意識,主導民國

以來的文學史書寫型態，甚至是三十年代文人熱衷編選的晚明小品選本，如何體現一代人對古典文體新變的認知。「源流」固然等待追認，卻更待我們重新拆解、離析與重組。

再者，本書聚焦 1949 年以前的中國文壇，考察民國語境下的小品概念演變。事實上，誠如張堂錡指出，「民國」在中國與臺灣認知並不相同。就中國史觀而言，民國早在 1949 年便已終結，但對臺灣而言，民國的概念卻延續至今。[4] 在這樣的差異前提之下，如何進一步考察「民國」在臺灣的延伸現象，亦是相當有待開展的議題。就本書探討的主題衍生而言，1949 年後由中國跨海到臺灣的文人群體，如：余光中、吳魯芹、梁實秋等人，來臺後皆有大量的散文創作活動，甚至以此站穩根基，獲得比大陸時期更好的文壇聲望。他們如何在臺灣豎立起另一個民國，以自身具有的大陸經驗，開拓現代散文的發展腹地？小品文由中國到臺灣，又如何經歷文體演化的程序？這些眾多的細節和主題，都值得我們從各個面向持續深入與開拓。

4　張堂錡，〈從「民國文學的現代性」到「現代文學的民國性」〉，《文藝爭鳴》，第 9 期（2012），頁51。

參考書目

一、史料文獻（按年代先後排序）

- 子嚴，〈美文〉，《晨報副刊》，1921.6.8。
- 郁達夫，〈文學上的階級鬥爭〉，《創造週報》，第3期，1923.5.27，頁1-5。
- 丏尊，〈教學小品文的一個嘗試〉，《學生雜誌》，10:11，1923，頁106-111。
- 編者，「閒文欄」，《最小》，4:106，1923，頁9。
- 施青萍，〈新舊我無成見〉，《最小》，4:92，1923，頁4。
- 施青萍，〈青萍談吐〉，《虎林》，第5期，1923，頁5。
- 施青萍，〈西湖憶語（二）〉，《最小》，4:107，1923，頁10。
- 施青萍，〈西湖憶語（三）〉，《最小》，4:110，1923，頁10。
- 施青萍，〈西湖憶語（四）〉，《最小》，4:111，1923，頁7-8。
- 施青萍，〈西湖憶語（六）〉，《最小》，5:122，1923，頁9。
- 施青萍，〈紅禪室漫記〉，《半月》，3:7，1923，頁4。
- 林玉堂，〈徵譯散文並提倡「幽默」〉，《晨報副刊》，1924.5.23，第三版。
- 林玉堂，〈幽默雜話〉，《晨報副刊》，1924.6.9，第二版。
- 編者，〈發刊辭〉，《語絲》，第1期，1924.11.17，第一版。
- 施青萍，〈綵勝記〉，《半月》，3:10，1924，頁1-6。
- 郁達夫，〈骸骨迷戀者的獨語〉，《文學週刊》，第4期，1925.1.10，頁215-216。
- 語堂，〈插論語絲的文體——穩健、罵人及費厄潑賴〉，《語絲》，第57期，1925.12.14，頁3-6。
- 郁達夫，〈文藝上的殉情主義〉，《晨報副刊：藝林旬刊》，第1期，1925，頁4-5。
- 志摩，〈吸煙與文化〉，《晨報副刊》，1926.1.14，頁21。
- 徐志摩，〈我所知道的康橋（三）〉，《晨報副刊》，1926.1.16，頁26。
- 徐志摩，〈我所知道的康橋（續）〉，《晨報副刊》，1926.1.25，頁45。
- 梁實秋，〈現代中國文學之浪漫趨勢〉，《晨報副刊》，1926.3.27，頁61-62。
- 達夫，〈郭沫若《瓶》附記〉，《創造月刊》，1:2，1926.4.16，頁52-53。
- 周作人，〈與俞平伯君書三十五通〉（1926.5.5），《周作人書信》，臺北：里仁書局，1982。
- 豈明，〈陶庵夢憶序〉，《語絲》，第110期，1926.12.18，頁211-213。
- 胡夢華，〈絮語散文〉，《小說月報》，17:3，1926，頁53-62。
- 語堂，〈祝土匪〉，《莽原》，1:1，1926，頁1-5。
- 施蟄存，〈街車隨筆〉，《文學週報》，第223期，1926，頁6-7。
- 郁達夫，《小說論》，上海：光華書局，1926.1。

- 郁達夫，〈達夫全集自序〉，《創造月刊》，1:5，1926.7.1，頁97-102。
- 郁達夫，〈一個人在途上〉，《創造月刊》，1:5，1926.7.1，頁128-134。
- 達夫，〈《鴨綠江上》讀後感〉，《洪水》，3:29，1927.3.16，頁201-204。
- 郁達夫，〈公開狀答日本山口君〉，《洪水》，3:30，1927.4.12，頁237-242。
- 郁達夫，〈日記文學〉，《洪水》，3:32，1927.5.1，頁323-329。
- 郁達夫，〈五六年來創作生活的回顧〉，《文學週報》，5:11/12，1927.10，頁350-357。
- 周作人，〈《雜拌兒》跋〉（1928.5），《永日集》，上海：北新書局，1929，頁172。
- 郁達夫，〈對於社會的態度〉，《北新》，2:19，1928.8.16，頁2025-2033。
- 豈明，〈閉戶讀書論〉，《新中華報副刊》，第一冊，1928.11，頁5-6。
- 豈明，〈燕知草跋〉，《新中華報副刊》，第一冊，1928.12.3，頁40-41。
- 語堂，〈《翦拂集》序〉，《語絲》，4:41，1928，頁40-43。
- 林語堂，〈讀書救國謬論一束〉，《翦拂集》，上海：北新書局，1928，頁36。
- 錢杏邨，〈死去了的阿Q時代〉，《太陽月刊》，第3期，1928，頁1-24。
- 錢杏邨，〈俄羅斯文學漫評〉，《小說月報》，19:1，1928，頁199-206。
- 林語堂，〈什麼叫做東西文化的溝通〉，《幽默》，第6期，1929.10.21，頁1-3。
- 朱自清，〈論現代中國的小品散文〉，《文學週報》，第326-350期，1929，頁621-627。
- 錢杏邨，〈關於文藝批評——力的文藝自序〉，《海風週報》，第9期，1929，頁3-7。
- 錢杏邨，〈中國新興文學中的幾個具體的問題〉，《拓荒者》，1:1，1930.1，頁341-382。
- 林語堂，〈機器與精神〉，《中學生》，第2期，1930.2.1，頁1-11。
- 林語堂，〈論現代批評的職務〉，《中學生》，第3期，1930.3.1，頁1-11。
- 梁遇春譯註，〈序〉（1929），《英國小品文選》，上海：北新出版社，1930，頁1-7。
- 施蟄存，〈鴉〉，《新文藝》，1:1，1929，頁87-92。
- 安華，〈書相國寺攝景後甲〉，《小說月報》，20:10，1929，頁115-116。
- 安華，〈書相國寺攝景後乙〉，《小說月報》，2:10，1929，頁116-118。
- 郁達夫，〈感傷的行旅〉，《北新》，3:1，1929，頁267-291。
- 其无，〈談談小品文〉，《朝華》，1:6，1930.6.15，頁28-51。
- 啓一豈，〈關于蝙蝠〉，《駱駝草》，第13期，1930.8.4，頁5-7。

- 郁達夫，〈懺餘獨白〉，《北斗》，1:4，1931.12.20，頁 55-57。
- 馮三昧，〈小品文講話：第一講〉，《新學生》，創刊號，1931，頁 206-222。
- 李素伯，《小品文研究》，重慶：新中國書局，1932.1，頁 1-204。
- 林語堂，〈中國文化之精神〉，《申報月刊》，1:1，1932.7.15，頁 1-7。
- 編者，〈緣起〉，《論語》，第 1 期，1932.9.16，頁 4-6。
- 語，〈文章五味〉，《論語》，第 5 期，1932.11.16，頁 145。
- 語堂，〈我的戒烟〉，《論語》，第 6 期，1932.12.1，頁 190-192。
- 林語堂，〈新舊文學〉，《論語》，第 7 期，1932.12.16，頁 212-213。
- 中書君，〈中國新文學的源流〉，《新月》，4:4，1932，頁 160-166。
- 周作人，〈周序〉（1930），《近代散文抄》，北平：人文書店，1932，頁 6-12。
- 沈啓无，〈後記〉（1932.9.1），《近代散文抄》，北平：人文書店，1932，頁 1-7。
- 錢杏邨，〈一九三一年中國文壇的回顧〉，《北斗》，2:1，1932，頁 1-24。
- 語，〈紙烟考〉，《論語》，第 9 期，1933.1.16，頁 4。
- 語堂，〈談牛津〉，《論語》，第 9 期，1933.1.16，頁22。
- 語，〈吸菸與教育〉，《論語》，第 10 期，1933.2.1，頁 5-6。
- 郁達夫，〈序〉，《達夫自選集》，上海：天馬書店，1933.3，頁 1-4。
- 語堂，〈有不為齋隨筆：論文（上）〉，《論語》，第 15 期，1933.4.16，頁 29-33。
- 語堂，〈金聖嘆之生理學〉，《論語》，第 17 期，1933.5.16，頁 4。
- 中書君，〈近代散文鈔（兩卷）〉，《新月》，4:7，1933.6，頁 137-140。
- 郁達夫，〈文學上的智的價值〉，《現代學生》，2:9，1933.6，頁 1-5。
- 郁達夫，〈屠格涅夫的「羅亭」問世以前〉，《文學》，1:2，1933.8.1，頁 234-239。
- 林語堂，〈說避暑之益〉，《論語》，第 23 期，1933.8.16，頁 79-80。
- 林語堂，〈大荒集序〉，《論語》，第 25 期，1933.9.16，頁 5-6。
- 魯迅，〈小品文的危機〉，《現代》，3:6，1933.10，頁 730-731。
- 郁達夫，〈清新的小品文字〉，《現代學生》，3:1，1933.10，頁 1-3。
- 語堂，〈我的話：論文（下）〉，《論語》，第 28 期，1933.11.1，頁 3-6。
- 阮无名，〈序記〉，《現代名家隨筆叢選》，上海：南強書局，1933.11，頁 1-9。
- 郁達夫，〈二十二年的旅行〉，《十日談》新年特輯，1934.1.1，頁 24。
- 郁達夫，〈靜的文藝作品〉，《黃鐘》，4:1，1934.1.15，頁 7-8。
- 阿英，〈城隍廟的書市〉，《現代》，4:4，1934.2.1，頁 779-786。
- 林語堂，〈發刊詞〉，《人間世》，第 1 期，1934.4.5，頁 2。
- 徐懋庸，〈金聖嘆的極微論〉，《人間世》，第 1 期，1934.4.5，頁 13-15。
- 阿英，〈嘿與謙〉，《人間世》，第 1 期，1934.4.5，頁 36-37。
- 語堂，〈論談話〉，《人間世》，第 2 期，1934.4.20，頁 21-25。

- 沈啓无，〈媚幽閣文娛〉，《人間世》，第 2 期，1934.4.20，頁 32-34。
- 語堂，〈說小品文半月刊〉，《人間世》，第 4 期，1934.5.20，頁 7。
- 施蟄存，〈隨筆二題：名——渡頭閑想〉，《萬象》，第 1 期，1934.5.20，無頁碼。
- 語堂，〈言志篇〉，《論語》，第 42 期，1934.6.1，頁 3-5。
- 郁達夫，〈自序「屐痕處處」〉，《人間世》，第 5 期，1934.6.5，頁 14。
- 施蟄存，〈文藝風景創刊之告白〉，《文藝風景》，1:1，1934.6.1，頁 2-3。
- 語堂，〈論小品文的筆調〉，《人間世》，第 6 期，1934.6.20，頁 10-11。
- 沈啓无，〈帝京景物略〉，《人間世》，第 6 期，1934.6.20，頁 29-31。
- 語堂，〈論玩物不能喪志〉，《人間世》，第 7 期，1934.7.5，頁 6。
- 郁達夫，〈重印袁中郎集序〉，《人間世》，第 7 期，1934.7.5，頁 11-12。
- 劉大杰，〈折花錄〉，《人間世》，第 7 期，1934.7.5，頁 33-34。
- 語堂，〈小品文選：評梅花草堂筆談〉，《人間世》，第 7 期，1934.7.5，頁 43-44。
- 語堂，〈說大足〉，《人間世》，第 13 期，1934.10.5，頁 8-9。
- 沈啓无，〈閒步偶記〉，《人間世》，第 13 期，1934.10.5，頁 42-43。
- 阿英，〈字字珠〉，《人間世》，第 13 期，1934.10.5，頁 56-57。
- 施蟄存，〈讀檀園集〉，《人間世》，第 15 期，1934.11.5，頁 26-29。
- 郁達夫，〈雁蕩山的秋月〉，《良友》，第 100 期，1934.11.9，頁 12-15。
- 施蟄存，〈讚病〉，《萬象》，第 2 期，1934，頁 28-29。
- 劉大杰，〈袁中郎的詩文觀——中郎全集序〉，《人間世》，第 13 期，1934，頁 19-24。
- 焉于，〈讀書忌〉，《中華日報・動向》，1934.11.29。
- 郁達夫，〈MABIE 氏幽默論抄〉，《論語》，第 56 期，1935.1.1，頁 366-368。
- 郁達夫，〈兩浙漫遊後記〉，《太白》，1:8，1935.1.5，頁 370-371。
- 沈啓无，〈刻印小記〉，《人間世》，第 21 期，1935.2.5，頁 26-27。
- 阿英，《夜航集》，上海：良友復興圖書印刷公司，1935.3。
- 語堂，〈還是講小品文之遺緒〉，《人間世》，第 24 期，1935.3.20，頁35-36。
- 郁達夫，〈皋亭山〉，《好文章》，第 4 期，1935.3.27，頁96-101。
- 郁達夫，〈龍門山路〉，《學校生活》，第 101 期，1935.4.5，頁 8-14。
- 沈啓无，〈讀書「崇實」談〉，《大學新聞》，3:11，1935.5.14，頁 2。
- 郁達夫，〈揚州舊夢寄語堂〉，《人間世》，第 28 期，1935.5，頁 3-6。
- 沈啓无，〈珂雪齋外集游居柿錄〉，《人間世》，第 31 期，1935.7，頁 18-23。
- 郁達夫，〈再談日記〉，《文學》，5:2，1935.8.1，頁 384-386。
- 沈從文，〈談談上海的刊物〉，《大公報》，1935.8.18。
- 郁達夫，〈導言〉，《中國新文學大系・散文二集》，上海：良友圖書，1935.8，頁1-19。

- 語堂，〈煙屑〉，《宇宙風》，第1期，1935.9.16，頁38-39。
- 語堂，〈論裸體運動〉，《宇宙風》，第2期，1935.10.1，頁79-81。
- 語堂，〈煙屑〉，《宇宙風》，第7期，1935.12.16，頁352-353。
- 林語堂，〈生活的藝術〉（1935），《吾國吾民》，臺北：德華出版社，1980，頁297。
- 施蟄存，〈小品·雜文·漫畫〉，《獨立漫畫》，第1期，1935，頁4-5。
- 施蟄存，《晚明二十家小品》，上海：光明出局，1935，頁1-3。
- 梁雲，〈雨的滋味〉，《文飯小品》，第2期，1935，頁52-65。
- 沈啓无，〈記王謔菴〉，《文飯小品》，第2期，1935，頁11-15。
- 施蟄存，〈無相庵斷殘錄：一、關於王謔菴〉，《文飯小品》，第3期，1935，頁99-101。
- 施蟄存，〈過問〉，《文飯小品》，第4期，1935，頁32-33。
- 施蟄存，〈「彼可取而代也」〉，《文飯小品》，第4期，1935，頁33-35。
- 施蟄存，〈無相庵斷殘錄：五、八股文〉，《文飯小品》，第6期，1935，頁37-42。
- 施蟄存，〈繡園尺牘〉，《人間世》，第26期，1935，頁41-43。
- 魯迅，〈「京派」與「海派」〉，《太白》，2:4，1935，頁165-166。
- 阿英，〈海上買書記〉，《青年界》，4:4，1935，頁98-104。
- 阿英，〈談往〉，《青年界》，8:4，1935，頁37-39。
- 郁達夫，〈南游日記〉，《文學》，4:1，1935，頁118-124。
- 阿英，〈「西湖二集」所反映的明代社會〉，《文學》，5:5，1935，頁881-891。
- 郁達夫，〈江南的冬景〉，《文學》，6:1，1936.1.1，頁10-12。
- 郁達夫，〈山水及自然景物的欣賞〉，《申報·每周增刊》，1:3，1936.1.19，頁68-69。
- 郁達夫，〈讀明人的詩畫筆記之類〉，《正氣》，1:2，1936.1.20，頁30。
- 郁達夫，〈玉皇山〉，《文學時代》，1:3，1936.1，頁42-45。
- 郁達夫，〈繼編論語的話〉，《論語》，第83期，1936.3.1，頁513。
- 郁達夫，〈閑書與閑人〉，《青年界》，10:1，1936.6，頁187。
- 郁達夫，〈日本的文化生活〉，《宇宙風》，第25期，1936.9.16，頁27-29。
- 阿英，《海市集》，上海：北新書局，1936.11。
- 周作人，〈自己的文章〉，《西北風》，第10期，1936，頁43-45。
- 施蟄存，〈鬼話〉，《論語》，第91期，1936，頁9-10。
- 施蟄存，〈春天的詩句〉，《宇宙風》，第13期，1936，頁15-17。
- 啓无，〈談中國記游文章〉，《新苗》，第15期，1937.5，頁8-9。
- 施蟄存，《燈下集》，上海：開明書店，1937。
- 施蟄存，〈一人一書〉，《宇宙風》，第32期，1937，頁396-399。
- 施蟄存，〈一人一書（下）〉，《宇宙風》，第33期，1937，頁459-463。
- 林語堂，〈睡的藝術〉，《隽味集》，第1期，1938，頁7-8。
- 林語堂，〈坐的藝術〉，《隽味集》，第2期，1938，頁33-34。
- 林語堂著、黃嘉德譯，〈生活的藝術（一）〉，《西風》，第22期，1938，頁319-327。

- 林語堂著、黃嘉德譯，〈生活的藝術（七）〉，《西風》，第 28 期，1938，頁 424-430。
- 啓无，〈無意庵談文：山水小記〉，《朔風》，第 5 期，1939.3.10，頁 3-4。
- 林語堂著、黃嘉德譯，〈生活的藝術（十五）〉，《西風》，第 36 期，1939.8，頁 620-630。
- 林語堂著、黃嘉德譯，〈生活的藝術（十六）〉，《西風》，第 37 期，1939.9，頁 105-109。
- 林語堂著、黃嘉德譯，〈生活的藝術（十七）〉，《西風》，第 38 期，1939.10，頁 199-208。
- 林語堂著、黃嘉德譯，〈生活的藝術（二十三）〉，《西風》，第 44 期，1940，頁 191-197。
- 林語堂著、黃嘉德譯，〈生活的藝術（二十四）〉，《西風》，第 45 期，1940，頁 297-302。
- 林語堂著、黃嘉德譯，〈生活的藝術（二十六）〉，《西風》，第 47 期，1940，頁 511-516。
- 沈啓无，〈十一、對於振興華北文藝界之見解為何〉，《國民雜誌》，2:7，1942.7，頁 51。
- 沈啓无，〈中國文學的特質〉，《中國留日同學會季刊》，第 1 期，1942.9，頁 1-4。
- 沈啓无，〈對於中國文學的再認識〉，《國立中央大學週刊》，第 97 期，1943.5.3，頁 4-6。
- 沈啓无，〈中國新文學的背景和特色〉，《中大周刊》，第 99 期，1943.5.17，頁 2-4。
- 沈啓无，〈文化與思想〉，《新亞》，6:6，1943.6.1，頁 56-60。
- 沈啓无，〈友情的親近〉，《華北作家月報》，第 8 期，1943.8，頁 2。
- 沈啓无，〈閑步庵書簡〉，《風雨談》，第 2 期，1943，頁 10-12。
- 沈啓无，〈談山水小記〉（舊文重刊），《風雨談》，第 5 期，1943，頁 60-61。
- 沈啓无，〈六朝文章〉，《風雨談》，第 6 期，1943，頁 4-5。
- 果庵，〈沈啓无印象〉，楊之華編，《文壇史料》，上海：中華日報社，1944，頁 158-163。
- 知堂，〈文壇之分化〉，《雜誌》，13:2，1944.4.13，頁 190-192。
- 編者，〈後記：關於散文部分〉，《文學集刊》，第 2 期，1944.4，頁 211。
- 周作人，〈遇狼的故事〉，《古今》，第 45 期，1944.4.16，頁 10-11。
- 沈啓无氏，〈1. 關於大會的印象 2. 強化出版機關建議〉，《中國文學》，1:1，1944.1，頁 38-39。
- 啓无，〈你也須要安靜〉，《中國文學》，1:5，1944.5，頁 45。
- 沈啓无、楊丙辰，〈一般宗教論〉，《新民聲》，1:10，1944.5.15，頁 18-19。
- 沈啓无，〈再認識，再出發〉，《國民雜誌》，4:7，1944.7，頁 8-9。
- 江梅，〈周沈交惡〉，《苦竹》，第 1 期，1944.10，頁 20-21。
- 沈啓无，〈南來隨筆〉，《苦竹》，第 2 期，1944.11，頁 11-12。
- 知堂，〈關於老作家〉，《雜誌》，13:2，1944，頁 178-179。
- 從洛，〈「破門」解〉，《萬象》，3:11，1944，頁 93-94。
- 沈啓无，〈閑步庵書簡鈔：十六〉，《文學集刊》，第 1 期，1944，頁 55-66。

- 開元，〈題記〉，《思念集》，漢口：大楚報社，1945.4.30，無頁次。
- 亞娜，〈父親的嗜好〉，《吾家》，上海：大江出版社，1945，頁 27-28。

二、專書（按姓氏筆畫排序）

- 王德威，《被壓抑的現代性：晚清小說新論》，臺北：麥田出版，2003。
- 王德威，《抒情傳統與中國現代性：在北大的八堂課》，北京：生活・讀書・新知三聯書店，2018。
- 王德威、宋明煒編，《五四＠100：文化，思想，歷史》，臺北：聯經出版事業股份有限公司，2019。
- 毛夫國，《現代文學史上的「晚明文學思潮」論爭》，北京：文化藝術出版社，2011。
- 北京魯迅博物館編，《苦雨齋文叢：沈啓无卷》，瀋陽：遼寧人民出版社，2009。
- 朱光潛，《朱光潛全集・第三卷》，合肥：安徽教育出版社，1987。
- 朱自清，《朱自清散文精編》，桂林：漓江出版社，2003。
- 余光中，《青青邊愁》，臺北：純文學出版社，1977。
- 沈從文，《沈從文全集》，第 17 卷，太原：北岳文藝，2009。
- 李歐梵，《上海摩登》，香港：牛津大學出版社，2000。
- 吳承學，《晚明小品研究》，南京：江蘇古籍出版社，1999。
- 吳承學、李光摩編，《晚明文學思潮研究》，武漢：湖北教育出版社，2001。
- 吳秀明編，《郁達夫文集・第十卷：文論（上）》，杭州：浙江大學出版社，2007。
- 吳曉東，《1930 年代的滬上文學風景》，北京：北京大學出版社，2018。
- 呂若涵，《另一種現代性──「論語派」論》，臺北：萬卷樓圖書股份有限公司，2018。
- 林語堂，《林語堂》，臺北：華欣文化事業中心，1979。
- 林語堂，《論孔子的幽默》，臺北：德華出版社，1976。
- 林語堂，《吾國吾民》，臺北：德華出版社，1980。
- 林語堂，《一夕話》，臺北：金蘭文化出版社，1984。
- 周作人，《中國新文學的源流》，上海：華東師範大學出版社，1995。
- 周作人，《夜讀抄》，止庵校訂，《周作人自編文集》，石家莊：河北教育出版社，2002。
- 周作人，《苦竹雜記》，止庵校訂，《周作人自編文集》，石家莊：河北教育出版社，2002。
- 周質平，《自由的火種──胡適與林語堂》，臺北：允晨文化，2018。
- 周荷初，《晚明小品與現代散文》，長沙：湖南人民出版社，2004。
- 金觀濤、劉青峰，《觀念史研究：中國現代重要政治術語的形成》，香港：香港中文大學出版社，2008。
- 明爐、雪娃，《中國煙文化史稿》，北京：中國青年出版社，2003。

- 施蟄存，《北山散文集（一）》，上海：華東師範大學出版社，2001。
- 施建偉編，《幽默大師：名人筆下的林語堂，林語堂筆下的名人》，上海：東方出版中心，1998。
- 郁達夫，《感傷的行旅》，四川：四川人民出版社，1996。
- 范培松，《中國散文批評史》，江蘇：江蘇教育出版社，2000。
- 高嘉謙，《遺民、疆界與現代性：漢詩的南方離散與抒情（1895-1945）》，臺北：聯經出版事業股份有限公司，2016。
- 梁實秋，《饞非罪》，哈爾濱：北方文藝出版社，2014。
- 陳望道編，《小品文和漫畫》，上海：生活書店，1981。
- 陳子善、徐如騏編，《施蟄存七十年文選》，上海：上海文藝出版社，1996。
- 陳子善，《夏日最後一朵玫瑰：記憶施蟄存》，上海：上海書店，2008。
- 陳平原，《千年文脈的接續與轉化》，香港：三聯書店，2008。
- 陳萬益，《晚明小品與明季文人生活》，臺北：大安出版社，1988。
- 曹淑娟，《晚明性靈小品研究》，臺北：文津出版社，1988。
- 張堂錡，《個人的聲音——抒情審美意識與中國現代作家》，臺北：文史哲出版社，2011。
- 楊迎平，《現代的施蟄存》，臺北：秀威經典，2017。
- 魯迅，《魯迅書信集（上卷）》，北京：人民文學出版社，1976。
- 魯迅，《且介亭雜文二集》，北京：人民文學出版社，1973。
- 歐明俊，《現代小品理論研究》，上海：上海三聯書店，2005。
- 歐陽哲生編，《胡適文集 3：胡適文存二集》，北京：北京大學出版社，1998。
- 劉大杰編，《明人小品集》，上海：上海古籍出版社，1995。
- 錢鍾書，《談藝錄》，北京：中華書局，1984。
- 盧潤祥選注，《明人小品選》，成都：四川文藝出版社，1986。
- 應國靖編，《中國現代作家選集·施蟄存》，香港：三聯書店，1988。
- 譚國根，《主體建構政治與現代中國文學》，紐約：牛津大學出版社，2000。
- 嚴家炎、李今編，《穆時英全集》，北京：北京美術攝影出版社，2008。
- 龔鵬程，《晚明思潮》，臺北：里仁書局，1994。

三、論文（按姓氏筆畫排序）

（一）期刊論文

- 方維規，〈「鞍型期」與概念史——兼論東亞轉型期概念研究〉，《東亞觀念史集刊》，第 1 期，2011.12，頁 85-116。
- 余舜德，〈物與身體感的歷史：一個研究取向之探索〉，《思與言：人文與社會科學雜誌》，44:1，2006，頁 5-47。
- 李惠儀，〈世變與玩物——略論清初文人的審美風尚〉，《中國文哲研究集刊》，第 33 期，2008，頁 35-76。
- 李怡，〈「民國文學」與「民國機制」三個追問〉，《理論學刊》，第 5 期，2013，頁 113-117。

- 金觀濤、劉青峰，〈隱藏在關鍵詞中的歷史世界〉，《東亞觀念史集刊》，第 1 期，2011.12，頁 55-84。
- 郅瑩，〈詩意的精神憩園：施蟄存早期純粹散文探究〉，《懷化學院學報》，第 9 期，2013.9，頁 79-81。
- 徐曉紅，〈「施青萍」時期的施蟄存──以《最小》報為中心〉，《現代中文學刊》，第 3 期，2009，頁 117-119。
- 徐曉紅，〈施蟄存早期作品鉤沉〉，《新文學史料》，第 4 期，2009，頁 132-135。
- 高恆文，〈謝本師：「你也須要安靜」──沈啓无與周作人〉，《現代中文學刊》，總 18 期，2012.6，頁 23-35。
- 高嘉謙，〈風雅‧詩教‧政治抒情：論汪政權、龍榆生與《同聲月刊》〉，《中山人文學報》，第 38 期，2015.1，頁 61-88。
- 張頤武，〈閒適文化潮批判：從周作人到賈平凹〉，《文藝爭鳴》，第 5 期，1993，頁 13-19。
- 張芙鳴、董文君，〈新文學先鋒與舊文學經驗──關於施蟄存早期未結集創作〉，《山東師範大學學報（人文社會科學版）》，53:5，2008，頁 101-104。
- 陳平原，〈新文學：傳統文學的創造性轉化〉，《二十一世紀》雙月刊，1992 年 4 月號。
- 陳劍暉，〈散文文體的傳承與創新──比較晚明小品與現代小品之異同〉，《學術研究》，第 6 期，2014，頁 147-153。
- 陳相因，〈「自我」的符碼與戲碼──論瞿秋白筆下「多餘的人」與〈多餘的話〉〉，《中國文哲研究集刊》，第 44 期，2014.3，頁 79-142。
- 許子東，〈浪漫派？感傷主義？零餘者？私小說作家？──郁達夫與外國文學〉，《中國比較文學》，第 1 期，1985.8，頁 200-384。
- 許東海，〈論李白賦對六朝文風的因革〉，《第三屆國際辭賦學學術研討會論文集》，臺北：政治大學文學院，1996，頁 305-333。
- 張堂錡，〈從「民國文學的現代性」到「現代文學的民國性」〉，《文藝爭鳴》，第 9 期，2012，頁 49-51。
- 楊瑞松，〈想像民族恥辱：近代中國思想文化史上的「東亞病夫」〉，《政大歷史學報》，第 23 期，2005.5，頁 1-44。
- 黃開發，〈一個晚明小品選本與一次文學思潮〉，《文學評論》，第 2 期，2006，頁 125-130。
- 黃開發，〈關於《沈啓无自述》〉、〈沈啓无自述〉，《新文學史料》，第 1 期，2006.2，頁 58-85。
- 黃開發，〈沈啓无──人和事〉，《魯迅研究月刊》，第 3 期，2006.3，頁 57-65。
- 黃開發，〈重印《近代散文抄》序〉（2005），沈啓无編、黃開發校《近代散文抄》，北京：北京聯合，2018，頁 3-14。
- 黃德志，〈關於施蟄存第一部小說集《江干集》及其他早期小說創作〉，《新文學史料》，第 3 期，2005，頁 34-39。
- 黃繼立，〈「病體」重讀「李卓吾」──「棄髮」與「潔癖」中的身體經驗〉，《文與哲》，第 17 期，2010.12，頁 215-256。
- 黃莘瑜，〈周作人「博物」論述中的《花鏡》〉，《政大中文學報》，第 28 期，2017.12，頁 141-164。

- 劉正忠，〈詩化散文新論：漢語性與現代性〉，《「時代」與「世代」：臺灣現代散文學術研討會論文集》，臺北：東吳大學中國文學系，2003，頁 49-87。
- 劉正忠，〈林語堂的「我」：主題聚焦與風格定調〉，《中國現代文學》第 14 期，2008.12，頁 135-137。
- 劉正忠，〈魔羅，志怪，民俗：魯迅詩學的非理性視域〉，《清華學報》，39:3，2009.9，頁 429-472。
- 劉正忠，〈「散」與「文」的辯證：「說話」與現代中國的散文美學〉，《清華學報》，新 45:1，2015.3，頁 101-142。
- 劉正忠，〈魯迅、周作人和老〉，《清華學報》，新 49:3，2019.9，頁 505-544。
- 鄺可怡，〈兩種先鋒性並置的理念與矛盾：論《新文藝》雜誌的文藝傾向〉，《中國文化研究所學報》，第 51 期，2010.7，頁 285-316。
- 錢鎖橋，〈林語堂論「現代」〉，《二十一世紀》，第 1 期，1996.6，頁 138。
- 錢厚祥，〈阿英年譜（上）〉，《新文學史料》，第 4 期，2005，頁 105-117。

（二）學位論文
- 王強，〈林語堂生活美學思想研究〉，瀋陽：遼寧大學碩士學位論文，2015，頁 1-73。
- 李琳，〈論林語堂的「閒適」話語——林語堂小品文理論透視〉，石家莊：河北師範大學碩士學位論文，2002，頁 1-40。
- 李青，〈從才子氣息到學者風度：施蟄存散文論〉，福州：福建師範大學碩士論文，2007，頁 1-27。
- 周星林，〈論林語堂對性靈文學傳統的弘揚〉，上海：復旦大學碩士學位論文，2008，頁 22-40。
- 曹一斐，〈龍蛇之勢儒墨文章：施蟄存散文研究〉，濟南：山東大學碩士論文，2011，頁 1-60。

四、外文及翻譯著作
- Laughlin, Charles A. The Literature of Leisure and Chinese Modernity. Honolulu: University of Hawaii Press, 2008.
- Qian, Suoqiao. *Liberal Cosmopolitan: Lin Yutang and Middle Chinese Modernity*. Leiden: Brill Academic, 2011.
- 波利亞科夫編、佟景韓譯，《結構——符號學文藝學》，北京：文化藝術出版社，1994。
- 科林武德著，何兆武、張文杰譯，《歷史的觀念》，北京：商務印書館，2009。
- 諾夫喬伊著，張傳有、高秉江譯，《存在巨鏈——對一個觀念的歷史的研究》，南昌：江西教育出版社，2002。
- 班凱樂著、皇甫秋實譯，《中國煙草史》，北京：北京大學出版社，2018。

後記

Froh kehrt der Schiffer heim an den stillen Strom,

Von Inseln fernher, wenn er geerndtet hat;

So käm' auch ich zur Heimath, hätt' ich

Güter so viele, wie Laid, geerndtet.

------ Friedrich Hölderlin *Die Heimath*

　　知識的求索有時像潛水。這本書從寫作、投稿、審查到出版，歷經三年，動筆寫作那年，我開始學潛水。由於貝塚的發現，科學家認為數十萬年前，人類便有在水中屏息的記錄。後來的潛水活動，以漁獵、商業和軍事用途為主，一次世界大戰期間，呼吸裝置器的製作來到高峰。

　　以當代觀點來說，不少人認為自由潛水（Free Diving）是一種極限運動。但十六世紀的文獻曾記載，波斯人以陸龜骨骼為鼻夾，平衡下潛時耳咽管的壓力。他們以骸骨抵禦死亡，體現出探險的驅力。晚明小品論戰期間，正是西方潛水技術有突破性發展的時候。1935年法國海軍上校 Yves Le Prieur，以他發明的高壓氧筒和手動式呼吸調節器，創立了最早以休閒為主的自足式水肺（Scuba Diving）潛水俱樂部。

　　決定研究民國小品文，是在 2018 年。該年初，我在網路上見到墨西哥水下考古團隊 Gran Acuífero Maya 的新發現。在那次潛水任務中，他們找到世界上最長的水

下洞穴系統：263 公里的白色洞穴（Sac Actun），以及
83 公里的雙眼洞穴（Dos Ojos）居然相通，散落的馬雅
文物據說至少 198 個。對技術潛水員來說，人類對通道
與寶物的好奇，永遠比頭燈更能在幽閉中擎出火光。

　　隨後幾個月，我完成了第三章，成為本書最先確定
下來的部分，年底便決定擴大研究整個民國時期的小品
論述。這個題目對我而言，是難度不小的挑戰。民國史
料浩如煙海，每一組小品觀念脈絡，都像深海管線，有
的寬闊，有的極狹。狹者不易找到接點，寬廣也有誤讀
的可能。我經常害怕這些看似相通的水道，將通往一座
虛構之城。

　　2019 年我以左翼文人的小品，結束一個階段的寫
作，並通過論文口試。盛夏到來以前，我學會水肺潛
水，著迷辨識各種魚類，我知道我將迎向一個盈滿海洋
記憶的夏天。在斷壁下的潛點，我曾見到越冬的大型洄
游魚類，牠們羞怯謹慎，唱著有韻律的歌。陽光通過海
水，在岩壁上形成多彩的反光。像兒時把玩稜鏡，我翻
轉各種角度，不知道以怎樣的方式才能留住美好。

　　想起某個黃昏，教練帶我們下潛，入夜後水裡一片
黑暗，我們高舉手電筒，讓浮游生物聚攏過來。白色顆
粒在燈火圈成的搖籃裡游繞，輕盈如雪。萊氏擬烏賊隨
後來到，熒橘綠的身體穿透牠們，俐落切割出曲度不一
的弧形，光點迅速散開。有一種帶著歉意的悸動。我們
暫時關掉手電筒，底棲生物的藍光隨著海流明滅，像殞
沒的星星。盛夏過去以前，什麼也留不住，也沒有因此
能夠抵擋什麼到來。

2020 年秋天，我回到臺大念博士班，同時籌備出版本書。疫情兩次來到城市，也或許早已到來無數次。改寫論文像是重返故居，有遲來的意味。重新翻檢材料，有新的發現，有當年來不及細說的，也有過去早已成形，卻沒有被具體辨認的想法。收穫的驚喜總是伴隨錯失。

早春我也決心學習技術潛水（Technical Diving）。技潛是研究地址變遷的重要方法，也是容錯率低的潛水活動。不管是踢動技巧、尋求備用氣、DECO STOP，或潛水員救援，都更要求思維與行動的統一。我的裝備比從前多且重。最難的是零能見度訓練，大半時間我們在泳池蒙上雙眼，練習俯身找物的姿態，形成肌肉記憶，或在不拉動引導繩的情況下，正確將導繩打結。

在封閉水域，視覺是最被推遲的感官。強如洞外暴雨，輕則潛水員吐出的氣泡，都可能揚起陳年的懸濁物，最亮的潛水燈也無法看見眼前晃動的雙手。因此技潛過程中，單一、連續的引導繩，是十分重要的潛伴，它提供了一條直接到水面的路線。今年臺大杜鵑花開得特別好，疫情卻隔斷物事與時間。幽居時日經常懷想晴好的河岸，當舊事物傾巢而出，我想著一條首尾既定的導繩，是否真能指引方向。

夏天論文改寫暫告段落，帶著略微起銹的心，投向一次潛水任務。佛羅里達州擁有特殊地層結構，是活躍的潛水地帶。我們下潛的時候，正好遇上季節性藻類爆發，能見度極低。領隊潛水員帶我們穿越傾斜的岩牆，要進入主隧道。陽光直射的地方，頗有陸地的幻覺。為

了進一步探索，我游離主引導繩，隨後在24-26米的深度，意識到自己錯過了主通道。失去視覺的狀態下，我試著保持冷靜、專注，卻分心想起陸上訓練時，教練曾看出我是方向感很差的潛水員。既找不到東西，也不容易被找到。

領隊很快發現我沒有跟上，潛伴則以為我在前面，領隊給出手語時，他意識到我還在上游隧道。我感覺氣體流失，階段氣瓶就要用盡。後來潛伴找到我，幫我回到導繩，我們一起上升。大概因為恐慌，我用力拉動繩子，繩結固定點居然滑脫，我被鬆弛的導繩纏繞，感覺口鼻在進水。回神之際已在岸上，記憶定格在潛伴拿刀幫我解開導繩的一刻。渾沌的水裡，只有那把刀有光。

很晚才發現，那是一個適宜冬潛的水域。終整個暑假，我聽遍陳昇所有的歌，沉迷表現主義畫作。睡意到來以前，試著畫出那年夏天看到的每一種海洋生物。論文改寫持續進行，新舊史料俱到眼前，感到民國的故事漫長沒有說完的一天。我回想起民國文人在新時代談論晚明小品，熱衷追認已逝的源流，不免生出不合時宜的傷感。時間似乎總是獲勝的一方。但他們毅然突破僵化、執著回返的姿態，依然充滿求索的生命力。

那次失敗的潛水，當然一無所獲。但我沒有跟領隊說，遠離隊伍時，好像看到據說是活化石的槳足綱。牠們在能見度僅剩1米的地方，悠悠推進節狀的小身體，沒有任何顏色。

科學收藏是選擇性的、微小的。考古學家在巴哈馬群島的鋸木廠藍洞，曾發現一個鳥類家園，碗狀鳥巢下

方，有許多散落的小骨。據他們推測，那應該是食物殘骸，因不能消化而保留於鳥類嗉囊。等到海平面上升，洞穴淹沒，便一起沉落底部無氧的水體，成為時光膠囊。宛如微距鏡頭，無氧水層庇護了餘骸，器官薄壁珍藏著最後的化石。

我們重返「語境」，或許也將發現氣候變遷的消息，或演化的機制。一個生態系含藏多個宇宙，時光的夾層裡，還有無盡自足的時光。在知識的餽贈裡泅游，時時有匱乏的感受，回到地表上，也將永遠鍾愛它的秘密與未知性。論文改寫收尾，像是撿起一封斷箋，來不及走完的地圖並不荒蕪，正等待我們繼續賦予新意。

一本書的出版，得力於許多人的幫助。這些年，許多師長在學術、生活上，不吝給予我關懷和思索，陳俊啓老師、梅家玲老師、洪淑苓老師、廖肇亨老師、鄭毓瑜老師、高嘉謙老師、康韻梅老師、汪詩珮老師和周志文老師，他們的博學與溫暖，是我穩健成長的力量。

踏上學術之路需要勇氣，謝謝家人相信我的決定。我常令他們擔心，但他們依然願意支持我。車禍受傷那年，他們陪我度過灰暗時光，承接我的脾氣，用最多的愛等待我回家。夢雲、晏婷、卉翎、婕瑜和福傳，多年來同憂同喜，他們體貼收藏我的心事，陪我走過許多曲折小徑。

民國歷史文化學社對學術專書的重視，以及嚴謹的審查制度，使我的第一本學術著作得以面世。投稿之後，我收到兩份專業、細緻的審查意見，謝謝兩位匿名審查委員，重啟我許多新思考。特別感謝編輯弘毅，從

投稿到正式出版，費心安排大小事宜。我的論文口試委
員張堂錡老師、楊佳嫻老師，閱讀了本書最初的樣子，
他們的肯定，使我有信心走上研究的道路。

　　最後謝謝正忠老師，謝謝他一路的陪伴。我不是一
個好帶的學生，因為有他的包容、愛護，我才能培風而
飛，感受最自由的世界。他的不放棄，是我堅持在這裡
的理由。

佳蓉

民國 110 年 11 月

民國論叢 08

斯「文」各主張：
小品論述在民國

The Various Positions on the *Wen*:
Xiaopin Discourse in Republican China

作　　　者	劉佳蓉
總 編 輯	陳新林、呂芳上
執行編輯	林弘毅
封面設計	溫心忻
排　　版	溫心忻
助理編輯	詹鈞誌

出　　版　　開源書局出版有限公司

　　　　　　香港金鐘夏愨道 18 號海富中心
　　　　　　1 座 26 樓 06 室
　　　　　　TEL：+852-35860995

　　　　　　民國歷史文化學社 有限公司

　　　　　　10646 台北市大安區羅斯福路三段
　　　　　　37 號 7 樓之 1
　　　　　　TEL：+886-2-2369-6912
　　　　　　FAX：+886-2-2369-6990

http://www.rchcs.com.tw

初版一刷　　2021 年 12 月 31 日
定　　價　　新台幣 480 元
　　　　　　港　幣 135 元
　　　　　　美　元　18 元
I S B N　　978-626-7036-60-0（精裝）
印　　刷　　長達印刷有限公司
　　　　　　台北市西園路二段 50 巷 4 弄 21 號
　　　　　　TEL：+886-2-2304-0488

國家圖書館出版品預行編目 (CIP) 資料

斯「文」各主張：小品論述在民國 = The various
positions on the wen : xiaopin discourse in
Republican China/ 劉佳蓉著 . -- 初版 . -- 臺北市
: 民國歷史文化學社有限公司 , 2021.12

　　面；　公分 . -- (民國論叢 ; 8)

ISBN 978-626-7036-60-0（精裝）

1.CST: 中國文學史 2.CST: 現代文學 3.CST: 散文
4.CST: 文學評論

820.908　　　　　　　　　　110022665